孔玉明◎等编

红楼梦

真谛

辽海出版社

图书在版编目（CIP）数据

《红楼梦》真谛/孔玉明等编．—沈阳：辽海出版社，
1997.3（2019.1 重印）
（《红楼梦》本事大揭秘）
ISBN 978 - 7 - 80507 - 403 - 0

Ⅰ．红…　Ⅱ．孔…　Ⅲ．《红楼梦》研究—中国
Ⅳ. I207．411

中国版本图书馆 CIP 数据核字（97）第 03913 号

《红楼梦》真谛

责任编辑　丁　凡
责任校对　李伯娟
开　　本　155mm×230mm　1/16
字　　数　191 千字
印　　张　16.5
版　　次　2019 年 1 月第 2 版
印　　次　2019 年 1 月第 1 次印刷

出　　版　辽海出版社
印　　刷　三河市京兰印务有限公司

ISBN 978 - 7 - 80507 - 403 - 0　　　　定价：48.00 元

目　录

导　读 ·· 1

《红楼梦真谛》序一 ······················· 4

《红楼梦真谛》代序二 ····················· 5

《石头记真谛》序三 ······················· 7

卷　上

《〈石头记真谛〉纲要》 ················· 11

叙　论 ·· 23

先论命名 ···································· 26

次论薛林取姓 ······························ 28

次论汉满明清 ······························ 32

再专论宝玉 ································· 40

论书中诗词 ································· 48

论著者思想 ································· 57

附　录 ·· 63

别　录 ·· 76

杂　评 ·· 88

杂　录 ·· 93

卷 下

《红楼梦》真谛 ································· 97

　　评王——评王梦阮《红楼梦索隐》 ··········· 97

　　评邓——评邓氏《红楼梦释真》 ············· 192

附 录

景梅九《石头记真谛》概述 ··················· 235

景梅九论"石头"、"薛林"及作者思想··········· 244

景梅九对旧索隐的评述和补索 ················· 254

导　读

　　1934 年，西京出版社出版的景梅九的《红楼梦真谛》，是一部大杂烩式的索隐派红学著作。王梦阮、沈瓶庵的"顺治皇帝与董小宛爱情故事"说，蔡元培的"吊明之亡，揭清之失"说，邓狂言的"排满"说，寿鹏飞的"康熙诸皇子争储"说，以及早期索隐派的"明珠家事"说等等，景梅九尽皆兼收并蓄，并在此基础上进一步补充发挥。用景梅九自己的话来说，就是："批评本书有三义谛：第一义谛求之于明清间政治及宫闱事；第二义谛求之于明珠相国及其子性德事；第三义谛求之于著者及增删者本身及其家事。"结果在这"三义谛"的幌子下，其前索隐派著作所涉及到的明清间的家事、国事、天下事，竟全被景梅九"索解"了出来！

　　在谈到自己的著书缘起时，景梅九特地援引了其友人唐易庵的一段话，作为《红楼梦真谛》的立论基础："《红楼梦》为思明而作，红字影朱字。恐人不知，特于外国女子诗中标明'昨夜朱楼梦'一句以明之。悼红轩即悼朱轩；宝玉爱红、爱胭脂，皆爱朱之谓，言玉终恋朱明也。且宝玉以极文雅之人，而赌起咒发起誓来，却效《西游记》猪八戒声口，亦作者弄狡狯之处。再说'木石'两字，则因坊间所传《推背图》，以树上挂曲尺影朱明，今于'木'字添'石'字首两笔，恰成'朱'字。惟恐人不察，

· 1 ·

故又名本书曰《石头记》，言取石字头以配木而成朱，其心思可谓入微矣。又，林黛玉代表明，薛宝钗代表满，两人姓氏，由高青邱《梅花诗》中'雪满山中高士卧，月明林下美人来'两句取得。雪（薛）下着满字，林上着明字，昭然可观。……至《风月宝鉴》影清风明月，作者于明清之间诚有隐痛。"对于唐易庵的这一番话，景梅九非常赞赏，夸赞唐易庵"非心细如发，何能至此"！他也由此受到启发，于是"乃具一副眼光，以读本书，果然发现无限妙文与暗藏之真谛"。那么，景梅九所谓的"另具一副眼光"究竟是什么呢？说白了，就是索隐派所惯用的那一套牵强附会的文字游戏！即以其所引唐易庵的一段话为例，即可看出《红楼梦真谛》一书的索隐派本质：

第一，为了证明"《红楼梦》为思明而作"，景梅九一再强调"红字影朱"，并举"悼红轩即悼朱轩，宝玉爱红、爱胭脂皆爱朱之谓"等等为例，这不过是存了"红字影朱"的先入之见，将词义相同或相近的字妄加联系罢了。若按景梅九的这种思维方式，将《红楼梦》中的"红"字全部改成"朱"字，例如"小红"改成"小朱"，"红了脸"改成"朱了脸"等等，《红楼梦》岂不要变得不伦不类？

第二，《红楼梦》中有"木"、"石"两字，景梅九先用"拆字法"将"石"的一横一撇拆下来，再将之加到"木"字上，就变成了一个"朱"字。《红楼梦》是一部洋洋百万言的长篇小说，若按这种文字游戏手法乱拆一气，是否想说什么就可得出什么"结论"来呢？

第三，景梅九所说："林黛玉代表明，薛宝钗代表满，两人姓氏，由高青邱《梅花》诗中'雪满山中高士卧，月明林下美人来'两句取得"一段话，乍看似乎很有道理，但他由此再往前推，并一口咬定这二人一个代表满清，一个代表朱明，则又是主观性甚强的臆测之词了。尤其是景氏为了支撑自己的这一论点而妄加搜寻的那些"证据"，如说"黛玉代表亡明，故写得极瘦弱，风吹欲倒；宝钗代表满清，故写得极丰满，气吹欲化"等等，则更陷入了牵强附会的深渊！

　　景梅九自诩他从《红楼梦》中发现的"妙文与暗藏之真谛"是"无限"的。所谓无限，实际上不过是将其以前的种种附会之说综合在一起，又以索隐派所惯用的手法进一步地穿凿附会而已。当然，在"明清间政治及宫闱事"、"明珠相国及其子性德事"、"著者及增删者本身及其家事"这所谓的"三义谛"中，景梅九最为注重的还是"第一义谛"。由于他存有明清种族矛盾的先入之见，因而他在"具一副眼光"阅读《红楼梦》时，眼睛里看到的也都是汉、满、明、清、朱、金一类的字眼儿。但无论景梅九用什么方式妄加附会，其观点却也是立不住脚的。

《红楼梦真谛》序一

　　章回小说原由宋时平话演变而来。平话最著者为《宣和遗事》，乃宋金之际有心人借当时比较通俗之文言，以写亡国之惨痛与恢复之意志，而昭示于天下后世者也。今观吾友景梅九君所著《红楼梦真谛》乃知红书亦《遗事》之流亚，惟遗事乃明写南宋时忘仇避狄之情势，而红书则隐写明清间兴亡真伪之痕迹。又假借儿女闺房之私，以发挥伤时感世之深心。篇中表示眷念祖国、鄙弃伪庭之处，均可忖度而得，故真谛一名忖真云。考近年来红书索隐释真诸作，较之专以文字评注者为长，而仍不免失之于疏略浮泛，都不逮真谛之精评确切。洋洋十万言，独为警彻绝伦也。予则尤服其纲要中用春秋托始于隐公之说。尝谓我中华民族文化所以能维持彰著于天壤间而永久弗坠者，皆孔子作春秋，张三世大一统、攘夷狄尊中夏之功也。红书著者乃能窃取春秋之义，先写满清用夷变夏之谬举，终标福善祸淫之正论。虽以史湘云获小麒麟自拟为小春秋，然亦自负不浅矣。吾友知人论世之功，更不在原作者之下。《真谛》末篇论著者之思想，所谓熟处难忘，学人本色，但仍切实推论，不为附会之辞。以是敢断言：本书出世，影响之巨，效力之广，必有出人意表者。是为序。

　　　　　　　　　　　中华民国二十三年夏沧洲张继撰

《红楼梦真谛》代序二

答友人询红楼梦真谛书

  承询鄙著《红楼梦真谛》意旨如何，以及有问世必要与否，颇觉有感于鄙怀，敢为吾友道之：我国历来学人甚鄙薄一切说部，致不许列入著作之林。最近欧风东渐，始有人提高说部价值，然多注意新著，对旧著仍未置重。惟于《红楼梦》则略异，一般新文学家亦不肯轻轻放过。因而有索隐考证辨证释真抉隐等作，以为之剖判其要略。但求十足曝露原书真谛而无余蕴者，终未有也。此鄙人所以不揣颛蒙，而思一揭其奥秘，以快阅者之心目。本著最初意旨不过耳耳，及追寻著者之思想，又发见原书关系平民精神之点，觉其符合最新社会学说，能超过马格斯一派议论，不禁通身快活，为之发挥略尽，自拟为图穷匕首，实出乎最初意旨之表。且感得最初意旨，无大影响于世道人心，有深悔从前错用心之慨喟。乃不意迩来强寇侵凌，祸迫亡国，种族隐痛突激心潮。迥诵"满纸荒唐言，一把酸辛泪。都云作者痴，谁解其中味。"以及"说到酸辛处，荒唐愈可悲。由来同一梦，休笑世人痴。"两绝句，颇觉著者亡国悲恨难堪，而一腔红泪倾出双眸矣。盖荒者，亡也；唐者，中国也；荒唐者即亡国之谓。人世之酸辛，莫甚于亡国。"梦里不知身是客，一响贪欢"。似不觉亡国之可悲，及至唤醒痴梦，始知大好河山与我长别，则"剪不断，理还乱，是离愁。别是一般滋味在心头"矣。噫！此非黛玉葬花时节之痴想之悲情欤！"侬今葬花人笑痴，他年葬侬知是谁？"亡国之人真不知身死何所。瓜分耶？共管耶？印度耶？安南耶？高丽耶？波兰耶？我有宫室，他人是保，我有车马，他人是愉。人为刀俎，我为鱼肉；人为鞭笞，我为畜类！"前日戏言身后事，今朝都到眼前来。"昔者惟我独尊，今则寄人篱下矣！平素"心比天高"，一旦"身为下贱"矣！将如金寡妇之忍辱乎，抑如刘老老之诌事耶？将如林四娘之殉义乎，抑如花袭人之惜死耶？将如柳湘莲之肆志乎，抑如包勇、焦大之屈身耶？将如尤三姐之烈性乎，抑如尤二姐之柔情耶？将如邢岫烟之沉默乎，抑如晴雯之暴露耶？将如林黛玉之孤高乎，抑如薛宝钗之圆滑耶？将如薛宝琴之和顺乎，抑如夏金桂之乖背耶？将如史湘云之豪爽乎，抑如香菱之痴呆耶？吁嗟乎！今后之同胞，何拒何容，何去何从？或死或生，或辱或荣。其所以自择自处之分位，均在红楼一梦中。反觉最初意旨为切近之。惟谋其激刺人心，不亚于图穷之匕首，则是鄙著真有问世之必要也。已至将来影响于社会得达到如何程度，殊非今兹之所能预测。知我罪我，更不暇计。此覆。

《石头记真谛》序三

　　龙门一纪，蔑以加矣！笔垒墨阵，直是一支生力军，突开秦汉间之铁结重围也。然而堂堂之鼓，正正之旗，彼明示诛讨，未感綦难耳。孰谓千载而下，寝食于龙门者，有《石头记》一书耶！满胡淫威烈于汉初，亡明余绪又非秦楚。武人既不能揭竿而起，文士谁复敢秉管以伐？于是假优孟之衣冠，照燃犀之鬼魅；或影事而敲砖，或因物而借鉴；或如鹤隐枫林而露翮石侧，或如月游云外而见形水中。利子之矛，攻尔之盾；沽东邻酒，浇西舍愁。其惨淡经营，庸得以游嬉笔墨拟之乎！移花接木，换步脱形，倘所谓皮里阳秋有弦外音者，是又百千不易于龙门当日矣。予师梅九绎其真谛，与作者赋同心于今古。予未敢序师文，愿为是言，还质之师。

癸酉七夕安康王婆楞于《西京日报》社。

卷　上

《〈石头记真谛〉纲要》

本书注意谶讳、隐语、灯谜、射覆等事。一言以蔽之，曰真事隐而已。则读者非下一番索隐工夫，断无由知其真谛。王、蔡两索隐均有所发明，而遗漏粗疏之处尚多。不佞特以本著补缀之，虽未敢云详尽，而已十得八九。正编未尽之意，概见于别编、附录，以杂评为殿。

关尹子曰："不知道妄意卜者，如射覆盂。高之，存金存玉；中之，存角存羽；卑之，存瓦存石。是乎，非是乎？惟置物者知之。"故本书以射覆为令祖宗，而以见本书之寓意不易知。

隐语之隐亦作溵。《文心雕龙》云："溵者，隐也。遁辞以隐意，谲譬以指事也。至东方曼倩，尤巧辞述。"本书第一回所谓只按自己事体情理等语，以及不记朝代，皆遁辞以隐意也。假借金玉木石以譬清明，以及假借美人以譬名士等等，皆谲譬以指事也。其文心不让《雕龙》，滑稽过于东方矣。

甄士隐接以贾雨村，作者自谓假语村言。鄙人以评者地位而拟以假予忖焉。《诗》云："他人有心，予忖度之"，故一名《石头记忖真》。各家索隐最疏漏者，为不明木石因缘及石头命名之真谛，以致埋没著者一片深心。故首详焉。

原书最漏泄处，除太子魔魇一案，尚有吉林贡物堂子神秘柳似烟（改柳湘莲而留姓）之轶闻，林四娘之真史（有《聊斋

《虞初新志》为证），并非隐书，而各家无一知者，甚怪。焦大之为王辅臣，包勇之为赵良栋，鲍二家之为博尔济氏，巧姐之为东峨，鸳鸯之为香妃，晴雯之为李雯，龄官之为大小范（王索知画墙事而不知椿龄故典）等，均有确切证据，绝非影响之谈。而各家知者甚寡，因一一抉出之。

蔡书本《郎潜二笔》之说，谓十二钗皆明珠上客，乃是原作者双关及旁转的妙笔。因当时朝士曾以乾隆庚辰（二十五年。作者尚生存）诸进士拟《牡丹亭》全本脚色，维肖维妙，作者乃戏以自己所写诸女子，暗拟明珠所纳交诸名士，且能令不失本意。如以朱竹垞拟黛玉，不但利用竹字影潇湘馆，且利用朱字以影射黛玉，代表朱明。以高士奇拟宝钗，不但利用其用金豆事影射金玉因缘，且利用高士两字以注明薛字之由来。此戚蓼生序中所谓"一声也而两歌，一手也而二牍"。又曰"作者有两意，读者当具一心。譬之绘事，石有三面，佳处不过一峰；路看两蹊，幽处不逾一树"之领悟也。

戚序颇知微旨，就"如捉水月，只挹清辉，如雨天花，但闻香气。"四语论暗借水月雨花清香，以写满清两字。水月加主是清，又明写清字；水雨花头为满，又暗用香满一轮中句写满字。故接云："庶得此书弦外音乎？"弦外音即亡国隐痛。吾人欲读者领略弦外音，而不辞一弹再鼓耳。

本书虽出一手，而删修者不止一人。观八十回本与百二十回不同之处尚多，且八十回本之未删各节概犯忌讳，则知后四十回之经人删改不少，因其正暗写雍正篡夺一案，而有所畏忌故也。能参透此中消息，方许读本书。原作者必与山东人熟悉，以东鲁孔梅溪署题为一证，以用唐寅代表唐人为二证。因山东人读人如寅。葬花诗、桃花社，皆从唐寅借来；且唐寅有美人八咏，而黛玉有五美吟。又唐有宫诗一首曰："重门尽掩黄金锁，春殿经年歇歌舞。花开花落悄无人，强把新诗教鹦鹉。"正为黛玉写照。书中特提唐寅以此。

董小宛入宫与清世祖逊国为一大疑案，本书写黛玉确有似小宛处。近人天随生为许指薇叙小宛别传，言之凿凿，若真有其事者，惟不识其从何处得来。往年游甬上遇郑君，与予谈此事，亦大略相同，惟云冒辟疆扮喇嘛入宫，执撞钟役，为小宛所睹得，诉离怀，为小异耳。及阅《清稗类钞》载："纳兰容若，名性德，一名成德，为康熙朝相国明珠之子。尝眷一女，绝色也，已有婚约。此女旋入宫，容若誓必一见。会遭国丧。故事喇嘛每日应入宫哜经。容若贿喇嘛，披袈裟，杂其俦以入，果得见。而宫禁森严，始终无由通辞，怅怅而出"一则又与所传辟疆入宫事相仿。或者容若所遭与辟疆同而效其故智欤？《稗钞》又云："《红楼梦》一书，林黛玉之称潇湘妃子，乃系事实，否则黛玉未嫁而诗社遽以妃子题名，以作者才思之周密，不应疏忽乃尔。其卷百十六回宝玉重游幻境即指入宫事，故始终亦未与妃子通一语。而宝玉出家，即指披袈裟诡充喇嘛事也"，按此，不失为第二义谛。而天随生叙述清世祖于小宛亡后积思成梦，"梦至五台，遇小沙弥曰：'不欲见三生石上有缘之人乎？'乃随沙弥所指，见朱楼中美姝四五人，其尤美者则董妃。大声呼之，禧笑而不应。乃曰：'余念子久矣，今得睹之，岂容错过！'小沙弥笑曰：'如隔岸河。'帝怫然曰：'得董妃，虽万丈之渊，吾何畏哉！'一跃而下，大惊始醒"。不更与宝玉之梦相似哉？孰真孰假，二者必有一于此矣，俟再考。

大观园，袁子才谓拟随园，人皆知其妄。因其中有正殿仙境，绝非私家花园可比。观宝钗"芳园筑向帝城西"一句，断为圆明园无疑。圆明两字正是"大观在上"的注解，况稻香亭乃圆明园固有名称，尤为显然。

历来专以文字论红楼，皆搔不着痒处，如《红楼梦抉隐》《红搂梦偶论》等，所谓"可怜无补费精神"者。最可笑《抉隐》以忠臣不事二君评紫鹃，却不能指出为明末遗民。其失不外乎空泛，拙著力求避此。

傻大舅笑谈真武庙假墙，一为点明画蔷之为画墙；二为讥笑明末边墙之不固，暗写洪、吴诸人；三为实写康熙不修边墙一事。《云自在堪笔记》："康熙辛未，总兵蔡元疏请修筑边墙，命阁臣集九卿于阙门外，而询可否以闻。众未及对，上复召大学士，谕曰：'朕思众志成城，岂在边墙？'诸臣叩首曰：'大哉王言，诸臣见不及此也！'所请遂不准行。"按：蔡为大龟，元又与鼋同音，故利用真武龟背作墙其实是假墙，不及众志成城之为真墙也。又为戚序"双管齐下"一证。

前半部中，甄宝玉影宏光与宝玉之影胤礽相同；后半部之甄宝玉则影永历，所以说出显亲扬名、著书立说、言忠言孝、立德立功一片语，绝非宏光所能讲。观钱饮光《圣德诗》云："文帝贵止辇，太宗宝魏徵。古来神圣主，皆有纳谏名。我皇仁且孝，不大色与声。小臣叨侍从，窃睹神采英。大帅对失措，圣度和且平。所以诸藩镇，见者识中兴。给谏触太后，愚直气以盈。举朝请加诛，受杖罚殊轻。及与群臣语，往往叹其清（与顺治去位下诏罪己，文中拒谏饰非诸语正相反）。瞿相老崛强，遇事上书争。温纶皆手答，曾无勉强情。去年献史卷，拟同金鉴呈。今复问主上，还经御览曾？所言过戆直，左右因相倾。上言实未读，朕殊有愧卿。从此事披阅，勿负谆谆诚。举朝叹圣德，臣等实不能。虚怀本天授，皇哉我圣明。"即甄宝玉说的"不致负了父亲师长养育教诲之恩……如今尚欲访师觅友，教导愚蒙"等语，一样虚怀，岂是荒淫之宏光可比？故本书以一人影射数人，不得呆看。

宝玉说"西方有石名黛，可代画眉之笔"，乃暗用吴绛仙典

故。《情史》载：绛仙善画长蛾眉，炀帝时拜为婕妤。适绛仙下
嫁于万群，故已之，（绛仙为有夫之妇，黛玉为绛珠仙草化身，
影射小宛或云容若公子所眷之美人，亦是有夫之妇正合）。封为
崆峒妇人。由是，殿脚女争效为长蛾眉。司空官吏日给螺子黛五
斛，号为蛾绿，出波斯国（即西方），每颗值十金。后征赋不足，
杂以铜黛给之，独绛仙得赐真螺黛不绝云。黛玉之名实本于此，
仍重绛仙二字，言其为朱女也；犹惧人不明，特用绛株仙草点
名，又写黛石画眉以证实之。且绛仙扬州人，正是黛玉同乡，其
非泛名可知。

　　吴三桂问陈圆圆曰："卿在畹第乐乎？"陈曰："红拂尚不乐
越公，刭不逮越公者耶？"黛玉《五美吟·红拂》一绝诗云："尸
居余气扬公素，岂得羁縻女丈夫？"完全用圆圆口气，其为陈咏
也无疑，各家均未指出。

　　王《索隐》"提要"谓：黛玉父名海，母名敏；海去水旁，
敏去文旁，加以林之单木，均成梅字。小宛生平爱梅，庭中左右
植梅殆遍，故有影梅庵之号。书中凡言梅者，皆指宛也。固是不
知第一义谛乃在北京煤山、扬州梅花岭。关系亡国恨事，非但一
己之爱好。王索隐于第六回叙刘老老家世，断定为刘三秀，甚
是。但于小小家姓王，因贪王家的势利，便连了宗，指为黄祖名
元甫者，奴于陈氏。又曰王成影黄亮功。而于南方土音黄王不
分，及借笑话中黄王连宗以讽，并《过墟志》三秀伯兄讥黄之先
本姓王，以背主而易为黄（与贪势利连宗恰合），均未指出。
太疏。

　　八回将通灵宝玉放大字迹用篆籀，正写玉玺，而惧人疑非胎
儿所能衔，正作者自己圆谎处。宝玉反面文字均有寓意：一除邪
祟（表示帝统之正邪不容伪篡）；二疗冤疾（为争宝玺往往成冤
仇。观王莽夺玺及孙坚、袁术争玺等历史即知）；三知祸福，得

玺为福，失玺为祸，可以预知（与《王命》论福善祸淫亦有关系），不特影照医治魇魔一案发生，喇嘛之作祟，兄弟之冤仇，宝位之得失也。

康熙间有陈鹏年诗狱，因其《重游虎邱》律中有："代谢已怜金气尽，再来偏笑石头顽。"苏州总督噶礼旁注密劾，必谓"金气尽"为满州王气已尽，"石头顽"以复明为顽民。与本书一名《金玉缘》，一名《石头记》，又称宝玉为顽石，皆有关合。满人尝有指摘《红楼》为谤书，又嗔满人多不解，反爱好之，亦噶礼之流也。清末后妃皆爱本书，西后尝自拟史太君；瑾、瑜二贵妃令画苑绘大观园图，令内廷臣工题诗。盖久矣不识忌讳，亦可见本书之影响。

宋徽宗尝咏晚景，诗云："日射晚霞金世界，月临天宇玉乾坤。"论者以为金人入汴之谶。本书金玉因缘，亦隐用此诗意。且枕霞阁及咏雪诸诗中，霞字皆代表金字可知。徽宗又有《金芝诗》云："定知金帝来为主，不待春风便发生。"与本书赏海棠诗意亦相似。

宝钗封蘅芜君，王《索隐》以蘼芜附会之，非是。乃用《拾遗记》武帝息于延凉，卧梦李夫人授帝蘅芜之香，帝惊起，香气着衣枕，历月不散典故。以写其为后妃耳，且正与冷香丸相应。

会稽寿鹏飞作《红楼梦本事辩证》云，马水臣谓增删《红楼梦》为曹一士。曹字谔廷，号济寰，上海人。雍正进士，官兵部给事中。屡上封事于康熙。未通籍时入京，假馆某府者十余年，与《樗散轩丛谭》所云《红楼梦》为某府西席某孝廉所作者适合。又考，曹有请宽比附妖言之狱。兼禁挟仇诬告诗文一疏，未列全文。予于《近世中国秘史》中查出原疏，乃知此疏奏于乾隆二十年胡中藻文字狱后，则一士与曹霑正同时人。详视疏语，似为《红楼梦》预谋宽禁作地步者。全文曰：古者太史采诗，以观民风，借以知列邦政治之得失，风尚之美恶（本书宗旨寓焉）。即《虞书》在治忽以出纳五言之意，使下情之上达也。及周季，子产犹不禁乡校之议。惟是行僻而坚，言伪而辨，虽属闻人，圣人亦必有两观之诛，诚恶其惑众也。往者造作语言，显有背逆之迹。如罪人戴名世、汪景祺等，圣祖世宗因其自蹈大逆而诛之（与本书石呆子一案有关），非得已也。若夫赋诗作文，语涉疑似，如陈鹏年任苏州知府游虎邱作诗，有密奏其大逆不道者，圣祖明示九卿，以为古来诬陷善类，大率如此（即"代谢已怜金气尽"一联与金玉木石之语绝似，故特提出以为防御，非无意识之引证）。如神之哲，洞察隐微，可为万世法则。比年以来，小人不识两朝所以诛殛大憝之故，往往挟睚眦之怨，借影响之词，攻讦诗书，指摘字句（即胡中藻一狱指摘"一把心肠论浊清"以为毁清，以及"虽然北风好，难用可如何"，"暂歌南风竞"，"天所照临皆日月，地无道里计西东"等诗句，与本书论清浊，以及"东风北风大雪联"句，并宗词联语中日月等字样，均易发生攻讦）。有司见事生风，多方穷鞫，或致波累师生，株连亲故（胡狱罪及其师鄂尔泰及张廷玉。而胡之属男卜二岁以上皆斩立决。干涉人甚多故云），破家亡命，甚可悯也（即四十八回"为这点小事弄的人倾家败产，也不算什么能为的"批语）。臣愚，以井田封建不过迂儒之常谈，不可以为生今反古（此即指雍正九年陆生称之狱，因摘陆所著封建、府县等论以为借古讽今）；述怀咏史不过词人之习态，不可以为援古刺今（即胡中藻诗狱，而本书五美吟、怀古诗似之）。即有序跋偶遗纪年（本书不计朝代年月），亦或草茅一时失检，非必果怀悖逆，敢于明布篇章（即真事隐所由来也）。使以此类，悉皆比附妖言，罪当不赦，将使天下告讦不休（势将检举本书，不可不防）。士子以文为戒，殊非国家义以正法、仁以包蒙之意（包蒙即不索隐）。伏读谕旨，凡奏疏中从前避忌之事，一概扫除。仰见圣明，廓然大度，即古歌奏采风之盛（乘机而入，真是能手）。臣窃谓大廷之章奏尚捐忌讳，则在野之笔札（本书自在其内）焉用吹求（善自为地步如此）？请敕下直省大吏，查从前有无此等狱案、现在不准援赦者，条例上请，以便明旨钦定（往事不论）。嗣后凡有举首文字者，苟无的确踪迹（本书真事既隐踪迹难寻），以所告本人之罪依律反坐（好手段），以为挟仇诬告者戒。庶文字之累可蠲（而本书不至得罪），告讦之风可息矣（果自此疏上后，文字禁稍宽，而本书始得安然风行一世，先生可谓善自谋矣）。

清稗史称康熙已卯南巡，驻跸于江宁织造曹寅之署。曹奉母孙氏朝谒，上劳之曰："此吾家老人也"。作者利用此语写史太君为清孝庄后，不但借其家四次迎驾写南巡也。

《辩证》谓恒王殉国指周遇吉事，又谓姽婳将军指姜骧，与蔡王两索所云皆遗本事，不知林四娘实有其人。抉隐谓姽婳为鬼话，此虽附会，尚有可取处。因林四娘事在《虞初新志》及《聊斋志异》，均以鬼话著名故尔。

《辩证》谓巧姐当是胤禩影子，以禩娥同音。嫦娥乞巧即可影射，不如东莪（多尔衮公女）之与嫦娥更为确切。

《辩证》谓薛蟠影射胤禔，引康熙谕中有"大阿哥生性暴戾，乃不安静之人，务须严加看守。"以证薛称大哥，及杀人入狱事甚似。又云不拘一格，不限一人一事，更得读本书法。

胡林翼常云"本朝官僚全以《红楼梦》一书为密本，故一入仕途即钻营挤轧，无所不至。"此评殊出人意表。所谓仁者见仁，智者见智，但亦足为本书关系政治一证。以予所闻，则清末年之官僚，皆以官场现象记为秘本矣。

《梵天庐丛录》载："常熟何君立作《董妃风筝诗一首并序》云：董小宛归雉皋冒先生后，清明踏青，携风筝放之；一线直

上，不让吕偏头也。泊入禁苑，遂无此逸兴，亦不克有此逸兴
也。诗云：'薄命谁嫌一纸轻，东风抬举上瑶京。衣裳想像春云
展，环佩归来夜月明。最擅回旋如意舞，真传缥缈步虚声。将人
比物频搔首，不尽茫茫碧汉情。'董妃放风筝，事虽琐屑，然辟
疆之《影梅庵忆语》及诸卑史皆未记之，亦一异闻也。"此事足
关董妃未归清宫者之口。本书放风筝特重黛玉，正由本事敷衍而
成，何云稗史未记？乃未明记耳。何诗以嫦娥拟小宛，自是识小
宛入宫本事者。

　　开卷叙宝玉来历，在"大荒山无稽崖炼成高十二丈见方、二
十四丈大的顽石三万六千五百零一块"，却从《西游记》第一回
"花果山上有一块仙石，其石有三丈六尺五寸高，按周天三百六
十五度；有二丈四尺围圆，按政历二十四气。上有九窍八孔，按
九宫八卦"化来，暗影满洲始祖仙女言吞朱果，不过将围圆变作
见方，石高变为石额。且《西游》说仙石"自开辟以来，每受天
真地秀日精月华，感之既久，遂有灵通之意"，亦与本书说宝玉
"自经煅炼之后，灵性已通，自来自去，可大可小"相符。而自
来自去八字，又可反指孙行者，是隐借猢狲以写满人，非无意之
仿模也。

　　首回特提甄士隐，固谓隐去真事，然此隐字却有一番道理，
即取《春秋》托始于隐公之意也。因隐、桓之事大似清初政局，
《公羊传》曰：桓幼而贵，隐长而卑（即福临幼而贵，多尔衮长
而卑也）。其为尊卑也微，国人莫知（顺、多之尊卑亦然，中国
人不知也）。隐长又贤，诸大夫扳隐而立之（谓俗传吴三桂扳达
子，扳字即从此来。多氏本有贤名。扳俗作搬，非是）。隐于是
焉而辞立（多本可自为而让福临，辞位不就），则未知桓之将必
得立也。且如桓立，恐诸大夫之不能相幼君，故凡隐之立，为桓
立也（清太宗之亡，皇位未定，有属意于多。多以孝庄之故，决

议商同诸王，共辅幼君。恐人不服，先拜幼君，而自居于摄。即《左传》不书即位，摄也。与此数语又恰合）。隐长又贤，何以不宜立？立适以长不以贤，立子以贵不以长。桓何以贵？母贵也。母贵则子何以贵？子以母贵，母以子贵（福临之贵为天子，也恃其母后与多氏关系，是子以母贵；福临为帝而母尊为太后，则母以子贵矣。此事恰合，故知作者取义于此也）。

桓公弑隐亦与顺治剥夺多尔衮位于身后相似，而《谷梁》让桓不正一语，亦可移赠多尔衮。因其辅幼主出于情欲之私而非正也。"《春秋》贵义而不贵惠，信道而不信邪"。（"多尔衮之让王实为邪恶，乃至邪之恩私耳"）。

不佞取"他人有心予忖度之"意，欲易"真谛"为"忖真"者，因本书真事藏隐多且深，大似薛小妹怀古诗，大家猜了半天都不是，以及诸人拟谜，有猜着的，也有猜不着的。今以已心忖度前人著述之隐意，岂敢云所忖均能得其真乎？故评中于不甚确切处，恒用"或指"及"似指"等字样，以示游移，读者当分别观之。至于评著者思想一段，即讥为不佞所妄忖亦不为过。且可以曰"《红楼》自《红楼》，《忖真》自《忖真》"，盖借他人酒杯，浇自己胸中块垒，固我辈批评家之常事也。笨伯之号又何敢辞。但不佞非论文者，殊不得以金圣叹之批才子书为比。

谓本书为曹一士所撰，尚有一证。查书中讲书出题均有着落，徒贾政所出"惟士为能"一题最奇特。以余忖度，则惟士即一士之谓，言一士能作本书也。是乃夫子自道之处。孟子曰"无恒产而有恒心者，惟士为能。"孔子曰："人而无恒，不可以作巫医。"然则无恒心，亦不能撰此长篇小说明矣。宝玉破曰"天下不皆士也，能无恒产者亦仅矣"，以"仅"扣"惟"，兼用"一"字。且以片辞找足上句，却重在有恒心一面，而仍用隐写本事之技俩，直写到满人无恒产，以至于放僻邪侈无所不为，不可不知。闻清季有一精巧玉师，刻物必刻己名于其上。清宫徵之，命刻一双玉狮，不许刻名。及成，果无其名人。询其确否，则谓已刻其名于狮子口中绣球上矣。今一士撰《石头记》刻画宝玉，而即隐写其名于宝玉口中，可谓与玉师同工也。

《今诗别裁》录曹谔廷一士《咏鹦鹉》，有"十年庑下高人迹，万里秦山故国心"两句。按高人迹、故国心六字，可赠潇湘馆鹦鹉；寄人篱下，又为黛玉写照。惟十年二字，则一士自道假馆某府十余年之印爪也。下句亦可云著《石头记》之一片心。

写黛玉为小宛，似利用《小雅·小宛》章诗意以为左证。如四十五回写黛玉在枕上感念宝钗，一时又羡他有母有兄……直到四更方睡熟。以及八十二回黛玉于人静后，深恨父母在时，何不早定了这头婚姻。又转念倘若父母在别处定了婚姻，怎能似宝玉这般人才。及恶梦醒后，紫鹃劝他养养神，黛玉道："我何尝不要睡，只是睡不着。"合七十六回黛玉叹道："我这睡不着也并非一日了，大约一年之中通共也只好睡十夜满足的"观之，皆似从《小宛》诗首章"明发不寐，有怀二人"两语化出来。又，三十回黛玉将手摔道："谁同你拉拉扯扯的！一天大似一天了。"以及三十二回黛玉所悲父母早逝，无人主张，病已渐成，恐不能久待。又，八十九回写黛玉自己没了爹娘，自今以后把身子一天一天的糟蹋起来，一年半载少不得身登清净，于是合眼妆睡，早早醒来，直至九十八回黛玉向紫鹃说："我这里并无亲人，我的身子是干净的"，全从《小宛》四章"我日斯迈，而月斯征。夙兴夜寐，毋忝尔所生"化来。"温温恭人，如集于木（似木石因缘）。惴惴小心，如临于谷。""战战兢兢，如履薄冰。"直画出黛玉依人光景。故于二十九回写出黛玉"战战兢兢的说"，以及六十五回兴儿说"气儿大了吹倒了林姑娘"，合之九十六回"黛玉听了傻大姐话，颤巍巍的说"，并讲"身子竟有千百斤重的，两只脚却像踏着棉花一般"一节，皆与《小宛》诗末章意同。《小宛》诗二章："人之齐圣，饮酒温克。彼昏不知，壹醉日富。各敬而仪，天命不又"，似写"寿怡红群芳开夜宴"各敬而仪，即怕人讲闲话，天命不又，则隐写清太宗天命盛世之不再。螟蛉春令将宝玉认贾芸为乾儿，及与贾环等之不和，均用正反笔影射出来。

尝疑第一回叙绛珠仙草生于西方灵河岸上三生石畔，西方隐说金是易明白的，惟灵河二字失考。偶阅近人《清朝前纪》第四篇《建州纪》云："辽移建州，治灵河之南，后再移灵河之北。灵河即凌河"。仍不离满洲发源之地。三生石亦与满洲神话天女所生子名布库里雍顺者定三姓之乱有关。因作者隐取所谓天女吞朱果之说，以影射清人并吞朱明（故又说仙草成女体后，饥餐秘情果，即影照天女吞果之神秘），而为此穷源之叙述耳。其实天女神话仍由玄鸟生商而来，所以用汉女灵魂表之。

七十五回写尤氏窗外窃听，里面称三赞四，并有恨五骂六，是暗讽雍正（允禛）之忌诸兄弟一事。因古人对掷骰，每用喝叱叫呼字样，用称赞恨骂字样者绝少。且不提么二者，因大阿哥早亡。允礽行二已废，与允禛争位诸人，只老三允祉、老八允禩、老九允禟、十四允禵。骰子以点配合，三加五成八，三加六、四加五都成九，八六相加成十四；除四点为允禛自身外，其所恨诸人全隐于三五六骰点中，可谓巧笔。若加么二，不但难用动词，且令意晦。此亦作者有意逗露处也。近人发见雍正私人戴铎奏摺一摺中，有"八王柔懦无能，不及我四王爷聪明天纵"云云。又谓："某人有才学，被三王爷养在府中"（即称三赞四之证据）。又指十四王爷虚贤下士，颇有所图。又发见允禩允禟案诸人供词中，将两人行为奸诈，图谋不轨，尽情披露。允禛特加二弟以猪狗之号，故以恨骂二字形容之。至戴铎有似贾芸处，详附录。

叙　论

　　《石头记》在章回小说中，实为《金瓶梅》之变体（《古本金瓶梅》洋洋洒洒数十万言，并无淫秽之辞。其运用俗语如数家珍，诚杰作也）。《金瓶梅》影照严世藩，以西门两字正射东楼，巧不可阶。其叙西门庆与《水浒传》之西门庆行径大不相同，并有奸权气度与手腕，论者疑为王凤洲之笔。且其中诗词曲歌皆非巨手不办。《石头记》中诸作，未许比并也。然《石头记》确有所影射，大半写明清之间隐事。传闻清乾隆帝曾欲禁绝此书，但当时已盛行于世，无术消毁，遂止。正因其暗刺满人为乾隆识破故也。清亡，渐有人揭穿本书之密奥者。于是王梦阮君《红楼梦索隐》与蔡孑民氏《石头记索隐》同时并出。王君则取《东华录》皇太后下嫁摄政王故事，附会元春省亲，及《过墟志》刘三秀入宫事，附会刘老老人大观园，其中亦有不尽合者。蔡书则取《郎潜二笔》，谓本书记故相明珠家事，金钗十二皆纳兰侍御所奉为上客者也。又采取诸名士传记，穿插本书中语句，敷衍而成者。较王君所著稍为简要，而多遗漏处，且未识本书命名之义。至胡适之为《红楼梦考证》则抱定作者曹雪芹，硬说是曹之自叙传。辛辛苦苦只考得南游一事，于本书全体未能拍合，故不足服索隐者之心。今阅蔡氏于《石头记索隐》，第六版自序中对于胡氏考证有所商榷，振振有辞，恐胡氏未易反唇也。胡氏对此有所

辩答，避重就轻，但云作者不能将女拟男，不知明末《东林点将
录》及近人《乾嘉诗坛点将录》中三女将皆以男拟之。且诗人往
往以闺怨影射男子，与《花月痕》"美人是名士小影"，都是一例
的说法。又考乾隆庚辰一科进士泰半青年，京城好事者以其貌
年，各派《牡丹亭》全本脚色。以编修宋小严为杜丽娘，尚书曹
竹墟为春香，谢启昆中丞为石道姑，是用昔人著述中之女子拟今
日名士。而《红楼梦》著者，则以自著书中美人，拟当时名士为
略异耳。又明王九思撰《游春记》，以贾婆婆拟贾南坞，可作刘
老老拟汤斌一证。又毛西河作《不放偷》《不卖嫁》两剧，有人
诬谓《放偷》，从贼也，《卖嫁》者，归命本朝不待聘而自呈其身
也。反之者，我不然也"。是虽曰诬，然观陈卧子《咏明妃》云
"明妃慷慨自请行，一代红颜一掷轻"，以讽李雯，则拟降清名士
如女子卖嫁亦不为过。孟子以姜妇之道拟公孙衍张仪，尤为确
证。且起诗社时，黛玉分明曰"咱们就是诗翁"，而探春亦自称
居士，何见不能相拟？然则本书索隐工作，仍不至失其重要价
值。常谓批评本书有三义谛：第一义谛，求之于明清间政治及宫
闱事；第二义谛，求之于明珠相国及其子性德事；第三义谛，求
之于著者及增删者本身及其家事。专论文字者为下乘。推予于未
见两《索隐》之前，辛亥在北平创设《国风日报》时，学友唐易
庵屡来馆，为余言本书之真谛，虽寥寥数语，然决非两《索隐》
著者所能逮。其言曰：

> 《红楼梦》为思明而作。红字影朱，恐人不知，特
> 于外国女子诗中标"昨夜朱楼梦"一句以明之。悼红轩
> 即悼朱轩。宝玉爱红爱胭脂，皆爱朱之谓，言玉玺终恋
> 朱明也。且宝玉以极文雅之人，而赌起咒发起誓来，都
> 效《西游记》朱八戒声口，亦作者弄狡狯之处。再说木

石两字，则因坊间所传《推背图》，"以树上挂曲尺影朱明；今于木字添石字首两笔，恰成朱字。惟恐人不察，故又名本书曰《石头记》，言取石字头以配而成朱。其心思可谓入微矣。又林黛玉代表明，薛宝钗代表满，两人姓氏由高青邱梅花诗中"雪满山中高士卧，月明林下美人来"两句取得。雪（薛）下著满字，林上著明字，昭然可观（今蔡氏《索隐》亦引此联，以为影高士奇，可谓知其一不知其二）。至风月宝鉴影清风明月，作者于明清之间，诚有隐痛。晴雯之晴，实正指清明两间人，并寓情文相生之意。又书中秦太虚及贾字，皆言伪清耳。应本此意将《红楼梦》另详注一番。

以上均系唐君之言，尚有脱佚之处。余只服其抉出石头两字之隐微，及林薛取姓之巧合，谓非心细如发，何能至此。不佞乃另具一副眼光以读本书，果发见无限妙文与暗藏之真谛。

先论命名

按本书以第五回贾宝玉神游太虚境，警幻仙曲演《红楼梦》为笼盖全书之文字。其写金陵十二册正册云："贮的是普天之下所有女子过去未来簿册，尔凡眼尘躯，未便先知的"。意在未来先知四字。所谓推背图，皆影照未来，非有道者未易先知。再观册上所画的，如一簇鲜花、一床破席；又一枝桂花下面有一池沼，其中水涸泥乾，莲枯藕败；又两株枯木，木上悬着一围玉带（正从一株木悬着曲尺来）；又一堆雪之下，一股金簪；又一张弓，弓上挂着一香橼；又两人放风筝，一片大海，一只大船，有一女子掩面啼泣之状（此种语句全从《推背图》取来）；又一所古庙，里面有一美人在内看经独坐；又一片冰山，上有一只雌凤；又一盆茂兰，旁有一位凤冠霞帔的美人；又一座高楼，上有美人悬梁自尽等等。凡看过推背图者，一见便知其所本。观仙姑"恐泄天机"，以及"何必在此打这闷葫芦"之言，皆是评《推背图》语。作者意谓读者欲明本书命名之意，非看《推背图》不可，不然则《红楼梦》曲中"俺只念木石前盟"；以及三十六回宝玉梦中喊骂说"和尚道士的话如何信的！什么是金玉姻缘？我偏说木石姻缘！"皆不能得其解，当然不明《石头记》有何寓意矣。若看《推背图》，一株树上挂曲尺，便可悟得木与石头之相联。原来木石姻缘，只是本字和石字头的姻缘而已，所以特取

《石头记》以定名也。明末有宗室某遁入空门者，自名曰"尺木和尚"亦取自《推背图》，以表其出于朱姓者。本书乃表其悼朱明而作，与尺木有同情焉。而作者犹惧人不识本石之为明，乃于《红楼曲》中特道"都道是金玉姻缘，俺只念木石前盟"。木石前盟即木石前明，不过添盟字以掩饰之。其显豁如画，《索隐》均未能道出，何耶？至于金玉良缘，乃因满清自谓出于金（观努尔哈赤自称后金，尤为明确。所谓御批通鉴，封兀术，多所回护，亦因此。满人姓曰爱亲（亲或作新）觉罗。爱亲谓金；觉罗谓族。言金族也更确）。近人金梁著《光宣小记》曰："清与金为一音之转。清本女真，国姓爱新。爱新，译音译义皆为金；故清初国号曰大金，亦曰后金。后以宋金世仇，或多疑虑，崇德元年遂改大清。字面虽易，在满音原无异也。"又曰："汉文老档确有金国汗字样。奉大东门题大金天聪年。"清金一致，无疑义矣。一旦入主中国，得帝王之玉玺！如金玉之结缘，指一般附和满清者言，故曰"都道"。其痛恨为何如！又考《情僧录》因顺治有出家一说，并自命为情僧云。孔梅溪题曰"风月宝鉴"，正写清风明月。清初因此四字曾兴文字狱，故又题曰"金陵十二钗"则全隐矣。

次论薛林取姓

唐君云薛林取姓于高青邱之诗句，亦有确据。观《红楼梦》曲有云："空对着山中高士晶莹雪，终不忘世外仙姝寂寞林。"于艳情曲中忽着山中高士四字，岂非不伦不类？乃作者明白表示取"雪满山中高士卧，月明林下美人来"两句，以表薛林之来源。且故意藏却林下美人，只言世外仙姝，因姝字恰以朱女合成（蔡书谓黛玉是朱竹坨影子，其姓恰是朱字，是作者双关写法），谓此寂寞林黛玉实为朱明之女，非满清自长白山来而为冰天雪地中人，即薛家金钗也。雪下着满，林上着明，尤为显著，奈何轻轻放过？终不忘紧接俺只念：念兹在兹，终不忘朱明。纵然与满雪结婚，以至于"齐眉举案，到底意难平"，谓作者无种族之隐痛，其谁信之！

黛玉姓林，木系双木，作者却写他是个亡了父母、性复孤癖，仍作独木看。且于第一回僧人口中，说他是"西方灵河岸上三生石畔有绛珠草一株"，总不脱木石两字。鄙人曾疑木石两字见于《孟子》"舜居深山之中"与"木石居"两语中，似无何等情思。然就舜崩苍梧之野（苍梧，九嶷。峰一曰朱明，二曰石城，三曰石楼，四曰娥皇，五曰舜原，六曰女英，七曰萧韶，八曰桂林，九曰杞林，皆与本书有关），湘妃泪滴成斑竹言，则大有关系。观黛玉居潇湘馆，而湘水之源曰朱明，为代表前明之证。又号潇湘妃子，分明取舜妃故事。又善哭，亦似湘妃。而宝玉作镜谜则曰，"南面而立，北面而朝，象忧亦忧，象喜亦喜"，分明一个舜帝。蔡书谓胤礽是宝玉影子，与诸弟不睦亦似舜与象关系。清雍正帝所作《大义觉迷录》亦引舜为东夷之人。满洲本出东夷，是以舜自命也（戚本《红楼梦》六十三回多出芳官等改扮男装一段，由宝玉口中说出"当今之世，大舜之正裔"等语，尤为显明。修改本书者畏招祸，故删之）。雍正与胤礽为弟兄而相仇，与此谜亦有牵连。又读四十八回石呆子不卖旧扇，鼓字或作呆，则石呆子去两口，仍是木与石头之结合。又《西游记》屡称猪八戒为呆子，亦含有朱意，与宝玉赌誓学猪八戒声口一例。并云其扇全是"湘妃、棕、竹、麋鹿、玉竹的，皆是古人写画真迹"，不但暗透与木石居，将与鹿豕游也照顾到了。盖以湘妃哭舜而论，舜帝真可谓千古情祖。二十把扇影二十古史，则必从尧舜写来。犹恐人说是造谣，特著"皆是古人写画真迹"（真字宜着眼第）。一真迹便要数苍梧舜崩湘妃哭竹一事，因而明标出湘妃来，可谓神妙直到秋毫颠矣。且本书写帝王的情史，更应用帝王来比拟。十六回于贾妃省亲时，由凤姐口中说出当年太祖皇帝仿舜巡的故事，亦系点醒处。又因皇太后下嫁，藉口"以孝治天下"，也应请大孝舜帝（因二女妻舜，乃下嫁之祖）出来作榜样。至蔡书谓卖扇指戴南山史狱，亦是作者有双管齐下本领，写一人或影数人，写一事或影数事，而对于木石姻缘特别着重，是以出十分力量写黛玉之为人，始终不离《石头记》本旨，非偏重此孤癖女子也。又考康熙戊申诏：故明子孙众多有窜伏山林者，悉令归田里；其姓氏皆复旧。盖明既鼎革，天潢贵胄转徙流亡，无不改姓自晦，有改姓林者。又林为朱之确证。

十七回描写大观园，于将至潇湘馆，特先写"于是出亭过池，一山客一石主，一花客一木主，莫不着意观览"，就是着意观览木石也。然后写千百竿翠竹，阶下石子成路，后院大株梨花，仍寓"与木石居"微意。以翠竹衬到湘妃，始命名为潇湘馆。作者不轻下笔如此。

大观园之规模颇大，袁子才乃谓取材于其随园，未免近于夸诧，不如谓从北平圆明园得来，尚可仿佛一二。因其所布置之假山、台榭、桥梁、崇阁、琳宫，从贾政口中说出此是正殿，以及雕刻木版用集锦、博古、万福万寿花样，皆是帝王家苑囿气象，非寻常家花园可拟。惟潇湘馆与稻香村，则有意安排。然观所谓三贝子花园亦设山庄，则宫中未尝不有此点缀品也。至幽尼佛寺、长廊曲洞、方厦圆亭，皆圆明所有。因清帝皆好佛，故宫中特置佛寺，而有极乐仙境之铺排耳。其与圆明园关系真切处，详附录。

黛玉代表亡明，故写得极瘦弱，风吹欲倒，宝钗代表满清，故写得极丰满，气吹欲化。黛玉婢用紫鹃，正是亡国帝王之魂；宝钗婢名莺儿，莺儿名黄鹂，三十五回标出"黄金莺巧结梅花络"，自是满婢（本书以明为主，清自是宾）。写林家贫，写薛家富。黛玉号潇湘妃子，写亡国哀痛如亡君；宝钗号蘅芜君，指满人兴于荒芜水草之地，而入主中国。皆兴亡对照法。作者虽把林薛两家都写在南边，而写薛蟠完全是北方蛮夷的样子，其所嗜好及目不识丁，全是初入关满人身分。谥曰"呆霸王"，言满人虽蛮蠢，已由霸而王矣。故于第四回写他送妹入京，说出有游览上国风光之意，即写满人入关渐慕汉化。字以"文起"，亦谓满人虽尚武，其能入主中原，则以文化兴起，而后始得蟠据上国，以夷制夏。林生于姑，言古国也；薛生于姨，言夷狄也。宏光在南，亦算南朝，故写黛玉终身向南。甄宝玉在南，贾宝玉在北，其所以恋恋贾宝玉者，特以其口含玉乃真玉玺而不能忘情耳。十六回"贾宝玉将北静王所赐灵苓香串珍重取出来，转送黛玉。黛玉道'什么臭男人拿过的，我不要这东西！'遂掷而不取"。臭男人即俗语所谓臭鞑子，和宝玉梦中到甄家花园被人唤作臭小子是一样意思。代表朱明的林姑娘，对臭鞑子自应鄙夷。意谓贾宝玉虽是臭小子，那块通灵玉是汉人传代之宝，被他吞了去，蠢物变灵，才有和明代表接近之可能。至梦中甄宝玉到大观园，诸女子骂为臭男子，乃所谓"汉儿学得胡儿语，争向城头骂汉人"之谓也。二十九回写宝玉黛玉两人心事，"宝玉心内是想着：别人不知我的心还可恕，难道你就不想我的心里眼里只有你？你不能为我解烦恼，反来以这话（金玉的话）奚落堵噎我，可见我心里一时一刻都有你，你心里竟没我了。"这全是通灵宝玉讲话，意谓"汉家玉玺时时刻刻。心里眼里只有朱明代表，而朱明反不知我被金鞑吞去的烦恼。道我和金鞑要结婚，岂不是变了爱我玉玺的心了么？"林黛玉心里想着："你心里自然有我。虽有金玉相好之说，你岂是重这邪说不重我的？我便时常提这金玉，你只管了然无闻的，方见得待我并无毫发私心了；如何我只一提金玉的话，你就著急？可知你心里时时有金玉，见我一提，怕我多心，故意着急，安心哄我。"这也是对通灵玉玺讲话，意谓"满汉结合全是邪说。你这玉玺虽不忘汉，已经有人用金玉邪说替你们拉扯，你保不住要变心和金鞑满人结合，所以我常提起来试你。你若有主意恋我朱明，当然不理会那些邪说，又何必那样着急乱闹呢？"所以说两个人本是一个心，因玉玺和汉人是近的，反弄的远了，必如此然后才合本书用意，不然便是朱明愿意被满人吞并。使作者"一把酸辛泪"更无处可洒矣。其中更无味可解，又何缘笑作者痴耶？

次论汉满明清

开卷第一回（暗用《孝经》"开宗明义第一章"语写出宗明两字最妙）开首便云："作者自云曾历过一番梦幻之后，故将真事隐去（此隐字当有托始隐公之意，详附录）而借通灵说此《石头记》一书也，故曰"甄士隐"。所谓一番幻梦，即明亡沧桑之变，如一场恶梦也。曰"对着晨风夕月、阶柳庭花"。晨风寓兴清之意，夕月寓亡明之意，柳花言六朝。花柳皆是供人吟咏，故曰"虽觉润人笔墨"。其意自明。甄士隐以真对假，以明为正，以清为伪，此诸索隐者所知。其曰"借通灵"，即假玉玺以造成木石金玉姻缘，《红楼梦》也特提通灵，绝非偶拈，因国家存亡以玉玺存亡为准，一部历史几乎都为争这块顽石而起。其关系不为不大，作者因而出力写这块顽石。按，僧道携入昌明隆盛之邦，诗礼簪缨之族，花柳繁华之地，温柔富贵之乡，正写玉玺在帝王家里，兼写明清两代。其曰"那野史中或讪谤君相，或贬人妻女，奸淫凶恶，不可胜数（正言若反，勿为瞒过）。更有一种风月笔墨，其淫秽污臭（正写明清际之满宫淫秽史。曰"文君子建"，将小宛、顺治都写在句下）。""其间离合悲欢，兴衰际遇，俱是按迹循踪，不敢稍加穿凿，至失其真"（重在写明清之兴衰，书中自有踪迹可寻，不至失却真相，所以说不比那谋虚逐妄，言非谋争逐于伪朝也）。"空空道人听如此说，思忖半响"（鄙意贾雨村言有假于忖焉之意，从此来），谓其言虽如此，而其意则大可思忖，故接以"只见上面大旨不过谈情"，已悟其中寓意矣。因而又以"空空道人因空（伪）见色（真），由色生情（清），传情入色，自色悟空"注之，言其不过空情（伪清）声色史耳。其曰"无朝代年纪可考…不过谈情"，换言之即"朝代不明，只是谈清"。还恐人误会非明清事，乃以风月宝鉴影射清风明月以关合之。又曰"《石头记》缘起说明"，即谓明虽亡，而一部《石头记》仍缘起于明之既亡也。和一百十六回"和尚对宝玉说：世上的情缘都是那些魔障，只要把历过的事情细细记着，将来我与你说明"，亦言石头虽写清事，意仍在明，皆非闲笔。至云地陷东南，言明亡于宏光南朝。曰姑苏城十里街有仁清巷，巷内有古庙，人呼为葫芦庙，正谓清人实古之胡虏。庙旁住着甄家，言明与清为邻也。蔡《索隐》谓甄士隐影射愍帝，亦是。因其被发缢死煤山，恰似道装。煤与火近，故曰三月十五日葫芦庙和尚不小心失火，可怜甄家早成瓦砾场，正写甲申三月十九日事。怕人看板了十五，特着接二连三，牵五挂四。二连三虽是五，牵五挂四却为九，仍是十九日也。又曰近年"水旱不收，盗贼蜂起"。八字正写明季久旱，以致有张、李之乱，卒以亡国。甄士隐解《好了歌》显写亡国景象如画，遂同跛足风道人而去，非跛足披发而死之愍帝而谁？僧道本朱明一代始末，朱元璋为僧，愍帝道装而死。或谓僧代表满清，因薙发人称半边和尚，亦通。五回写警幻仙姑引宝玉入室闻香，谓是异卉之精合各种宝林珠树之油所制，名为群芳髓。此言朱明亡时，忠烈之士相偕死难，如群芳相随化骨。又曰此茶出在放春山遗香洞，意谓煤山留芳，故名为千红一窟。红者朱也，朱明葬亡也。酒曰万艳同杯，艳亦朱明之谓，同归坯土。至四仙姑，一痴梦仙姑，言满之先祖出于仙女食果，如痴人说梦也。曰钟情大士，言朱果为清之种子。曰引愁金女，言女真名后金，与明为仇也。日度恨菩提，言七恨誓天，遂度中国，是其智如菩提。亦可曰提恨皆非谰言。蔡《索隐》谓贾雨村代表满人应运而起，某君索隐曰冷子兴言满州兴于冷地，皆是。作者既取雪字暗藏满字以定宝钗姓名，而于十三回秦可卿死后，写其托梦于凤姐，则明言"月满则亏，水满则溢"，正提两满字，且寓排满意。又曰"我家赫赫扬扬已将百载"，言胡无百年之运，故紧接曰"一日乐极生悲，若应了那树倒猢狲散的俗话"。猢狲，胡人子孙也。《庚申外史》写元顺帝微时与猢狲善，及亡国遁走，三十六猢狲皆自投于江而死。说者谓正应其即位三十六年。此说虽附会，然猢狲与胡元之关系，不异于东胡之关系。此说直验于最近辛亥革命，满族遂亡，大有树倒猢狲散之象。作者先见不让预言家矣！又宋淳熙莎衣道人作歌曰："胡孙死，闹啾啾，也须还我一百州。"谈者谓金酉万王死，其孙璟立不以序，诸酉争立内乱。胡孙正指满州胡族之孙。当时雍正与诸弟争立，亦有此象。贾母作志曰："猴儿身轻站树梢"，亦有胡孙据高位但不久必落，故射荔枝，言离枝也。又《红楼梦》曲中"世难容"一折，有"又何须王孙公子叹无缘"句。王《索隐》谓指圆圆，甚是，但未索出王孙公子隐曲。因圆圆最先亦为冒公子辟疆所眷，被豪家夺去，卒为吴三桂所得，多尔衮常与通款，则王孙应指多。考王孙亦名胡孙，汉王延寿有《王孙赋》，杜甫有《觅王孙》诗，兴言猢狲及猴儿诸语，均可参照。

宝玉说女子是水做的男子是泥做的，或云因达子。达字从土头，故书中男子代表满人；汉字从水旁，故书中女子代表汉人。蔡书应用此说，不应以清从水，汉从土，颠倒其取义。至某氏因二十三回黛玉问宝玉看的什么书，宝玉说道，不过是《中庸》《大学》，遂谓《石头记》为演性理之书，未免附会，却不知《中庸》《大学》正影明清两代。因满人之祖努尔哈赤受明朝龙虎将军之封，后来叛逆称帝，自称后金，改元天命（章太炎《排满歌》有"天命天聪放狗屁"之句，即指此），而《中庸》第一句乃"天命之谓性"，当然影射清朝。至《大学》，首两句为"大学之道，在明明德，"显然影射大明。或曰此书为清康熙朝相国明珠之子而作。明珠姓纳兰，子名成德，字容若，好填词。《饮水集》悼亡诗有"葬花天气"语。闻成德改字性德，安知《大学》《中庸》不指性德二字？答曰：此予所谓第二义谛也。因曹书之宝玉，诚有似容若公子处，故蔡书索隐常就诸名士说法。然曹书已将第一义谛藏于其中，即使明珠公子见之，亦不能解，是为最高妙之写法。《大学》《中庸》既影明清，又影性德，双管齐下，巧不可阶，何须怀疑？否则本书成，容若公子犹及见之，自比宝玉，故改字性德以牵就此节亦未可知。又按乾隆第二妃为纳兰氏，后废为尼，居杭州某寺。废时无明诏，可作元春、惜春两影，皆与明珠家事相关合。至十九回于袭人口中讲出宝玉说"只除明明德外无书"，更足证明第一义谛。不然既写宝玉不喜读书，却喜《大学》，宁非矛盾？又说只除明明德，即是说玉玺只应恋明，除非明得，否则便入邪途，成为伪朝矣。兹事从来未有看破者，可谓粗心。然蔡书谓《西厢记》《牡丹亭》对举，为代表当时违碍之书。《西厢》终于一梦，以代表明季之记载（即作者所谓一番幻梦，所以有《红楼梦》之称）《牡丹亭》述丽娘返魂，以代表主张光复明室。诸书（按《牡丹亭》有"猛冲冠怒起，是谁弄得中原如是"之句，尤慷慨动人，大有种族之感，故作者深取之也。）又举《西厢》"落红成阵"，"花落水流红"，《牡丹亭》"原来是姹紫嫣红开遍，似这般，都付与断井颓垣"，及"良辰美景奈何天，赏心乐事谁家院"（落红、水流红、嫣红、诸红字仍影朱字），曰：落红也，葬花也，付红紫于断井颓垣（此句与甄士隐解好了歌意同），皆吊亡明也。奈何天、谁家院，犹言今日域中谁家天下也。又点出黛玉酒令，引《西厢》"纱窗也没有红娘报"，言不得明室消息。又举四十二回宝钗偷看《西厢》《琵琶》（《琵琶记》蔡邕亦能影射明遗臣事虏事，故带一句），被大人打的打，骂的骂，烧的烧，曰："此等违禁之书，本皆秘密传阅，经官史发见，则毁其书而罚其人"。又举宝琴所编《蒲东寺怀古》云："似形容明室遗臣强颜事清之人"。其《梅花观怀古》末句"一别西风又一年"，亦有《黍离》之感。又举黛玉李纨驳辩辞曰："此等忌讳之事，虽不见史鉴，亦不许人谈。外史则人人耳熟能详"。皆非附会之词。又"黛玉听曲至'如花美眷，似水流年'，想起古人'水流花谢两无情'；再词中亦有'流水落花春去也，天上人间'，又兼方才所见《西厢记》中'花落水流红，闲愁万种'，凑集在一处，仔细忖度，不觉心痛神驰眼中落泪"。中间夹叙李后主亡国之痛，以影明亡恨事，尤为真切。然则宝玉说《西厢》是《中庸》《大学》，正言明清兴亡之事，非闲笔也。

蔡氏又谓"我国古代哲学以阴阳二字说明一切对待之事物"，因举三十一回湘云和翠缕辨说阴阳，云"本书明明揭出清朝对于君主满人自称奴才，汉人自称臣"（满人有耻称奴才者，曾上折请改称臣，而清帝诏曰：奴才即臣，臣即奴才。始不改）。故蔡氏接曰："臣与奴才并无二义。以民族对待言之，征服者为主，被征服者为奴。本书以男女影满汉以此。"其言固是，但古人解《易》者又谓；君子为阳，小人为阴；中国为阳，狄为阴（唐山乔氏"易主"此说，正指满人，故是书在清时不显著）。作者亦藏此意于阴阳对举中而未敢明言耳。

五十二回宝玉说他遇见真真国女孩子，正影射台湾郑成功。真郑双声相谐，且言其所奉为真正明朝系统。观其形容真真国女子满头都是玛瑙珊瑚猫儿眼祖母绿，又身穿洋锦袄袖，带着倭刀，谓成功母为日本人。日本女子好带玛瑙珊瑚。又明提出倭刀，更不是西洋女子。又说他通中国诗书，会讲五经，能做诗填词，皆言郑氏（成功有遗诗甚佳）虽居海岛，仍奉明正朔，不愧为中国男儿，而所写之诗又显露思明情感。曰：

昨夜朱楼梦（是作者自点出红字影朱），今宵水国吟（台湾四面皆海，故称水国。然亦可影清，言昨夕尚属明室，今宵已变清朝也）。岛云蒸大海，风气接层林（正写台湾风云岚林仍有木石意）。月本无古今（月有明意。希望明常明于今古）情缘自浅深（情言清朝。言清水总自浅深，与我无关）。汉南春历历，焉得不关心（结到怀江南宏光朝，仍用汉历以记春正，以及永历秘结成功事。历历自有永意。又明提出汉字以明真象。若是外国女子，何必关心汉南春色耶）。

接着，家人听了都道："难为他竟比我们中国人还强"，正赞郑氏。郑氏据海角一岛，勉强支撑，不忘明室，真是难为他（三字写得极沈痛，如读钱牧斋《投笔集》），竟比身居中国，靦颜事虏这一班人强的多了！可谓骂倒一切，奚落蔡书中影写诸事清名士不小。

蔡书第六版自序云："鄙意甄贾二字，实因古人有正统伪朝习见而起。贾雨村举正邪两赋而来之人物，有陈后主、唐明皇、宋徽宗、故疑甄宝玉影宏光，而贾宝玉影允礽也。"其言极是。正邪寓正偏，甄贾指正伪。太虚幻境联曰："假作真时真亦假"。言以伪为正，则反以正为伪，如满清不认宏光为正统是也。至谓贾宝玉好女色，甄宝玉亦好女色；贾宝玉有林、薛诸姊妹，甄宝玉亦有许多姊妹。林、薛是诸名士影子，甄家姊妹是侯朝宗、阮大铖诸人影子（二回贾雨村说出金陵省体仁院总裁甄家，冷子兴曰："谁人不知道甄府就是贾府老亲，他们两家往来极亲热的，便在下也和他家往来非止一日了。"言清未入关，与明信使往来已非一日，可以说是老亲家。冷子兴代表满人，所以说他和甄家往来，不说和他们往来，甚显，）。作者于五十六回特写甄府家眷进京，对照甄、贾两家宝玉。甄家四个女人道："因老太太当作宝贝一样，他又生的白，老太太便叫作宝玉"。写出一块白色玉玺来。又说："起了这个小名之后，我们上上下下都疑惑，不知那位亲友家也倒曾有一个的，只是这十年来没进京，都记不真了。"正统伪朝，真假难辨，使人疑惑，然记得北京那个不是真的。语言之妙，使人心服。又说："倘若别处遇见，只当我们的宝玉。"言满清伪朝却得了我们汉人的宝玉，几令人认假作真。又史湘云说："你放心闹罢！先道'单丝不成线，独木不成林'，如今有了个对子，闹急了再打狠了，你好逃走了，南京找那一个去。"言正伪相对待，若伪朝闹倒了，玉玺可以归宏光南朝去。且指福临和宏光行径相似。及湘云说出阳货、孔子，宝玉笑道："孔子、阳货虽同貌不同名，蔺与司马虽同名而不同貌，你说我和他两样俱同不成？"言朝分正伪，而宝玉只一块也。湘云却笑道："你只会胡搅，我也不和你分证。有也罢，没有也罢，与我无干。"言你只以胡人搅乱中华，我现在也不辨。你有玉玺没有玉玺，反正我和汉人不相干。接着写宝玉梦到一座花园和大观园一样，又有许多丫环，也和鸳鸯、袭人、平儿（特举三人也有意鸳鸯言对偶袭人言龙袍皇帝平儿言平等相敌）一般，及道"这里也竟有个宝玉"（不信还有南朝），丫环们忙道："宝玉二字是我们家奉老太太、太太之命，为保佑他延年消灾；我们叫他，他听见喜欢，你是那里远方来的小厮，也乱叫起来？仔细你的臭肉，不打烂你的！"又一个丫环笑道："咱们快走罢，别叫宝玉看见，又说同这臭小子说了话，把咱们薰臭了。"——这玉玺是从古代皇帝传来传国永祚之宝，只许汉人称道他。你是臭远夷、臭鞑子，腥膻之气薰人，怎配口含玉玺？"早到了一所院内，宝玉咤疑道：'除了怡红院，也竟还有这么一个院落！'言玉玺只喜欢朱明，不知这里才正是怡红的宝玉所在。又写甄宝玉说"梦中到了都中一个花园子里头，遇见几个姊妹，都叫我臭小子（此臭和贾宝玉之臭有分别，不过说宏光亦有秽德故，不着薰臭语），不理我。好容易我到他房里，偏他睡觉。空有皮囊，真性不知往那里去了。"（言伪朝不过臭架子并无真正统系的性质）及至两宝玉一见，甄的说：原来你就是宝玉，这又不是梦了（宏光一晌梦光复，宝物未敢自信）。贾宝玉道：这如何是梦？真而又真的。及贾宝玉醒来，袭人指他是镜里照影的，宝玉瞧了，原是大镜对面相照，自己也笑了（言伪朝正统，正面相照。写来自尔分明）。又贾宝玉自说果然是胡梦颠倒，合湘云胡搅相应，言胡人颠倒中原之梦，果已实现矣。按，甄贾宝玉只好如此迷离，方合寓言。八十回以后《红楼梦》，工力悉敌，使人疑出一手。亦寓明清种族意，惟写两宝玉实地相见，好像笨笔，然亦寓有光复正统之意在内，详别评。八十九回宝玉到潇湘馆，看见一副小对，上写"绿窗明月在，青史古人空"（亦明清对举。绿窗明月，昏暗不明矣。青史新编，更无故人。正是亡国人感慨），又挂《斗寒图》是画"青女素娥俱耐冷，月中霜里斗婵娟"诗意（青女散霜仍是满雪一流人物，素娥奔月自是明女。乃满汉宫女之争也皆极显露）。

再专论宝玉

　　第二回从冷子兴（代表满清之兴，说见前）口中，说"政老的夫人王氏（贾政娶妻王氏，言伪政府已为中国帝王。故王夫人兄名子腾，言满洲兴腾之速也），头胎生的公子名唤贾珠"（言清人初假为朱明之臣，受朱明玉玺之封，添玉为珠），以朱代明。尚有佐证：钱牧斋晚年家居，与当轴一张姓者观剧，演烂柯山悔嫁。刘氏白语中有云："你如何嫁了张石匠？"以张在座，伶人遂改张为王。钱因拍案击节曰："得窍呵得窍！"俄而，刘氏复白云："你如何负了朱氏？"张亦拍案击节曰："没窍呵没窍！"钱大恶。因钱有负于朱明也。满人之负明亦然，故曰贾珠"十四岁进学，二十岁就娶了妻，生了子，一病就死了"（言不久即叛朱明，不受封号，留妻曰李尚，与中国以礼往来）。"第一胎生了一位小姐，生在大年初一就奇了（即元春。乃春王正月，谓满人已得中国历数。亦窃取《春秋》托始于隐公之一证元字亦有意，清本胡人，与元胡相等耳），不想次年又生了一位公子。说来真奇，落胞胎嘴里便衔下一块五彩晶莹的玉来，还有许多字迹"（此从《西京杂记》中"元后在家，尝有白燕衔白石，大如指，堕后绩筐中。后取之，石自剖为二，其中有文曰：母天地。后乃合之，遂复还合，乃宝录焉。后为皇后，常并置玺笥中，谓为天玺"一节取来。可见宝玉是玉玺。古玉玺有"受命于天，既寿永昌"八字，与"勿失勿忘，仙寿恒昌"意相同。言清人已得汉人传国之宝，且自称天命，因而久假不归。谓为自有口衔云者，有吞并意。五彩晶莹，言其明也。蔡书谓指胤礽生有太子之德，尚觉太浅。所以贾雨村说"只怕这人来历不小"，忖度诚然。这玉玺历史很长，来历本然不小）。至谓"祖母爱如珍宝"，以及"那太君还当是命根一般"（是说玉玺为传国之宝，历代帝王视为受命之基。史太君意指历史家，太君如言太史，中国史家特别重此玉玺，故谓无玺为白版天子。书中写贾宝玉一失通灵玉，即和没字碑一般成了白版，其宝重可知），贾政因宝玉周岁只抓脂粉钗环，说他将来是酒色之徒（是影清世祖及胤礽太子并宏光皆好色，所重者北地胭脂、南朝金粉）。宝玉说女儿是水做的骨肉，男人是泥做的骨肉（水影汉，泥影满，因满人一称达子，字首从土故也），我见了女儿便清爽（汉以天汉立称，故明爽），见了男子便觉浊臭逼人（所谓臭达子、骚达子，皆是浊意）。冷子兴说宝玉"将来色鬼无疑"，而贾雨村却岸然厉色忙止道："非也。可惜你们不知这人来历，若非多读书识字，加以致知格物之功、悟道参元之力者，不能知也"（言人不多读中国历史便不知这玉玺来历。致知格物，以知玉之体，其实暗指《大学》；悟道参元，以知玉之用，其实暗指《中庸》。因《中庸》之修道，言赞天地之化育，故曰：悟道参元"；《大学》首明明《中庸》首天命——清太祖年号，说见前。言不知明清两代之事，不能知玉玺功用耳）。"冷子兴见他把此事说得重大，忙请教其故。"雨村便发了一大段应运而生、应劫而生的大道理（当然是说帝王之应劫运而生，且屡言清明灵秀谓明，清帝王虽至为陈后主、宋徽宗，仍不失为邪正两赋之奇人）。所以子兴说："依你说'成则王侯，败则贼了？'雨村道：'正是此意'"（公然提出满清之兴，不过朱明贼子之成功，非正统，仍伪朝耳）。三回从黛玉眼中看贾宝玉原是一个青年公子（即清家公子之意），"头上戴着束发嵌宝紫金冠，齐眉勒着二龙抢珠金抹额（完全是帝王冠带。二龙抢珠寓黄龙夺朱明之意）；穿一件二色金白蝶穿花大红箭袖，束着五彩丝攒花结长穗宫绦（宫字着眼），外罩石青起花八团倭缎（有清起八旗之意）排穗褂；登着青缎粉底小朝靴（青字宜着眼衣靴完全满装）。面若中秋之月，色如春晓之花，鬓若刀裁（言薙发也），眉如墨画，鼻似悬胆，眼若秋波；虽怒时而似笑，即瞋视尚有情"（有情，有清也。所写像貌极似清世祖。其状如美妇人，清秀绝伦。且极有情，观其悼董妃文，几不让辟姜《梦忆》。又尝因太仓王揆胪唱。闻揆音近魁，曰：是负心王魁耶？盖小说家有王魁负桂英女士事。可见顺治耻作负心人，且为贾宝玉喜阅小说一证）。"黛玉一见便吃一大惊，心中想到："好生奇怪！到像在那里见过的？何等眼熟"。（言朱明代表一见玉玺，不禁大惊。本我故物，焉得不眼熟）及宝玉换了冠服，露出大辫（大辫，正写辫发之俗）。又一段风韵，万种情思（风情仍是清风意）。其评宝玉《西江月》二词曰：

无故寻愁觅恨（言清太祖寻仇觅恨，以七大恨誓兵，其实皆无缘故也），有时似傻如狂（满语以天子为憨，由可汗转来；憨有傻意。言其逞兵犯明，有如发狂；狂从犬，王有夷狄君意）。纵然生得好皮囊，腹内原来草莽（满人起于游牧，不出水草。好皮囊反语，言鞑子臭皮囊也）。潦倒不通庶务，愚顽懒读文章（初不爱中国政治与文化）。行为偏僻性乖张，那管世人诽谤（言满人偏据辽东，竟张狂图明，不顾世人之非议，入关后肆行无忌，益乖张矣。又清顺治在关外深自韬晦，游嬉姣狯，渔猎鄙事无不为之，使摄政无猜，得以保全，恰似宝玉前卷情形，畏惧贾政却不顾非议）。富贵不知乐业（贵为天子，富有四海，尚不知安居乐业），贫穷难耐凄凉（未入中国，贫居辽野，凄凉极矣）。

可怜孤负好韶光，于国于家无望（满人不在四民之列，益全无于国家，纵聪明亦非中国国家所望也）。天下无能第一，古今不肖无双（此似指胤礽）。寄言纨绔与膏粱，莫效此儿形状（言古国文绣民族，不宜反效满人）。二词与八回嘲顽石诗相似："女娲炼石已荒唐，又向荒唐演大荒（指伪朝说。书中幻虚荒诗等字样，均从伪字化出）。失去幽虚真境界，幻来亲就臭皮囊（言玉玺离正统而为臭鞑子所得）。须知运败金无彩（谓胡金无百年之运），堪叹时乖玉不光（玉宝已违明时，自不光明）。白骨如山忘姓氏，无非公子与红妆"（言满洲出长白山，姓氏不明，其贝子贝勒译言哥儿，红妆言朱明，关系清明两代也）。

宝玉看罢黛玉，笑道："这个妹妹我曾见过的。"又道"心里倒像是旧相认识，远别重逢的一般"。（言玉玺与朱明为旧交，及为清人得去，遂与故主远别，言南北隔绝也）至宝玉问黛玉可有玉？答曰"我没有。那玉亦是件罕物，岂能人人皆有？"（言朱已罕，失去玉玺，而此玉玺只一人能有。曰：亦是谓真主固罕见。玉玺明亦遇也）宝玉听了摔玉，并曰："什么罕物！人的高下不识，还说灵不灵？我也不要这捞什子！"（言玉玺应归上邦朱明，不应归下邦满人。今仍舍却故主，已失效力，满人不过偶然捞拾起来，非所应要。按，捞什应作牢实，作者故意写作捞什，以形容满人拾得明人天下）及贾母忙哄他道："这妹妹原有玉来的（言朱明本有玉玺），"因你姑妈去世时，舍不得你妹妹，无法可处，遂将他的玉带了去"（言故国已亡，玉玺亦与之并失。即满人不承认得天下于明朝之意）。"因此他只说没有玉，也是不便自己夸张之意。你如今怎比的他"（言朱明已失玉玺，无以夸示天下，但他自是正统，满人如何比的上）。

蔡书谓宝玉乃胤礽影子，王君以拟清世祖，皆是。也因作者所写一人决不定代表一人，前已说过。盖据魇魅一案论，则宝玉是影射胤礽。据宝玉以贾政为父言，则影射清世祖。最初定摄政王礼仪，一切均拟父王，又因皇太后下嫁摄政王诏中，谓清帝视摄政王如父，不可使父母异居。则贾政配王夫人，合言之恰是摄政王三字。宝玉以为父，非清世祖而谁？清世祖有五台出家一说，故宝玉自称情僧。又王熙凤有"宝玉独顶老祖宗上五台山"一语证之。且因清世祖自称满住，乃佛名文殊之转音。文殊示化五台，故满人好佛。所谓堂子神即释迦牟尼、观世音菩萨、欢喜佛等。清帝后每使人称老佛爷，贾母所以得此号也。

宝玉房中丫头之名俱有用意。袭人：言袭人，又姓花，即花团锦簇之龙袍皇帝，以写宝玉身分，故为正婢。麝月：言玉玺目的射于明月，以写宝玉精神。晴雯：则以玉玺关系明清两朝，半明半清，始有此情文相生之《石头记》写宝玉之关系，故皆居侧婢之列。后用小红，王君《索隐》谓指洪承畴，颇有意。因清太宗尝呼承畴为老洪，作者恶之，乃呼为小。甚是。

宝玉与秦钟结合：秦与清声相近，言玉玺与清室交往。故秦钟父曰秦邦业，言清朝之兴业，其后则清，钟爱玉玺，而玉玺亦恋清。秦可卿：言可亲。谓玉玺以清为可爱，亲而呼为卿卿。五回写宝玉到可卿房中，先看见燃藜图及"世事洞明皆学问，人情练达即文章"（仍有明清两字在内），便不肯在那里。写伪清不好明家文化□□唐伯虎的《海棠春睡图》与秦太虚写的对联（唐，言唐人；秦，字太虚，言虚伪。由唐人写出伪清来）。又案上设着武则天、赵飞燕，杨太真、两昌公主诸用物完全是皇帝派（武则天本是伪皇帝，且□□□□？而自称天命，亦甚肖阿武之名。满洲又曾姓赵，故用飞燕。安禄山，言胡也。两公主亦有胡女之意，因胡自称公主，且表淫乱）。寿昌公主之梅额，乃天外飞来之媒证。同昌公主下嫁，铺排典礼，与清太后下嫁摄政王有关。所以宝玉说"这里好，这里好"（好好正是卿卿爱亲之意，亦满人之姓也)。及梦中警幻迎宝玉至一香闺绣阁中，见一女子鲜艳娇媚，有似乎宝钗（北地胭脂），风流嬝娜则又如黛玉（南朝金粉）。言玉玺关系明清两代。"吾妹一人，乳名兼美，表字可卿"（言兼满汉南北之美丽江山，而以为可亲爱也）。梦醒又喊可卿，以示玉玺为爱亲觉罗氏所迷惑，不易醒也。至警幻所云，"令祖宁荣二公剖腹深嘱"，宁荣与贾宝玉关系，从来无人道破，皆不明满清及明清关系之历史故也。考史，满人祖居宁古塔，其后因宁远一城屡与明室开衅。梦中十二册正册末一副结云："漫言不肖皆荣出，造衅开端实自宁"。言明清开衅于宁远。至于荣，言满人荣盛之后，穷奢极侈，独有此不肖子孙。因荣字太暗，有安富尊荣之意，十三回秦可卿梦告凤姐，荣辱自古回而复始，又"于荣时筹下衰时事业"，又说"若自今以为荣业不绝，不思日后终非长计"，皆明点荣字。又特写出一金荣，以点出金荣者，言后金渐渐荣盛也。故金荣与薛蟠一气，言长白种族蟠辽而后荣耀。又北静王即北满争来清王之意；名曰世荣，又说彼此祖父同难同荣，以见创业艰难也。二回冷子兴说荣宁二公一母同胞，'宁公居长荣次之。宁谓清太祖开衅于宁远，荣谓由太宗之后始渐荣盛，故曰荣公。长子贾代善（清太祖次子名代善），娶的金陵史候小姐为妻，即渐与中国文明历史生关系也。所以，警幻云"荣宁二公嘱吾云：吾家自国朝定鼎以来（即满人入主中国之后），功名盖世，富贵流传，已历百年，运终数尽，不可挽回"（正言胡无百年之运），与可卿托梦之言相照应。《红楼梦》曲中"昨贫今富人劳碌，春荣秋谢花折磨"，亦知写金荣元出贫家，亦与北静王世荣同荣相照。皆作者微词，不可忽略。秦可卿之死乃寓满清盛极必衰之兆。因平三藩时，满兵已衰朽无用，故于可卿之死极力铺排。于送殡人中明点出靖国等六公，又谓六公与荣宁二公当时所称八公的便是，即清入关时立功之八家铁帽王也。四郡王正写三藩兼定南王孔有德也。某君索隐以孔四贞为史湘云，则史鼎即指孔有德。作者以史太君影太史公，谓本书即一部野史，然亦须用孔子《春秋》笔法，乃暗借孔有德以证之三藩皆叛孔独不叛，故曰忠靖；寓忠清中立两意。名鼎者，定也，言定南王也。

作者于荣宁两府人名皆用假借，而独标代善真名。且代善有兄早死，清人称为大贝勒，正是清太祖之长子，所以不改此名。一因故作泄漏；一因太祖诸子之名，惟代善与中国人名相似，三因有清室一代一代好起来之意。至以清太祖、太宗为兄弟，不过指其武功、野心、政治皆相伯仲耳。清太宗为努尔哈赤四太子，故曰宁公有子四人，亦故意露泄之处。至写贾政、贾赦为荣公之孙，正写入中国后政刑皆伪，不以统系论矣。

二十五回"通灵玉蒙蔽遇双真"（双真指一僧一道，言明起于僧亡于道，皆是真王），那僧道："宝玉原是灵的，只因为声色货利所迷，故此不灵了"（言玉玺本系明灵之物，自入伪朝，大受蒙蔽，所以不明不灵。特将明字隐去）。又赞玉曰："天不拘兮地不羁，心头无喜亦无悲。只因煅炼通灵后，便向人间惹是非"（正赞玉玺之天纵灵明，惹起兴亡正伪是非来）。又说："粉渍脂痕污宝光，房拢日夜困鸳鸯。沉酣一梦终须醒，冤债偿清好散场"（言玉为北地胭脂所污，皆为冤仇不解所致；能将清室冤债还毕，乃好结局也）。

按扬子《法言》有句云："欲仇伪者必假真"。本书之辨假真，皆仇伪之心理耳。

十九回写宝玉到贾珍那边看戏，不想唱的是丁郎认父（寓汉人不忘宗国意）、黄伯英大摆阴魂阵（寓崇祯缢死煤山事），更有孙行者大闹天宫（影胡人大闹天国）、姜太公斩将封神（寓清人入主后大封功臣事）等类的戏文。倏尔神出鬼没，忽尔妖魔毕露，内中扬旛道会、拜佛行香（写胡人祭堂子神及跳神、供欢喜佛等事），锣鼓叫喊之声，远闻巷外。满街上个个都赞好，说"别人家断不能有的"（言满人得意上场，据中国为己有也。此节虽寓意，亦为写实。清外史载：内府戏班演戏，率用《西游记》《封神传》等小说中神仙鬼怪之类，取其荒幻不经，无所触忌。且可从中点缀，排引多人，离奇诡变作大观也。戏台阔九筵，凡三层。所扮妖魔，有自下而上者，有自下突出者，甚至两厢楼亦作化人居。而跨鹤舞马，则庭中亦满。有时神鬼毕集，面具千百，无一相肖者。神仙将出，有道童数队；出场，又有八仙庆寿，道童无数。至唐僧取经，如来上殿，高下列坐几千人，仍有余地。正和此所写相同）。宝玉见繁华热闹到如此不堪田地，只略坐一坐便走（写汉人看见清廷欢舞升平，不堪愤慨，且全系妖魔相闹，尚不及燕子笺、春灯谜之儒雅也，何能坐视）。

二十三回写宝玉参禅，虽影清顺治出家，亦正写雍正宫中参禅事；因其有御选语录，即禅宗也。

论书中诗词

　　全书诗词以《红楼梦》十二支曲为冠，乃融会词曲弹词而成者，其意则在哀明，前已略说，今再疏解一二，以备参考。开首"开辟鸿蒙，谁为情种"（此指满族开辟史中天女吞果神话，言其事虽混蒙，已种情根，并将舜帝为千古情祖亦写在内）都只为风月情浓（自然是清风明月），奈何天，伤怀日，寂寥时，试遣愚衷。因此上，演出这悲金悼玉的《红楼梦》（作者自道作书缘起。书中屡用无可奈何天以及良晨美景奈何天，皆寓国亡种灭，奈何不得，既悼玉玺，又悲金人者。因明已亡，而清亦不能久保，盖深知君主之祸，有黄黎洲《原君》之微意。故篇中能举帝王富贵一齐抹杀，颇有平民思想，当于别篇详之），金玉姻缘、木石前盟前已说过，而"枉凝眉"一曲，正言木石姻缘之无望，如水月镜花一样空想。"恨无常"（此曲似哀三藩。因三春并寓清初三藩之意，故有"路远山高"之语，与书中元春并不相似。待考）、"分骨肉"指探春。似哀尚、耿二王，以穷通离合写其遭遇。王书谓指三桂与其父母分离，亦合第一义。影孔四贞。平南王孔有德夫妇遇难时，四贞尚幼，从乳母北来，故"襁褓中父母叹双亡"也。四贞有父风，又归清宫收养，及嫁孙延龄后，又成寡居，与词意甚合。

　　"乐中悲"指史湘云。蔡书谓影陈其年，颇似。曲中"霁月光风耀玉堂"，写其为明清得意之文士。"此难容"指妙玉。蔡书谓影姜西溟。"孤负了红粉朱楼春色阑"，亦点出其为明亡后名士。"喜冤家"指迎春，影射孙延龄。"虚花悟"指惜春，影射陈圆圆，又影明亡后逃禅避世一流人物。看破贫富荣谢之无常，不特明人折磨，满人亦将衰败，而发此悲吟浩叹也。"聪明竭累"指凤姐。蔡书谓影王国柱，甚似。亦指多铎、多尔衮。"晚诏华"指巧姐。第一义指刘三秀之女及其仲兄之子，所谓"狼舅奸兄"。也指李纨，哀仕清诸人之将相功名皆不久也。亦指三秀。"好事终"指可卿。指明清开衅之人，真是冤家对头也。"飞鸟各投林"总结，一扫明清两朝，而后出现干净土也。"《红楼梦》曲大有顾恭《万古愁》曲意。闻清世祖最爱听此曲，常使宫女歌唱侑酒，亦宝玉梦听《红楼曲》之证（余参看王书可得）。

《石头记缘起诗》云："满纸荒唐言（荒，言亡；唐，言中国。缘中国有称汉者，有称唐者。然则荒唐言即亡国语），一把酸辛泪（亡国恨也）。都云作者痴（痴心复国），谁解其中味"（别是一般滋味），总结曰《石头记》缘起说明（言本书由说明亡而起也）。一百二十回结处又着作者缘起之言，曰："说到辛酸处，荒唐愈可悲（言亡国酸辛悲痛难言），由来同一梦，休笑世人痴"（言兴亡皆一梦。世人之痴即作者之痴，共一片光复痴心，宜怜不宜笑也）。

黛玉《葬花诗》，哀明亡也。李后主词，"流水落花春去也，天上人间，"正写亡国情形。悼翠哀红，无非幽情。诗中"明媚鲜艳能几时，一朝漂泊难寻觅"，点出亡明景况。又以"杜鹃无语正黄昏"，补出愍帝遗恨。落日黄昏，无明之象。再结云，"一朝春尽红颜老，花落人亡两不知"，言运尽朱明衰败，国亡种灭，无人知也。潇湘馆鹦鹉一日忽咏："侬今葬花人笑痴，他年葬侬知是谁"，此指宏光。因宏光小名福八，宫中妃嫔常教鹦鹉呼之以为戏。沈士铨《宫词》"鹦鹉金笼唤御名"句，即此也。两句在黛玉，则有隋亡时萧后言"妾命不知在何时"之意，在宏光，则有汉献帝"朕命不知在何时"之意。故特用鹦鹉写出，甚合。

"白海棠"亦咏明清间事。因作者以雪、白代满洲，故特取白海棠寓清兴也。探春诗中有"玉是精神难比洁，雪为肌肤易销魂"，言满雪终盛，汉人销魂。然仍从朱明得来，因言"倩影三分月有痕"——尚有明人痕迹也。宝钗诗云"胭脂洗净秋阶影，'冰雪招来露砌魂'"，言北地胭脂，曾为明人扫荡，是仇敌也。而吴三桂招来满雪，始露头也。又"淡极始知花更艳，愁多焉得玉无痕"，正写白雪冷淡而鲜艳，因与明多仇而于是有获得玉玺之痕迹也。宝玉于雪满盆后曰："出浴太真冰作影。捧心西子玉为魂"。太真，表满雪之丰盛而冷淡，玉玺则如西施颦眉欲报仇也。又云："晓风不散愁千点，宿雨还添泪一痕"，言清人仇未散，如有宿恨，使人有亡国之痛哭耳。黛玉云："半掩湘帘半掩门，碾冰为土玉为盆"。言尚有汉人一半，我玉玺自有一分，应碾冰雪至地耳。又云："偷来梨蕊三分白，借得梅花一缕魂"。言几分离愁别恨，均由煤山一缕魂来（书中梅字有从煤山化来者）。又云："月窟仙人逢缟袂，秋闺怨女拭啼痕"。言明已亡，天下缟素，儿女皆恨怨也。结云："娇羞默默同谁诉，倦倚西风夜已昏"。言亡国之耻凭谁告诉，只有默默哀长夜之不明而已。湘云诗有云："秋阴捧出何方雪，雨渍添来隔宿痕"。何方满雪，竟从幽洲阴暗处捧出，仍不无宿恨也。次首云："玉烛滴乾风里泪，晶帘隔破月中痕"。玉玺已泪落清风之里，而与明月相隔破，无可如何也）。

咏菊诸诗亦影明亡。因"菊残犹有傲霜枝"一语，是表示亡明之刚烈。寓意沉痛在黛玉《菊梦》一律。开首云："篱畔秋酣一觉清，和云伴月不分明"点出清明两字，言吴三桂叛离之后，愁人一梦觉来，已变为清朝，而黑云遮月不是明矣。继云："登仙非慕庄生蝶，忆旧还寻陶令盟"。非慕胡人枝叶，而还忆旧明。与《红楼梦》十二、十四回"只念木石前盟"同意。因陶令号渊明，寻本究源，惟旧明耳。又云："睡去依依随雁影，惊回故故恼蛩鸣"。依依故国之梦，为雪雁惊回；秋雁夜吟，恼人不眠，愁更愁也。结云："醒时幽怨同谁诉，衰草寒烟无限情"。言亡国幽怨无可告诉，望塞外衰草，只有无限清人耳。

"雪"诗正表满人之兴，故用凤姐创始（因凤姐兼俱多铎、多尔衮资格。书中写多姑娘，正为与凤姐对照）。云："一夜北风起"，言满人起于东北也。李纨续"开门雪尚飘"，暗用"开门雪满山"意，以点满字。至"有意荣枯草"，言满人荣盛于水草也。"无心饰萎苗"，不管明人之委顿。"麝煤融宝鼎"，言明鼎已融化于煤山。"绮袖簇金貂"言满族貂表已入主矣。"鳌愁坤轴陷"，言国亡如地陷。"龙门阵云消"，言黄龙入关一战而李自成销灭也。"坳垤审夷险"，言夷人险诈，处处设阱。"支柯怕动摇"，言国本已倾，而福王为枝叶，又现动摇之恐。至"月窟翻银浪，霞城隐赤标"，言明已陷于满雪，而朱氏隐灭矣。结云"俗志今朝乐，凭诗祝舜尧"，指当时附清文人以仕今之新朝为乐，而且以舜——东夷之人，祝满夷也（观顾天成挽康熙诗云："已过虞舜巡方日，尚少唐尧在位年"，亦证据）。李纨曰"够了够了"，言不要附会，够受的了。

"红梅"诗正指朱明亡于煤山，故有"魂飞庾岭春难辨。霞隔罗浮梦未通"（庾岭正是梅山，影煤山。未明隔去魂梦不通矣）。至李纹"冻脸有痕皆是血，酸心无恨亦成灰"，明写愍帝缢死之状，使人心酸恨煞。又云："移真骨"、"脱旧胎"，写清人礼葬愍帝，脱胎于古事。故结云："江北江南春灿烂，寄言蜂蝶漫疑猜"。言江北清主，江南宏光，尚觉春光不少，而往来使臣如蜂媒蝶使，可以开诚相见，莫相猜疑也。薛宝琴诗云："间庭曲槛无余雪，流水空山有落霞"，亦言满人尚未至明庭，而煤山已亡朱明矣。故接云："幽梦冷随红袖笛，游仙香泛绛河槎。前身定是瑶台种，无复相疑色相差"。言愍帝之死，正如一梦而仙游、冷香泛空，使人知是朱明君王之魂。生前本是帝王种，不得以其缢死之色相而谓其差错也。宝玉诗中"人世冷桃红雪去，离尘香割紫云来"，亦言愍帝入世去世，均不失朱明气派耳。香割紫云，写断长公主臂之惨剧。黛玉《桃花诗》亦哀明亡：桃红影朱明，单观其结处即知。"憔悴花遮憔悴人，花飞人卷易黄昏"。言人亡国瘁。黄昏，失明也。"一声杜宇春归尽，寂寞帘栊空月痕"。亡帝魂魄悲亡国，空剩明室痕迹而已，能不悲哉！又黛玉《葬花词》《桃花诗》均由唐六如集中取得。以唐寅拟黛玉，即以黛玉代表唐人耳。详附录。

《柳絮词》亦悼明讥清。湘云《如梦令》云："空使鹃啼燕妒。且住，且住，莫使春光别去"。言明亡如一场幻梦，尚冀春光且住，勿令完全漂泊消灭。凡别离之辞，皆寓去国离邦之惨。黛玉《唐多令》，悲南朝也。百花洲、燕子楼皆南朝名胜。"一团团逐队成球。飘泊亦如人命薄，空缱绻，说风流"。指阮大铖、杨龙友一辈虽是唐人，多令名，而实系轻薄才人，空眷恋旧国，自夸风流朝士，而终不觉薄命。故曰："草木也知愁，韶华是竟头。叹今生，谁拾谁收？嫁与东风春不管，任尔去，忍淹留"。"国破山河在，春城草木深"，亦可曰草木亦识国仇恨，竟令中华衰老，嫁与东夷，凭人收拾去，更无人管尔辈矣。尚忍淹留伪朝廷，而不图进取也耶？宝琴《西江月》更显然。曰"汉苑零星有限，隋堤点缀无穷"。言汉苑明宫零落已尽，只余亡国隋堤，供人点缀愁恨而已。"三春事业付东风，明月梅花一梦"。三藩事业全付与东夷清风，明室只有煤山落花一梦耳。若由隋堤写到扬州，则此句写史阁都梅花岭魂梦也，用《西江月》词言阁部沈水如月堕西江耳。"几处落红庭院，谁家香雪帘栊"。朱明朝庭宫院全衰，满雪呈香，竟是谁家天下？恐人不知，故自赞曰："几处谁家甚妙"。"江南江北一般同，偏是离人恨重"。江南小朝、江北伪朝，一般无二，只亡国之人抱恨无穷耳。至于宝钗代表满清，故意作兴腾。词曰："白玉堂前春解舞，东风卷得均匀"。言明堂之春光尽为东夷席卷而均分，故接云："蜂围蝶阵乱纷纷。几曾随逝水，岂必委芳尘"。满人蜂拥而来，一阵纷乱（围、阵两字写武力）扰攘，而其功名自不至漂落坠地也。"万缕千丝终不改，任他随聚随分。韶华休笑本无根。好凭风借力，送我上青云"。言千派万系皆不改长白色态。或隐用"北极朝庭终不改"句，以示北朝耳。聚于北京，或散于各省，任地颠狂自肆。又道中华之人勿笑满人无根基，而吴三桂一借我力，便上青云，飞入中土矣。

　　七十八回史、林联句凹凸馆，亦是悼明亡之意。先从湘云口中说出，"可惜宝姐姐、琴妹妹天天说亲道热，早已说今年中秋，大家要一处赏月…到今日便弃了咱们…倒是他们父子叔侄纵横起来。你可知，宋太祖说的好：'卧榻之侧岂容他人鼾睡！'明写满清入关，与宏光南朝口头尚说亲和，表示用汉人、用汉文，其实早把明史败弃、汉人排斥、阴有宋太祖平吴之诈，决不让宏光睡于卧榻之侧。所谓摄政王与顺治又是叔侄，又亲如父子，故曰"倒是"言颠倒正统也，"反让他父子叔侄纵横起来"。此系作者故意流露处，不然刚说宝钗姐妹。怎么拉到父子叔侄，宁非矛盾？联句用韵数栏杆，止十三根，湘云道："偏又是十三元"。言明亡于东胡，不异宋亡于胡元。《烧饼歌》有"明灭元，元灭明"语，所以说偏又遇着胡人也。最初"清游拟上元"一句正点拟满清于元胡。几宅谁家，仍是谁家天下之恨。"争饼嘲黄发"，讥附

清之黄发元老争宠新朝。"分瓜笑绿媛",谓女真瓜分中土,其乐
可知。"香新荣玉桂",谓香满一轮,由于吴三桂。故黛玉联道:
"色健茂金萱"言后金已宣明露面于中国矣。宜乎湘云讥他:"犯
不着替他们颂圣去"。可见当时文人颂扬满清,必用金玉等名辞。
至"晴光摇院宇",谓明之国基已摇动。联云:"素彩接乾坤。赏
罚为宾主",指长白种族接承明统,入主中国,有赏有罚,以满
人为主,以汉人为宾。所以湘云道:"又说他们(满人)做甚么?
不如说咱们。"南朝福王尚可与愍宗"联吟序仲昆,"是弟兄辈
也。"渐闻笑语寂,空剩雪霜痕"。写亡国言论不自由,啼笑皆
非,只见满雪严厉而已。"阶露团朝菌",言群小新承雨露,亦可
指宏光诸小。"庭烟敛夕椿",言小朝庭之昏暗也。"秋湍泻石
髓",石头精髓已泻尽。"风叶聚云根",后叶零落,聚于云南。
"宝婺"四句,言小宛以孤洁之身而入清宫,为嫦娥之奔广寒,
在亡国题外,故湘云曰:"你也溜了。"不但句溜,事溜人亦溜。
然亦绿银蟾作怪,吞月失明而有此兔脱耳。"犯斗邀牛女,乘槎
访帝孙。盈虚轮莫定",似言福王被杀后,广州、云南方面又有
唐王、桂王出奔,皆明帝之子孙欲图存于斗南者。惟举棋不定,
无由问盈虚消息也。不过空存正闰。故接云:"晦朔魄空存"。至
"宵灯焰已昏。寒塘渡鹤影",言明亡,辽东鹤飞来。"冷月葬诗
魂",以礼葬愍帝(明亡之魂)。然在汉人观之,只增颓丧,不过
满清权术。故湘云曰:"作此凄清奇谲之语,"正议此事耳。妙玉
所续,意指永历如销金鼎、腻玉盆(仍是金玉良缘,特用销金,
仍希金气尽也。腻者,亲也。所亲亦玉玺耳)。萦纡沼、寂寞原,
写永历展转迂回,入滇池以至缅甸之原野,不堪寂寞。接云"石
奇神鬼传,木怪虎狼蹲",仍归木石,言永历被执缚于缅人,又
遭虎狼之吴三桂毒言,有神出鬼没之奇怪景象。"朝光透、晓露
屯",仍希复明也。振鸟、啼猿,亡国痛泪,与《葬花》参看自

明。"岐熟焉忘径，泉知不同源。"谓吴三桂径忘明恩，如饮水不思源矣。钟鸣、鸡唱，漏尽更残，鸡声而应，自警也。兴悲、愁烦，有兴者有败者，无仇何以至此？遗情谁言，无聊以自遗，尚何言哉，尚何言哉！彻旦休云倦"，思明不倦。"烹菜更细论"，再论烹杂种以快心耳。又凹晶颇有意味。晶言明。而后明福、唐、桂，亦称三藩，是三明也。皆陷于沟渎不振，故曰"凹晶"，甚为显著。仍不外悼朱本旨。"凸碧"言金突兴耳。七十八回姽婳词，乃明季事实，即《聊斋志异》所写衡王府中之林四娘。恒衡同音。青州不改，是作者点出朝代之正笔。必用宝玉为词，亦谓林四娘之义烈，当用明之玉玺表章之也。词中流寇，正指孔有德破青州，旋为明兵击败，故不作亡国语。蔡书竟不明此事出处，何疏漏乃尔！

　　二十八回云儿唱的曲"两个冤家，都难抛下，想起你来又记挂着他。"自然是说玉玺关连明清两朝。"两个人形容俊俏，都难描画。想昨宵幽期私订在荼蘼架"。邀清人入关乃吴三桂私订密约，非一般人所公认。"一个偷情"，与投清音合。"一个寻拿。拿住了三曹对案，我也无回话。"明人寻至，遇投清者，比之拿奸证明；原物归故主，自然没有话讲。

　　至于宝玉唱的"滴不尽相思血泪抛红豆"，自是思明愍帝亦号思宗。杜鹃归魂，能无血泪？"开不完春柳春花满画楼"，故宫花柳，尽为满人搂掠去。有李后主"花月正春风"之感。"睡不稳纱窗风雨黄昏后"，风飘雨打，黄昏不明，正指明亡。"忘不了新愁与旧愁"，新仇旧仇，正指明清相仇历史言，当然忘不了。"咽不下玉粒金药噎满喉"，有卧薪尝胆意。万方玉石已被满人吞咽于喉中，汉人当然咽不下。"照不尽菱花镜里形容瘦"，满肥汉瘦，自然憔悴。菱镜背月无明，不忍照矣。"展不开的眉头，挨不明的更漏"，点出不明两字。"呀，恰便似遮不住的青山隐隐，流不尽的绿水悠悠。"即郑所南"满目青山绿水，所南何以为情"之意也。

　　书内明月多指前明，惟中秋月有时指清人，因取古人"此夜一轮满，清光何处无"，包含满清两字。蔡书谓贾雨村中秋口号云"天上一轮才捧出，人间万姓仰头看"，为代表满洲，是也。因恐人不明白，故上二句点出满清二字云："时逢三五便团圆，满把清光护玉栏"，更显明矣。

论著者思想

著者曹一士及重订者曹雪芹，生于清初乾隆之际，目睹满人倾轧猜忌之情形，以及富贵功名之虚伪，且在黄黎洲《明夷待访录》出世之后，痛知君祸之奇酷，颇有去君思想，故于本书字里行间，时露平民色彩，若生于近今，当成一锐进主义者。试举其显著者言之：如第七回宝玉初见秦钟，自思道："天下竟有这等的人物！如今看了，我竟成了泥猪癞狗了。（此句仍影朱元璋相貌如猪，有弦外音）可恨我为什么生在这侯门公府之家？若也生在寒儒薄宦之家，早得与他交接，也不枉生了一世。我虽比他尊贵，可知绫锦纱罗，也不过裹了我这枯株朽木（枯株仍古朱）；美酒羊羔，也不过填了我这粪窟泥沟（仍有猪窟意）。'富贵'二字，不啻遭我荼毒了！"（这些话在如今很平常，但在君主时代，野心家正抱大富贵的希望。自觉富贵为荼毒的，除过几个高人隐士，真是少有。惟明末所谓愍帝，竟对其长女发出"若何为生帝王家"之惨语，正与宝玉"可恨我生在这侯门公府之家"一叹相合。这犹可诿曰是亡国君的觉悟，乃不意所谓兴朝顺治帝一日看破富贵，高吟"我本四方一衲子，焉何生在帝王家"？飘然远引，亦与宝玉同慨，宁非怪事？此作者非薄富贵之念所由来也）又写秦钟见宝玉"形容出众，举止不浮，更兼金冠绣服、艳婢娇童（帝王富贵），'果然怨不得人溺爱他！可恨我偏生于清寒（满清起于寒苦之东方）之家，那能与他交接？可知贫富限人，亦世界上大不快事'。"（末两语乃作者本心，一片不平之气都注向富贫两字。不但要去贵，还想去富。世界到了无富无贵的境界，便近乎极乐园、无政府地步了。甚么富贵贫贱，真使人大不快活，只好一笔抹杀，不许字典中再现此等字样。然后还我平等自由，岂独宝玉秦钟之欣幸也哉？是全人类之福音也）。

十五回写凤姐携带宝玉、秦钟往铁槛寺，路经田家。宝玉见庄家动用之物，都以为奇，不知何名何用，及听小厮告诉，乃道："怪道古人诗上说：'谁知盘中餐，粒粒皆辛苦'。正为此也。"一面见纺车越发稀奇（写出一个不辨菽麦天子来。仍寓重农意。所以写庄田人虽视凤姐、宝玉等如天上人，并不畏避，反加以奚落，是真平民精神。最近中华革命，文字之功，首推章邹章太炎。即以"载恬小丑，不辨菽麦"八字得罪于满庭。可知此段非赞宝玉也，惟与俗传清康熙帝命画苑写《耕织图》并题咏农家各诗有照应耳）"。

此外最直捷痛快骂倒帝王人家，除焦大叫骂"扒灰的扒灰，偷小叔的偷小叔"，以及柳湘莲对宝玉说"你们东府（辽东）里，除了那两个石头狮子干净罢了"，写尽清庭淫乱来，其次莫如六十五回尤三姐嘲骂贾珍贾琏兄弟。如曰"这会子化了几个臭钱，你们哥儿两个，拿着我们姊妹两个权当粉头来取乐儿，你们就打错了算盘了！"骂尽买卖式婚姻。究其根源，不过两个臭钱作怪。所谓人皆恶其铜臭是也。世上只把这一项臭钱革掉，一切淫乱丑恶行为自然消灭。无政府主义极端主张废除金钱者以此。若贾氏没有几个臭钱，何能诓骗欺负人家寡妇孤女，害了他们性命（满人称贝子、贝勒皆曰哥儿，或曰阿哥，乃本书称呼贾府公子哥儿们。本书中所谓老祖宗、老佛爷、爷们，皆满人家庭惯用语）。

十九回袭人讲宝玉说混话，"凡读书上进的人，他就起个名字叫‘禄蠹’。"按，禄蠹两字，直骂倒古今一切作官者。书中写贾雨村之贪婪，王熙凤之弄权（兼及甚么大守公子抢亲），薛蟠之仗势，以及两府之淫乱，都是作者反对官吏的精神。所以第一回由道士口中念《好了歌》，把功名金钱、娇妻儿孙，都一笔勾消。又用甄士隐注解，结到"因嫌纱帽小，致使锁枷扛。昨怜破袄寒，今嫌紫蟒长。乱烘烘，你方唱罢我登场，反认他乡是故乡。（不特为满人入主忘了故土凡人忘了本来面目都是）甚荒唐，到头来都是为他人作嫁衣裳。"更说得警策。上下五千年史，不过一连幕戏曲而已。欲令作官者自已彻悟，一齐放下，自然可到无富无贵、无贫无贱的乐地。故作者自谓"翻过筋斗来"也。

　　书中屡写宝玉不喜出嫁两字，是反对婚姻制度，主张恋爱自由。所以二十九回写张道士给宝玉提亲，宝玉非常生气。四十六回写鸳鸯反抗贾赦，连宝玉都菲薄起来，说"便是宝金宝银、宝天王、宝皇帝（是作者故意露泄），横竖不嫁人就完了！"写迎春之误嫁、尤三姐之自择无成，皆是反对旧式婚姻，乃前人所未有者，此著者思想高人一筹处也。又九十三回写蒋玉函没定亲，说"他拿定一个主意，说是人生配偶，关系一生一世的事，不是混闹得的（旧式婚姻混闹的多）。不论尊卑贵贱（又是平等思想），总要配得上他的才罢"。言下透出自由择配的意见。和七十二回"来旺妇倚势霸成亲"，彩霞因来旺儿子不正经、容貌又丑，不愿意嫁他，是一般思想。此外如写尤三姐守候柳湘莲，司棋被查出私情，并无畏惧惭愧之意，皆有自由恋爱的精神在内。书中刘老老，某君《索隐》谓射影像王妃嫡妇刘三秀事。以《红楼曲》中"老来富贵也真侥幸"，以及"狠舅奸兄"亦指刘妇之仲兄。观其与假子并进荣国府，卧怡红院，皆可为证。蔡书谓影射汤斌，亦多确据，不失鄙人所谓第一、第二义谛。然作者平民思想亦藉此老老发挥不少。如第六回初到贾府，被门上挺胸凸肚的家人半天不眛，及周瑞家引进府中，则见满屋中东西耀眼争光，使人头晕目眩。见了凤姐，立坐不是说出"瘦死的骆驼比马还大些。你老拔一根汗毛比我们的腰还壮"，形容贫富不等，可谓尽致。三十九回又到贾府送枣子倭瓜并野菜。枣子言刘早生子；倭瓜与阿哥双声，与"花儿落了结个大倭瓜"，即生大阿哥同意，野菜言异种也。说起吃螃蟹，搭上酒菜，一共倒有二十多两银子，"阿弥陀佛！这一顿的钱，教我们庄家人过一年了！"寓汉文帝罢露台之意，正写皇家之滥用。及领去见贾母，说出"老太太是享福的。若我们也这样，那些庄家活也没人做了。"简直当面嘲骂。便是许行"贤者与民并耕而食，饔飧而治"的大道理。一切政府全是懒汉团，是做粪的机器、"老废物"（三字由贾母自说更妙），偏要坐享人生的幸福。若庄家活没人做，他们也只好喝秋风罢了！中国历来抗官有罢农举动，即由此思想传来。四十回写贾母说出软烟霞影纱可以拿来糊窗，刘老老口里不住的念佛，说道："我们想做衣裳也不能，拿着糊窗纸，岂不可惜？"是骂富贵人家暴殄天物，不知来处艰难，真是造孽，所以替他们念佛。及说老太太正房大箱大柜、大棹大床，果然威武，"比我们一间房子还大"。又说小屋里东西越发整齐，越看越舍不得离了，是说富贵易动人羡艳，易生人野心。刘项观始皇，所以有"大丈夫当如此"及，"此可取而代也"之叹也。又写刘老老正夸鸡蛋小，凤姐说"一两银子一个"；刘老老夹不起来，滑滚在地下。忙要去拾，早有地下的丫头拾了。刘老老叹道"一两银子也没听见个响声就没了"，和说用好纱糊窗一样的暴殄。及换来乌木镶银的筷子，刘老老道"去了金的又是银的，到底不及俺们那个伏手"，是鄙薄金银的意思。听凤姐说银筷可试菜毒，刘老老道："这个菜里有毒，我们那些都成砒霜了！"是讲富贵人作恶事太多了，所谓贼人心虚，总怕人暗害他。若讲起平民革命，真可以把菜变成砒霜，毒死这些废物懒汉也就完了，不用费甚么大事，学剑侠的暗杀手段，以及兴师动众的革命。又考《梦丁杂著》云：乾隆丙戌夏，绍郡有食茄而毙者。茄为夏蔬中佳品，乌有毒，然屡试屡验。剖视之，虫生于穣，非外入者。于是咸弃置，不敢食。莳茄者亦锄而去之，堆累道旁。窭人与乞丐收贮之，作饔飧，竟无恙。于是鼓腹而哗于路曰：“天悯穷民之乏食也，故置毒于茄。吾侪小人，藉以不馁。倘粟中有毒，吾侪为侏儒矣”！（言饱欲死也。正和刘老老菜里有毒两句话照应，足为平民吐气）

　　四十一回写凤姐说一茄之费，刘老老听了摇头吐舌，说：“我的佛祖，倒得十来只鸡的配他！”可见富贵人家之造孽。所谓日食万金，决非诳语，安得不惹起平民革命！

　　四十二回凤姐对刘老老说巧姐多病不知何故，答道：“这也有的。富贵人家养的孩子都娇嫩，自然禁不得一些委屈。再他小人儿家，过于尊贵了，也禁不起。以后姑奶奶倒少疼他些好了。”其言切中富贵人家娇养儿女的通病。所以著者以生于富贵家为不幸也。但此等言未必能入富贵者之耳，仍不如把富贵抹煞，自然没有这些毛病。

　　十九回袭人说他家的人要赎他回去一节，虽是写清庭宫女之苦况，亦兼写富贵人家蓄婢之非人道。如曰“咱们家没有倚势仗贵霸道的事”，正是反语。又曰：“教我们骨肉分离”，写出卖女作人婢妾的苦处。六十回春燕对他娘说：“这屋里人，无论家里外头的，一应我们这些人，他都要回太太全放出去，与本父母自便呢。你们说这一件事好不好？”他娘喜的忙问了：“此语果真”，便念佛不绝。虽是写清宫有放宫女之说，而与为人作婢妾，不得自由自便，而有和骨肉分离之惨仍是一气贯下来的平民思想。又特于四十六回鸳鸯骂他嫂子道：“怪道成日家羡慕人家的女儿作了小老婆，一家子都仗着他们横行霸道的。一家子都成小老婆了!""也把我送到火炕里去!"真写到卖女与人家作婢妾的腼颜。故写宝玉对诸婢纯作平等观,正是作者自"写"废除婢妾,造成男女平等世界"之思想也。

九十二回贾政道:"虽无刁钻刻薄,却没有德行才情的,白白衣租食税,那里当得起?"固是写满人以贵族自命,落胎便有口粮,不入四民之列,白白的坐享衣食之奉,仍寓政府有仓廪府库,则是厉民自养之意。以租税厉民,以衣食自养,乃政府通病。到了无政府主义倡明时期,他们也自然觉得当不起了。真写得刻透。"白白的"三字,形容贵族派纯然是高等造粪机器,无所事事之骨髓出来。所以贾珍接着讲:"咱们不要说这些。"正是觉得刺耳难堪。妙笔无两。

九十三回由租税人说拿车差役混打车夫,碰扯了两辆车,要求贾珍打发人到衙门要车,又说:"再者,也整治整治这些无法无天的差役才好。爷还不知道呢,更可怜的是那买卖车,客商的东西全不顾,掀下来赶着就走,那些赶车的但说句话,打的头破血出的。"写当时衙役之欺侮平民,与今日军人拉车情形一般可恶。又收租的说是府上收税车,不是买卖车。足见收税又较买卖人有面子,——以甚衙役之凶横。某君评曰:"北人拿车,南人挺船。借端滋事,难以枚举。衙役之毒甚矣哉!生民涂炭,食寝肉皮,吾心才快!于书为闲文,其实此等皆著者正意。"揭出著书者平民思想来,与鄙意恰合。

附　录

　　所谓本书第一义谛，作者故意流露地方很多。如第三回写贾政房中铺设，完全是摄政王派头。故于金线蟒条褥外，特提出文王鼎三字，明写摄政王有定鼎之功。第六回凤姐对刘老老说话，特着"朝庭还有三门穷亲，何况你我"一语，以及六十八回凤姐讲张华"拚着一身剐，敢把皇帝拉下马"，又说"我就是韩信、张良，听了这话也把智谋吓回去了"，和十九回袭人和宝玉说话，特着"便是朝庭宫里也有定例，或几年一选，几年一入，没有长远留下人的理，别说你家"以及鸳鸯拒婚，说出就是"宝天王宝皇帝"，都是故意透露他是写清廷事。又二十回湘云讽黛玉，说"我只保佑着明日得一个咬舌儿林姐夫，时时刻刻可听爱呀呃的去！"爱呀厄，多不明是何语。乃暗用满诏也。因满语姐夫为厄夫，故副马又名额副。史湘云又是孔四贞影子，四贞生长清宫，能满语，特用"爱呀厄"和"姐夫"写在一处，以凑成厄夫两字。

　　二十二回贾母书谜，曰"猴子身轻站树稍"，命贾政打，是影射多尔衮坐宝座头疼，乃让顺治的传说。所谓"猴儿坐不住金銮殿"也。并有猢狲不稳之意。五回既于秦可卿房中写设著武则天、赵飞燕、安禄山、寿阳公主、同昌公主等物，皆是宫中器用。又于三十四回写宝玉嘲宝钗，道"怪不得他们拿姐姐比杨贵妃"，及宝钗答道："我倒像杨贵妃，只是没一个好哥哥、好兄弟可以做得杨国忠的！"此暗写刘三秀伯仲兄弟，虽有好坏，皆不作皇亲事。都是有意写照清宫情事。

四十九回黛玉见湘云穿昭君套（明与汉女胡装）等服装。先笑道："你们瞧瞧，孙行者来了（仍是猢狲意）！他一般的拿着雪褂子，故意装出个小骚达子样儿来"（明提出满洲达子来胆子不小）。又众人见里面穿的"鹿皮小靴，越显得蜂腰猿，背鹤势螂形"，都笑道："偏他只爱打扮成个小子样儿"。是写孔四贞爱男装，也尝戎服登堂代孙延龄制军。此明点也。小靴着眼，是汉女的男装。妙极。

三回写黛玉入荣府到堂屋，迎面先见一个亦金九龙青地大匾名"荣禧堂"，又写"某年月日（明字），书赐荣国贾源"（是写满洲受明封为龙虎将军，实为清之发源，由是荣盛）。"万几宸翰"。亦明帝之玺也。对联曰："座上珠玑昭日月，堂前黼黻焕烟霞"（又写出日月相并明字来），又一行小字是"乡世教弟勋袭东安郡王穆莳拜手书"（曰东安是写辽东疆吏也）。王《索隐》谓："满洲肇祖名孟特；穆莳与栽同，言皆穆之种子。"甚是。至五十三回写贾氏宗祠（伪清祖庙也），又对联曰"肝脑涂地，兆姓赖保育之恩（言满人入关兆，人肝脑涂地流血不少）；功名贯天，百代仰蒸尝之盛"（言龙虎将军功名为满人所纪念者也）。又联曰："勋荣有光昭日月"（与三回联同），功名无间及儿孙"（言龙虎将军亦世袭也）。又联："已后儿孙承福泽，至今黎庶念荣宁"（言满人承龙虎将军福泽，不忘根本也）。又曰"列着些神主，却看不真"。既讥其为伪神，又写其祭堂子神之秘密耳。

读《石头记》二十九回，对于张道士一案多不明了。近人因西太后时白云观高道士招权纳贿事，疑清初亦必有此类道士，特未能细考。按，白云观见于清初著述者，以《广阳杂记》为最显。原书引孙宗武言：今世全真道人所谓龙门法派者，皆本之邱长春。其地则王刁山也。山在华阴太华之东，奇峭次于华岳。开山之祖乃王、刁二师，故以人名山。邱长春曾主其席，演派至偏天下也。其法派凡二十字，曰"道德通玄静真常写太清一队来复本合教永贞明"。至真字辈有马真一者，世号颠仙，言其不死，今犹在辽东云今复兴白云观道人王某者，乃其演派□扬名□□今白云观已□□，非□矣。据此，则白云观清初复兴，道士即王某。张道士或即王之隐影。至贾珍谓张道士"曾经先皇御口亲呼为'大幻仙人,'"当今转为"终了真人"，又疑是马真一因大幻终了，恰可影射真一两字大幻若真一了百了也。清虚观准是白云观（云有虚无飘渺之象），惟为真一事迹不甚明了，待查。又满人入关后显，颇斥道教。顺治二年，江西抚李翔凤进正一真人张应景符四十幅，得旨以"无补治道，且恐天下效尤。置之"（书中写宝玉不喜张道士本此）。又康熙二十二年旨："张继宗现号正一真人，即照所袭衔名给与诰命"（此却似贾珍所谓"当今封为'终了真人'"一据，因真正一了亦相连也）。复云"一切僧道不可过于优崇，致令妄为。尔等识之"。（此虽贬辞，亦可见当时僧道必有因君王优崇而妄为者。观雍正六年惩治道士李不器一事，可以为证）。因陕西将军常色礼奏，道士李不器揭报岳锺琪谋反，特下谕云："李不器向因隆科多荐在内庭行走（此与书内写张道士常往两府里去，凡夫人小姐都是见的相合），仁皇帝广大包涵，喇嘛、西洋人及僧道等类，蓄养甚多（此与书内张道士自谓是门下出身相合）。其中不肖之人，借供奉名色，在外招摇，而李不器尤为狂妄（可见当时道士声势不小。定有贾珍所谓现今王公藩镇都称张道士为'神仙'不敢轻慢情形）。至仁皇帝宾天，朕以李本籍陕西，发回原籍交年羹尧拘管。讵年将伊送往终南山，厚加供养。李不器怙恶不悛，肆为大言且捏造朕旨，有'只要他在，不要他坏'之语（与藩镇优礼道士之意合）。今春朕问岳锺琪，锺琪奏：李在陕每年供给；在通省存公银两内交给。朕批谕此事：当日外给甚为错误。李本有罪之人，留其性命已属宽典，乌可厚待？随令岳将伊看守。讵李因此怀恨，造为无根之词。深可痛恨。常色礼容此奉旨拘禁之人逃入将军署内，并令乘轿辕门，骇人观听"云云（正见当时道士之招摇炫赫，不在本书所写情形之下。而与清末季所谓"高道士"之骄纵可想，对照而观自见）。

　　蔡《索隐》拟焦大于洪承畴，大错。因焦大分明一粗鲁武夫，又不得志，绝非洪比。考之清轶事，则是王辅臣小影。王辅臣不知书，武勇绝伦，又号"马鹞子"。随姜瓖降清八王子为虾；八王死，没入身者库，后随洪承畴经略河南，洪行辄左右之，遇险阻必下骑，自执其辔；有冈峦泥滑不可行者，必背负洪以过，虽家人不是过。故尤氏曰；"因他出过三四回兵，从死人堆里把太爷背了出来"（恐王事八王亦如此。然作者每借题发挥，不专指一家也）。洪又拨王到滇，遂辅隶吴三桂部下。其事吴如事洪。一日，与吴三桂侄吴应期便饭，有蝇。王总兵者呼出。辅臣恐厨人得罪，曰："我等身亲矢石人也，倥偬之际，死蝇亦尝食之！"王不解意，乃与辅臣赌以坐马，辅臣遂勉吞之。吴应期曰："王兄直如是好骑耶？人与兄赌食死蝇，兄便食之，若与兄赌食粪，兄亦将食耶？"（按，尤氏曰焦大自己挨饿，偷东西给主子吃，两日没水，得了半碗水，给主子吃，他自己喝马溺。又叫众小厮将焦大捆起来，用土和马粪填了他一嘴。即影照此事）辅臣怒骂曰："吴应期，汝恃王之犹子，当众辱我！人惧汝王子王孙，吾不惧也！吾将食王子王孙之脑髓而嚼其心肝，剜其眼睛矣！"遂挥拳击食案，案四足皆折。（焦大骂蓉儿曰："蓉哥儿，你别在焦大根前使主子性儿！别说你这样儿的〔影"犹子"〕，就是你爹你爷，也不敢和焦大挺腰子呢……再说别的，咱们白刀子进去红刀子出！"来和王辅臣骂吴应期口气绝相似）其后三桂闻此事，遣人语辅臣曰："使酒骂座，何必牵引老夫，乃云'汝是王子，吾将食王子脑髓心肝'（即焦大辱及蓉儿爹之意），令他人闻之，掩口笑我（即凤姐"还不早打发了没王法东西！留在家里亲友知道岂非笑话"之意）。辅臣亦怏怏不乐，曰："我是汝家人，受制于汝。天下无不散之筵席，安能郁郁久居此？"（即焦大之愤慨意）乃遣人持金钱入都，遍赂朝廷左右用事者；人人交口赞王辅臣。清帝闻其名，适平凉提督缺出，特点王辅臣（凤姐说："远远的打发他到庄子上去就完了。"平凉正是远地，甚合）。辅臣至都，久不得陛见。辅臣又不肯以金璧赂贿部臣。清帝忽念及平凉提督，令人召入，语必移时。都下哄传"马鹞子"为马儿头（按，焦字即从马儿头三字化出。因古有马头人之说。马字去下勾，添人于头上，即成焦字。仍是木字加石头成朱之妙腕。又取天大地大王亦大之言，而称之曰焦大）。清帝问辅臣出身，答"出身者库"，乃惊曰："如此人物，乃隶身者库耶？"（焦大先骂大总管赖二，说他不公道，欺软怕硬，有好差使派了别人，即辅臣屈居身者库之不平语）清帝赐辅臣蟠龙豹尾枪一对，谓曰："此枪先帝所遗以付朕者。汝先帝之臣，朕先帝之子，他物不足珍"云云。当辅臣未降清，清人莫敢撄其锋，望见黄骠马辄惊曰"马鹞子"，至即披靡走。故写焦大骂赖二："你也不想想，焦大太爷跷起一只腿，比你的头还高些（此又影写辅臣身长七尺如吕布状）！二十年头里的焦大太爷眼里有谁？别说你这一把子杂种们！"（直写出满族非我中国种来。怪笔也）又稍带写"到祠堂里哭太爷"（是所谓先帝臣的身分），骂出"那里承望，到如今生下这些畜生来！每日偷鸡戏狗，爬灰的爬灰，养小叔的养小叔"，又把多尔衮盗嫂及清庭淫乱一齐倾出，痛快绝伦。

薛蟠本表示满人之横暴顽鄙一流人，然与贾政系亲，必与多尔衮有关系者。查，看多尔博本名扎布图，某觉罗子。为人粗鄙任性性刚狡敢为（直是薛蟠性质）。多尔衮喜其似己，养为子，改名多尔博（本书四回写薛蟠初至贾家，与族中子侄聚赌嫖娼，无所不为。从多尔衮名字化出，博蟠双声，不但写其性质）。一日奉差至涿州，见有人娶妇。多尔博闻其美，遽使人要截于路而自娶之。妇以抗拒死，其夫愤恚自经。两家父母控于官，官畏其势焰，不敢置理（书中写薛蟠打死冯渊，拖去英莲。从门子口中说英莲"不知死活"，暗写冯妇已死。写雨村殉情枉法，即畏势不理之谓。且雨村任应天府，暗指顺天府〔涿州正属顺天府〕。又多尔博尤喜男色，与肃亲王子富寿同狎一优伶，名娱云。互有馈赠，娱云因是致富（与薛蟠好男色，爱蒋玉函、误认柳湘莲，又拍合）。后因劫取娱云，至相奋斗，互致夷伤、娱云卒归薛（与薛蟠被打相影响，又写多尔博好乘骏马过市，亦与薛蟠乘马赶柳二相仿）多尔博得意时，谓人曰："富寿有母尚不能保"（谓多尔衮纳博尔济锦氏乃肃亲王妃、富寿母，故书中薛蟠说酒令，第一句曰"女儿悲，嫁了个女婿是乌龟"，正议肃王是乌龟也）后多尔衮得罪，清帝念肃亲王无罪被陷，特封富寿为和硕显亲王。顷刻之间，炎凉顿异。富寿思有以报复，置酒于信邸。既酣，命召娱云来，与之叠膝而坐，浅斟低唱。时多尔博罚拨信邸为奴，乃命多尔博行酒。娱云追忆往事，歌不成声。多尔博恬不以为忤，人多笑其顽钝无耻（本书二十八回写薛蟠醉拉云儿，命唱体己曲儿。云儿拿起琵琶〔即琵琶别抱意〕，唱道："两个冤家，都难丢下，想着你来又记挂着他。两个人形容俊俏，都难描画，想昨宵幽期私订在荼蘼架。一个偷情，一个寻拿；拿住了三曹对案，我也无回话"。既写出多尔博与富寿争娱云，又写出前后信邸三对面娱云歌不成声的情形。妙绝！且明写一云儿，以影娱云，尤佳。至云儿说酒令第一句曰："女儿悲想来终身倚靠谁？"薛蟠曰："我的儿，有你薛大爷在，你怕甚么？"写出娱云先归薛后归富寿，真不知倚靠谁矣）。

贾政配王夫人，刚是摄政王三字。本应写为多尔衮，而多尔衮是多方面性质，人既好文敬儒，又经武善战，又好色纵欲，又好道服丹，贾政只占好文敬儒一面。唯元春归省影射太后下嫁，是写其本事，余则假借他人当之。好色纵欲，则借贾琏写之。贾琏行二，多尔衮母乌喇纳喇氏生三子，多居其次。性喜渔色，尤以通肃亲王妃博尔济锦氏为甚。肃王名豪格，乃其从兄也。贾琏娶尤二姐，与尤氏亦有染似之。惟博尔济锦音近鲍二家的。"多尔衮初遇博氏，一见目成，伪入内厢更衣，遂与乱。每值佳节良宵，转托肃妃名义往谢，至必留连信宿。一日，有小婢被挞而怨，白其事与肃王。乃禁博氏无往睿邸。博氏不忘情，乃致书于多尔衮，情深如许。多乃设计，命肃王北征，己又与博续旧好。又诬肃王，以贻误兵机夺爵被囚，遂致愤死。临死白太妃曰："我死，必立遣博尔济锦氏，毋留此祸水，致贻灭门之祸也！"太妃年已七旬，逢人告其事，闻者皆掩耳而走（按，鲍二家的正乘凤姐作寿佳节良辰，成其美事。又因小婢被凤姐掌击，始露其事。并写鲍二家的媳妇羞愤自杀，即影博尔济锦的丈夫自杀。太妃告人，即写史太君戏言"又和甚么赵二家的害你媳妇"合拍）。

多姑娘似指多铎。查，多尔衮于诸昆季中，与豫亲王多铎感情最洽。多铎为人狠戾自恣，即屠扬州之人。故本书以凤姐代表，而称之曰"凤辣子"者也。而作者似对之有深根，乃特傍写一姓多之人，明指其名；而又号之曰"多浑虫"，直写为混蛋耳。年三十六，忽出天痘，势甚危剧。太医戒以百日内不可御女，犯者不能救。多铎不能坚持，竟入宠姬室（本书写巧姐出痘，贾琏私通多姑娘。多姑娘浪语曰："你家女儿出花儿，供着娘娘，也

该忌两日"。正写多铎出痘，太医命忌女色。贾琏通多姑娘，却
衬出多铎私入宠姬室来。穿插甚妙）。至贾琏说"你就是娘娘，
准还管甚么娘娘！"（因俗谓太后为娘娘）乃写太后下嫁多尔衮
后，而多尔衮尚渔色无制也。又多铎曾劝多尔衮谋篡。却于鲍二
家劝贾琏把平儿扶了正，以写出是因平儿与王熙凤同居，意言与
王平，等即摄政王之意。

多尔衮又有娶朝鲜王女一事。书载：韩王李琮有女曰明烟，
年甫十六，明眸浩齿，能通中国典籍；而勇力绝伦，拔剑上马，
数百人非其敌。多尔衮望见之，讶为天人，下令军中，必欲生
致。而明烟矫捷如飞，往来飘忽，无能得也。多尔衮破其城，王
及眷属俱被获，惟明烟未获已，退保盖城坚守。多尔衮作书报
之，明烟复书洋洋千言，有"代父从征，愧对木兰之杀敌，救亲
有志，姑作媞萦之上书"诸警句。多尔衮乃送李王还都，要以婚
姻。韩王许之。归告明烟，明烟誓死不从，因其曾与金某私订嫁
娶之约。至是，变生意外，明烟欲仰药以殉，金某阻之，以为
"人生只此须臾，吾两人能聚首一日，且图欢乐一日"。于是，两
人踪迹益密，李王亦不禁。幸多尔衮方转战南北，无暇及此。及
移明社，乃申前议，明烟已二十余矣。李王不敢违抗，责金相约
束其子。首相惧，觅其子，则已死矣。盖以是绝女之望，使舒其
君父之忧。明烟会意，毅然请行。清史载："顺治七年五月，摄
政王率诸王大臣亲迎朝鲜国送来福金于连山，是日成婚"，即指
此事（按，明烟性质大似尤三姐；而屈服于多尔衮，又似尤二
姐。因其性质变化，故以尤氏姊妹两人写之。以宰相子金某影柳
湘莲，并写尤二姐前夫）。惟多尔衮卒于顺治七年十二月，相处
仅七阅月，安知非明烟暗杀之耶？明烟于多卒后请还朝，得到朝
鲜，自筑别苑终身。

多尔衮无子，有女曰"东峨貌"，美而性慧。多爱之，自幼

令作男子妆束，延师课读。十四，工吟咏。性尤温婉，虽生长贵
胄，绝无娇纵之习。某年，值多生辰，在东城护国寺延喇嘛唪
经。东峨随母诣寺叩祝，车骑风驰，侍从云集。迨抵寺门，有士
人陈某趋避不及（大似凤姐。〔本应写巧姐，而巧姐在书中太幼，
不能出头，则用"有是母乃有是女"之法写凤姐〕少时好作男子
装束，又写其随贾母到道院，小道躲避不及，皆是东峨格格轶
事）。陈见东峨仪态万方，神魂俱夺。次日复往，出白金十两为
寺僧寿，冀于窗棂中一观秀色。僧允之。及东峨复来，出黄袱取
香牌（又是老道拿出红袱香盘事），忽忆牌上忘书字，因问："僧
寺中有能端楷者否？"僧以陈对，因唤来前。趋伏殿上，执笔战
栗，不能成字。东峨慰之曰："秀才休恐。"（又与小道士跪在贾
母前乱颤，说不出话来，贾母教他不要怕相合）命缓书，并询其
家世，甚注意之；乃招陈为记室。因满州郡主有此椽属也。陈移
入王府，与东峨唱和日久，遂通情款，而未敢明言。曾有蒙古某
台吉来朝，慕摄政王势力，又艳东峨美，竭力运动求婚。多尔衮
欲以结内蒙之心，遂允婚。东峨涕泣自叹。适多尔衮事败，东峨
以罪人女奉旨给信王为奴，某台吉自请离婚。陈时已辞出王府，
闻东峨在信邸，冀得一面，苦无机缘，乃求为信王邸仆。会逢岁
除，信王福金入觐，中夜升舆，陈于灯火中见有执唾盂随轿者似
东峨，东峨亦遥见陈，涕不可仰。陈知不谬，惘怅归寓，忽闻户
外弹指声。启视，则一少年掩入。方愕顾问，少年遽脱其帽，则
东峨也。陈不知所措，东峨曰："离别未久，何至是耶？"陈曰：
"吾特为卿来耳！"乃道相思之苦。东峨曰："今日君勿为妾吊，
当为妾贺耳。倘非遭事变，则早归彼伧，安得复见君耶？"陈亦
喜曰："吾今日始敢言爱卿。盖以卿故，虽终身为奴不恤。"东峨
曰："何至是？妾虽被没，蒙王妃顾念同枝，加以优礼，只于大
典时一执贱役而已。且吾父功多罪少，不久可得昭雪，妾亦不致

久居此。君亦不可久，留宜速返，妾不能再来。即去矣。"陈尚
欲言，东峨已携帽出，回顾曰："君在此何名？"曰"府中知我名
王贵。"东峨领之，遂去。数日后，见执事房出一帖，云"仆人
王贵，年少好嬉，应即斥逐，毋得逗留。"只得袱被去。陈知东
峨好意，感激发愤，遂成进士。未几，信王以东峨渐长，许其自
由。陈乃遣人迎归，偕伉俪焉。后半以周姓娶巧姐为奴一节，大
似迎春册语中"作践公府千金如下流"一语。巧姐结局，曾于刘
老老命名时预言，曰："这个正好，就叫做巧姐儿好。这个叫做
以毒攻毒，以火攻火的法子（两语甚怪，与巧字不合，有东峨遭
毒害之意）。姑奶奶定依我这名字，必然长命百岁。日后大了，
各人成家立业，或一时有不遂心的事，必然遇难成祥，逢凶化
吉，都从这巧字见来"。后数语完全是东峨结局，真是遇难成祥，
逢凶化吉（故对陈曰："君勿为妾吊，应为妾贺也。倘我不遭事
变，则早归彼伧，安得复见君？"其巧如是，亦可知其概矣）。至
一百六十回来写外藩郡王相中巧姐，及归嫁周姓一节，正是蒙古
某台吉求婚，东峨不就，而东峨卒归陈一案，非闲笔也。当另
详之。

　　宝玉在贾政处，言玉玺本摄政王所获也。多尔衮破额哲于北
里图，额哲及其母苏泰太后率众降。苏泰太后有宠婢曰厄贞者，
美姿容，善词令。侍多尔衮签判文牍，命向椟中取玉章钤之，厄
贞睨视而笑。问故，厄贞曰："王爷为帝室懿亲，手握军符，此
章何微小耶？"多曰："此吾私章。官为铜质；玉者为宝，非皇帝
不能用也。"（此宝玉名所由来）厄贞曰："妾侍太后，曾见有玉
印一方，长可四寸。彼云得自前代，裹以锦袱，什袭珍藏（此宝
主婢所以号袭人而又配以蒋玉函也，言函中宝玉，什袭珍藏。又
袭人为龙衣人，虽影皇帝，而多尔衮衮字亦龙衣之变名，俗所谓
衮龙袍。皆有关照），从未见其一用。"多闻之惊喜，嘱向太后索

观。靳不肯与，乃用引诱威吓，乃得之。色泽温润，篆文古拙，确为前代之物（与本书所写宝玉有篆文，而屡疑为顽石意相合）。归献于朝，谓为受命之徵。《东华录》载："天聪九年，多尔衮获历代传国玉玺。相传为元顺帝携逃沙漠，后遂遗失，二百余年。牧羊者见羊三日不食，以蹄刨地掘得之。后归林丹汉。其文为'制诰之宝'瑶瑧为质，蛟龙为纽，光气灿烂，洵至宝也"云云，即指此。按此，玺为宋玺，非秦玺，故记言假宝玉也。实则一块顽石，何关得失？是以作者决不重视，而只写其藉帝王之手而通灵作怪耳。

多尔衮嗜鼻烟，藏以小壶，用时倒出少许，使美人以颊承之，待其嗅毕然后退。按宝玉嗜胭脂，尝咬婢唇，虽指爱朱毛病，其事实乃从此化出。胭脂，言烟旨也。

恒恪郡王号弘晊，清圣祖孙也。幼袭父爵，性严重俭朴。时国家殷盛，诸藩邸皆畜声伎、恢园囿，惟王尚崇儒素，奉粢除日用外，皆置买田产屋庐，岁收其利。人以吝，笑之。王曰："汝等何无远虑？藩邸除奉粢田产外，无他货取之所，不于有时积之，子孙蕃衍，何以为生计？"后诸邸皆中落，至有不能举炊者，而王之子孙皆自给，人始服王之先见（按，本书十三回秦可卿梦告凤姐两事，第一、祖茔无一定钱粮，第二、家塾无一定供给。又曰："如今盛时固不缺祭祀供给，但将来败落之时，此二项有何出处？"莫若趁今日富贵，将祖茔附近多置庄田房舍地亩，将来家塾亦设于此"云云，与王言极相似。按，恒王亦立学。参之末年八旗生计之困难，则愈服斯人之卓见。而本书亦不能专以小说目之矣）。

又，九十二回凤姐说："像咱们这种人家（宗人府），必得置些不动摇的根基才好。或是祭地，或是义庄，再置些茔坟，往后子孙遇见不得意之事，还是点儿底子，不致一败涂地。"（此因

影射睿王之"一败涂地",其语意仍是由可卿梦告而来,与恒恪郡王远虑同,特摘出以相参证)

宝玉既代表圣帝,而作者死于乾隆三十年,颇明四朝之事,故写宝玉之多情似顺治,写宝玉被魅拟允礽,写宝玉之参禅拟雍正,写宝玉之淫乱拟乾隆;如金钏投井一事,恰与乾隆为太子时戏某妃相合。相传雍正有一妃,貌姣艳。乾隆年将冠,以事入宫,过妃侧。见妃方对镜理发,遽自后以两手掩其目(书写金钏合眼打盹暗照掩目),盖与之戏耳。妃不知为太子,大惊,遂持梳向后击之,中乾隆额,遂舍去(书写金钏将宝玉一推,而王夫人却对宝钗说"原是前日他把我一件东西弄坏了",暗影伤乾隆额事)。及月朔乾隆谒后,后见其额有伤痕,问之。隐不言,寻诘之,始对。后大怒,疑妃之网太子也(按,三十回王夫人骂金钏曰:"下作小娼妇!好好爷们都叫你们教坏了!"即疑其网宝玉耳),立赐妃死(金钏投井)。乾隆大骇,欲白其冤,逡巡不敢发(三十二回写宝玉于金钏死后坐在王夫人旁边垂泪,是不敢言其冤光景)。乃亟过书斋,等思再三,不得策。迅往妃所,则妃已环帛。气垂绝。乃乘间以指染朱印妃颈,且曰:"我害尔矣!魂而有灵,使二十年后其复与吾相聚乎!"言已惨伤而返(书中写宝玉因金钏死十分感伤,几欲身殉。又于金钏生辰,到井台没祭。焙茗代祝,有曰:"你若有灵有圣,我们二爷这样想着你,你也时常来望候望候二爷,未尝不可。你在阴间保佑二爷来生也变个女儿,和你们一处玩耍,岂不两下都有趣了?"不但写出乾隆祝某妃魂灵再世,并从对面写出某妃来生变个美男和珅,与乾隆结缘。更妙)乾隆妃所谓孝贤皇后者,本傅恒之妹。傅恒夫人与乾隆有私,故作者于玉钏尝羹时,特夹写傅秋芳一段以影射之,皆非闲笔。

五代王建作府,门绘以朱丹,蜀人谓之画红楼,可为朱红相照之证。

《稗史》载：有柳似烟者，河间人。白皙姣好如处女，性尤聪慧，凡弹琴击剑、斗鸡走狗之术无不善。河间素产寺人，似烟之从兄某为尚衣监，蒙上宠。朝臣欲探上起居者，咸贿某，故家境颇裕。似烟喜挥霍，从兄屡戒不能悛。及似烟到京，流连妓院，尽荡厥资，为从兄所绝。然妓女霍三娘钟情似烟，卒席卷所有，从似烟遁去。又云：霍三娘，故绳妓。父死，落妓院。鸨母迫接客，即飞上屋，必使鸨哀求乃下。及睹柳，则一见如故，与订嫁娶。柳贫无金，霍曰："我能出是，请先行，候我城外某处庙中。"于是遁去。颇似书中柳二郎与尤三姐事，当再详之。

考雍正三年五月初九日谕云："沈竹、戴铎乃朕藩邸旧人，行止妄乱，钻营不堪（八字可赠本书中贾芸），暗入党羽，捏造无影之谈，坏朕声名，怨望讥议，非止一端。（因戴铎曾于康熙年时送密奏于允禛、直揭争位隐衷。允禛曾批以"如此等言语，我何曾向你说过一句？"你在外知此小任，骤敢如此大胆？你之生死，轻若鸿毛；我之名节，关乎千古。"与此数语意同。本书写贾芸为宝玉提亲，宝玉骂以"冒失鬼"〔戴之直揭允禛谋位，真是冒失，故遭批斥〕，以及百十七回贾芸编排宝玉钗黛一段话，句句皆能关合）朕隐忍多年。及登大宝，知此二人乃无父无君之辈。宽其诛，而皆弃之不用。"又与贾芸先认宝玉为父亲，后来却改了称呼，且言宝玉于他提亲以后总不大理他相似。

王《索隐》云：董小宛原名琬，后去玉，故于贾母说"你妹妹原来也有玉的"一露，自是胜谛。又谓蒋玉函与宝玉亦合写，言此美玉（意指小宛）独蒋能贮藏之如函之固，是以嫁蒋之袭人为入宫小宛也。然不如以玉为玺，因蒋贾双声，宝玉口"含玉"，又与"玉函"两字相同而倒转，含玉即将玉函之，视为固有。正写伪朝宝爱珍袭此玺也。至拟袭人于小宛，则应证之以息夫人——袭息亦双声，可通。

别　录

　　或疑红梅非北方所有，但闻某旗下亲贵种枝梅于地下，冬时搭篷保护，名之曰"燕梅"，可见北京不会有成林红梅。此事亦不确。尝读《观林诗话》：都下旧无红梅，一贵人家始移植。盛开，召士大夫燕赏，皆有诗，号《红梅集》传于世。以半山"北人初未识，浑作杏花看"为冠。后东坡见云："何待北人太薄？"按，此都下虽指汴梁，而足为北方亦可植梅之证。本书红梅别有寓意，然作诗赏红梅亦有于取于《观林诗话》，且暗用"何待北人太薄"语意以为讽刺。又阅《藤阴杂记》，载：崇效寺雪坞上人手种双梅，待名流之屐齿。又以清初诸名士有《同游崇效寺看梅》之作，积成诗册，拟留寺中，俾与《青松红杏图》同作山门之宝。《松杏图》相传为败于松山、杏山一役之军官，畏罪为僧，自号梅庵，特绘此图以志感。兹图与诗册，必为《红楼梦》作者所见，故特写栊翠庵乞梅，又借北人不识作杏看。诗之意。题作红梅，而崇效双梅未必即是红梅，此宜活看。因作者着眼处不在梅杏，而在松山、杏山败后，崇祯缢死煤山之事迹。刘伯温《烧饼歌》至"奔走梅花山上九重"句，帝曰："莫非梅山作乱乎？其曰非也"，是以梅影煤山之确证。林黛玉译敏为密，亦寓梅花密谶之意。故予谓欲读本书必读《推背图》、谶讳之书者以此。又观高士奇《蓬山密说》，写畅春苑天馥斋前植腊梅花，冬不畏寒，开花如南土，足为当时北方有梅之确证。

　　评者欲将大观园写归曹家，因有"大观园形势并不甚大"之说，却把稻香村外，佳蔬菜花一望无际（十七回），以及崇阁巍峨，层楼高起，面面琳宫全抱，迢迢复道萦回的正殿都忘记了。大观园虽不及三海皇宫，亦可拟图明园。观雍正《圆明园记》，首言"圆明园在畅春园之北"，而书中会芳园可拟畅春。又曰："傍山依水，相度地宜，构结亭榭，取天然之趣，省工役之烦"。此与十六回荣府旧园"竹树山石，以及亭榭栏杆等物，皆可挪就前来。如此两处又甚近便，凑来一处，省许多财力"，以及十七回"有自然之理"，"得自然之趣"诸语相应。又曰："园之中或辟田庐，或营蔬圃。平原膴膴，嘉稻穰穰，偶一眺览，则遐思区夏，普祝有秋。至若凭栏观稼，临陌占云，望好雨之知时，冀良苗之应候，则农夫勤瘁。穑事艰难，其景象又恍然在苑圃间也"。此正与十六回贾政对一望无际之菜畦，谓入目动心，未免勾起引归农之意，以及非范石湖田家之咏不足以尽其妙，尤为符合。圆明园至乾隆始行扩充，所谓四十景多非旧观，惟对苑圃则有"东临稻畦，为'观稼轩'为'怡情悦目'为'稻香亭'"之记载。书中曰"杏帘在望"，曰"稻香村"，正用本名，亦露泄处。而不及四十景，则仍圆明园旧贯也。视乾隆《圆明园后记》曰："昔我皇考因皇祖之赐园而葺之……轩墀亭榭，凸山凹池之列于后者，不尚其华尚其朴，不称其富称其幽"，而书中七十六回凸碧凹晶，正写"凸山凹池"数语，以状幽朴。此亦大观为圆明之旁证。乾隆《记》中又曰："规模之宏敞，邱壑之幽深，风土草木之清佳。高楼邃室之具备，亦可称观止"。此非大观园何？

　　圆明园在西直门外西北十里，故宝钗咏凝晖锺瑞句云"芳园筑向帝城西"，默指其地。

　　尝论本书无闲笔，即点剧、酒令、笑话、灯谜，均有寓意。

最显者如十八回元春说"龄官（此处龄官乃伶人意。自古优伶多以谲谏称，故特用龄官）极好，再做两出戏"，贾蔷因命龄官做"游园"、"惊梦"，已露下嫁风光。乃犹嫌曲中不能关合本事，于是写"龄官自以为此二出原非本角之戏（即非本事之意），执意不从，定要做"相约"、"相骂"二出（不是龄官定要做此二出戏，是作者定要写出本事，故特著此两话，以唤起读者之注意）。考"相约""相骂"是《钗钿记》（王《索隐》谓"金钗记"，似误）中两出，中间还要加演"讲书""落园"两出，始能接榫。"相约"乃史小姐命婢云香去皇甫吟家（既利用皇甫覆姓，关合摄政王于清后下嫁时顺治已改称皇叔父摄政王为皇父，摄政王凡奏折俱改书皇父摄政王字样，故得假皇父名义行事），约皇甫园会。对其母说出史亲家要改嫁他的小姐（清后下嫁也是改嫁故于匾额名中曾用荻叶曲故一照），老夫人唱："吓！有这等事？（妙。当时之人初闻清后下嫁，必皆惊咤者，曰："吓，世上竟有这等事？"口气恰合）亲家处缘何变乱纲常理（下嫁正是爱亲觉罗家变乱纲常处）？议定婚姻只怕难改移（是不赞成改嫁。此处却似借用，写议定下嫁，不能改移）。你好逆伦义？"（直对面骂多尔衮盗嫂逆伦。尝谓本出改嫁女儿，不过失信背约，说不到逆伦，恰似代下嫁一案作的曲词，无怪乎龄官执意要唱他。呵呵）接"讲书"一出。写皇甫吟与韩时忠讲书毕，说出岳父要将女儿改嫁。韩引俗语"一家女儿吃弗得两家茶"（清后下嫁虽逆伦，却算一家女儿嫁一家），乃说出云香到他家，约他到花园相会。韩乃生心，用"黄夜入人家，非奸即盗，登时打死不论"恐吓皇甫，使其不敢自去；自己须要假扮作皇甫（便是摄政王假称皇父。《东华录》载：多尔衮死后被削职，顺治谕旨中有"自称皇父"语，恰与韩生自称皇甫，犯欺诈罪同例），又曰"即算是我代劳而已"（多尔衮亦可曰替亡兄真皇父代劳）。"落园"写韩代皇甫到史家花园，受小姐钗钏银两，由云香唱出"这是嫦娥爱少年，把玉轮碾。彩凤飞下离琼苑，似神仙眷。鸾凤翻，雨云乱，殷勤自觉情留恋，蓬莱园苑春堪羡"（真是一曲正贺清太后下嫁好词。因嫦娥正是改嫁者。离琼苑及蓬莱阆苑，皆皇家气象，绝非平民寒士皇甫家所能借用。奇极妙极）按"相骂"即云香又来催娶，皇甫安人骂其骗赚，云香说他小姐节操坚持，安人曰"全得好节操！"（嘲清后无节操）云香唱："不肯移二夫名誉"。（清后竟嫁二夫）及云香气极，坐安人椅上，安人曰："你看他公然上坐！"（即"你看，公然自称皇父配皇后"）"难道是龙位皇位坐不得的？"（恰点出题来）又骂安人老不贤。皆影本事。此回暗写真皇甫不曾到花园，落园是假皇甫。与本书用元妃到大观园会贾政，影照清后下嫁假皇父，正是一样。笔中有鬼，焉得不令读者惊服。

合肥阚某著《红楼梦抉微》，谓本书全从《金瓶梅》化出，以宝玉拟西门庆，以黛玉拟潘金莲，湘莲拟武松，平儿拟春梅，等等，皆属影响之辞。最谬者以宝玉拟玉茎，以林四娘拟林太太。按，四娘为衡王府宫人，外史确有记载。死后英灵不昧，尝示威于侮己者。抉微先生独不畏招烈魂之愤怒，而予以巨创乎？胆子真不小！至于《金》《红》（用《抉微》例简称）两书之关系，只在文章之脱胎，不在事实之蝉联。即如人称《金》书为《水浒外传》，亦不过用其假借西门庆、潘金莲一段故事，尚不得指《金》之西门诸人，即《水浒》之西门诸人。今何得指迥不相同之宝玉诸人，即《金》之西门诸人耶？谓《红》书暗用《金》书笔意，写出与《金》书相似或相反的事实，则可谓《红》书即《金》书之续编，则谬矣。鄙人亦有本书为《金》书变体之言，正谓其以意淫代身淫，以清俗代明俗，以及种种曲牌酒令、清客小子，均用一样写法，而《红》书且有不及《金》书之处，然决非谓《红》书诸人皆《金》书诸人之化身阅，《真谛》者自明。

《醉乡琐志》云：阁藏有吴三桂上康熙书，中有"那九颜王子恃功跋扈，毒流宫闱"语。宫闱句暗指清后下嫁事，于张崇山《宫词》外又得本事一证。桐城钱秉镫著《藏山阁诗》其《长干行》七古一首中有"儿家夫婿不出门，那识天边离别苦？自从五马渡江东，花树催残一夜风。已见绿珠碎金谷，更闻息妫入楚宫"。末句盖影照董小宛入清宫事。"儿家夫婿"暗指冒公子。或曰顺治著有《董鄂妃哀词》，分明云满洲人何得言小宛。予按，此乃"君娶于吴，为同姓，谓之吴孟子"故智，特应讥之曰："君纳汉女，为异姓，谓之董鄂氏"而已。所谓欲盖弥彰者也。

五十三回于宁国府除夕祭祖以前，写黑山村乌庄头来送礼物。王《索隐》谓指西藏喇嘛之进贡，非也。完全写吉林属进贡情形；应注重庄子及庄头子样。《吉林外记》载：吉林宁古塔伯都纳三姓，皆有官庄。《石渠余记》载近畿各王公宗室庄田，亦附记盛京官庄，即所谓庄子也。又载各处庄头入市强买，及停设庄头一则。吴振臣《宁古塔范略》载"官庄一庄共十人；一人为庄头，九人为庄丁。"即本书庄头出处。黑山村乃黑水白山之简语。乌进孝，有用"反哺"二字作谜者，甚是。因官庄所耕山地皆公田，惟屯田仿井田制，每户给田百二十五亩；以十二亩五分为公田，十二亩五分为室庐场圃，以百亩为私田。至乾隆改屯田为屯庄，仍与官庄等。反哺乃言庄户素受皇恩，每岁进贡，聊尽乌鸦反哺之义，故名乌进孝。贾珍道"这个老砍头的"，也有来历。《吉林外记》云：每年官处给票砍运，修造船只及八旗官兵盖房、烧柴。承领票头谓之木头老鸦（老鸦即乌。木头指砍木，故言老砍头的。真无一字落空）；砍存过冬谓之打冻（坐卖。砍字是谓乌老庄头本义，较反哺尤长）。砍来硬木，炼火成炭，公私咸用。本来庄家非种田即打围烧炭，"每人名下责粮十二石、草三百束、猪肉一百斤、炭三百斤（即木炭）、石炭三百斤、芦一百束。凡家中所有，悉为官物；衙门有公费，皆取办官庄，故官庄甚苦"（以上见《宁古塔记略》）。乌进孝单中，银霜炭一千斤、柴炭三万斤，皆由官庄聚来可知。《竹叶亭杂记》载：吉林将军、副都统，及宁古塔伯都纳三姓、阿勒楚喀副都统等，每岁庆贺年节（故本书写乌进孝来于吃年酒之前）有表文。文曰："臣等诚欢诚忭，稽首顿首上贺：伏以德纯乾元，首正六龙之位；建用皇极，肇开五福之先。恭维皇帝陛下，率育苍生，诞膺景命。萝图席瑞，共球集而万国来同；黻扆凝禧，陬澨恬而八方和会。太平有象，庆祚无疆。臣等恭遇熙朝，欣逢圣诞，伏愿玉烛常调，溥时雍于九牧；金瓯永固，绵泰运于万年。臣等无任，瞻天仰圣，欢忭之致，谨奉表称贺以闻。"（本书以白话意译为："门下庄头乌进孝，叩请爷奶奶万福金安，并公子小姐金安，新春大喜大福，荣贵平安，加官进禄，万事如意。"本来边人上表半用满文，不过这几句白话由汉文润色成骈体，实多不通。故贾蓉道："别看文法，只取个吉利儿罢。"吉利二字，写尽表文意思，真能手也。《新记》又载：吉林属每岁进贡方物，与乌进孝单子上所开的，如大鹿（贡单曰梅花鹿、角鹿）、獐子（贡单曰鹿獐）、鹿筋（贡单鹿肋条肉），至于野猪、鲟鳇鱼、野鸡，皆完全相同。各色杂鱼（即贡单中草根鱼、鳊头鱼、鲤鱼、花鳞鱼等等）、榛松桃杏瓤（即贡单中松仁、榛仁、核桃仁、杏仁等等），末开各色乾菜（即贡单中最末所开山韭、贯菜、众菜、藜蒿菜、河白菜、黄花菜、红花菜、蕨菜、芹菜、丛生蘑菇、鹅掌菜等等）单中御用胭脂米、碧糯、白糯粉、炕杂色粱谷、常米（略与贡单中稗子米、铃铛米、小黄米、炕稗子米、高粱米粉面、玉秫粉面、荞糁麦等相同。惟御用胭脂米为丰润县所产。据友人云，共四十八项。其末长寸许，红色。在前清纯系贡品，庶民不得尝。云是贡米中特色，故亦列入，与西洋鸭同例。所差者惟野羊、青羊、家风羊、熊掌、海参、鹿舌、牛舌口干，亦皆吉林属所产。或贡单中遗漏，贡物中尚有许多物产，为乌进孝单子所无者。而十得八九，则为贡物无疑。若说孝敬贾府，真应了"五方宝物归东海，万国金珠贡淡人"的谣言了。惟就新年论，其为吉林属每岁进贡事无疑。又观乌进孝讲：今年大雪路上滑，"走了一个月零两日"。正是从前吉林到北京路程。若云西藏，便得几个月，且贡物也不一般。又贾蓉道："你们山坳海沿子上的人"，和表文中"陬恬"三字，指山陬海薮，与辽东藩地相合。一说满洲王公各有所领庄田，或八九处，或十数处官庄不等。每年庄头亦有例贡。故贾珍说"你们一共只剩八九个庄子"，乌进孝说"那府八九处庄地"，皆属王公者亦通。这是作者故意躲闪处与兼顾处，然断不是曹雪芹家里事。

黛、钗命名取自高青邱《梅花诗》。细考高诗，共九首，多与本书有关。乃知著者惟恐人不识林、雪来历，及煤山与梅花岭关系，故完全采用之。兹录评如下：（一）"琼姿只合在瑶台，谁向江南处处栽（即书中写林以绛珠仙草而流落江南之意）。雪满山中高士卧，月明林下美人来（注意雪下满字，明下林字。详见正论）。寒依疏影萧萧竹（即潇湘馆竹影），春掩残香漠漠台（即葬花本事）。自去何郎无好咏，东风愁寂几回开（何郎指何水部游扬州梅花阁故事。黛玉北上，辞却扬州故里，为满州东风吹冷，寂寞琼闺，曾无几回开口笑，如梅花之懒开放也）。（二）缟袂相逢半是仙（十二钗俱有来历），平生水竹有深缘（水竹正是潇湘竹）。将疏尚密微经雨（如宝、黛疏密之际恒有泪雨），似暗还明远在烟（明已湮没）。薄暝山家松树下。嫩寒江店杏花前（松山、杏山之败象）。秦人若解当时种，不引渔郎入洞天（清人若重理密王，何必引雍正入宫。雍正好扮渔翁，宝玉扮渔翁正影此事）。（二）翠羽惊飞列树头，冷香狼藉倩谁收（正写葬花心事）？骑驴客醉风吹帽，放鹤人归雪满舟（清风吹落冠冕，明人归满洲矣）。淡月微雪皆似梦（月已不明，一场幻梦），空山流水独成愁（青山绿水皆是愁思）。几看孤影低回处，只道花神夜出游（颦卿死后，宝玉夜访潇湘馆，宝钗讥以会神仙。芙蓉花神亦由此化出）。（四）淡淡霜华湿水痕，谁施绡帐护香温（"林家小姐才是香玉"。正是绡帐中一段情话）？诗随十里寻香路，愁在三更挂月村（花落月坠，亡国之愁也）。飞去只忧云作伴，销来肯信玉为魂（湘云作伴，宝玉惊魂情，事显然）？一尊欲访罗浮客，落叶空山正掩门（月夜联诗毕，寻妙玉，已归栊翠庵自掩门矣）。（五）云雾为屏雪作宫，尘埃无路可能通（小宛已入满宫，从此萧郎是路人，何能通消息耶）？春风未动枝先觉，夜月初来树欲空（东风摇落，月影空来）。翠袖佳人依竹下（潇湘妃子小影），白衣宰相住山中（冒公子亦宰相才，白衣终老，奈何）。寂寥此地君休怨，回首名园尽棘丛（自古无不亡之国，圆明水绘同一沉沦耳）。（六）梦断扬州阁掩尘（故土难忘，徒劳梦想），幽期犹自属诗人（月夜联诗，幽情自见）。立残孤影长过夜，看到余芳不是春（夜残花落，国破家亡，草木不芳，哪有春明光景）。云暖空山栽玉（玉已植于长白山矣），月寒深浦泣珠频（泣朱即悼红，悲明月之冷落，珠泪频倾）。掀蓬图里当时见，错爱横斜却未真，（错恋宝玉，安知是假）。（七）独开无那只依依，肯为愁多减玉辉（"多愁多病"辉光自减）？帘外钟来月初上，灯前角断忽霜飞（"月落乌啼霜满天"，情况不堪闻钟鼓之声）。行人火驿春全早，啼鸟山塘晚半稀。愧我素衣今已仕，相逢远自洛阳归（素心已改，不忍与故人相逢。春晚一枝，聊烦由水驿寄消息而已）。（八）最爱寒多最得阳，仙游长在白云乡（小宛虽得宠而夭逝，多情皇帝疑为仙去）。春愁寂寞天应老（"天若有情天亦老"，君王不堪寂寞而生愁思）。夜色朦胧月亦香（月夜魂归，朦胧莫辨）。楚客不吟江路寂（此《影梅庵忆语》所由作也），吴王已醉苑台荒（凤去台空，君王心醉）。枝头谁见花惊处，嫚嫚微风嫩嫩霜（风霜催残，名花无主）。（九）断魂只有月明知，（"冷月葬诗魂"，心中只有一明在）无限春愁在一枝。不共人言唯独哭（"看花满眼泪，不共楚王言"），忽疑君到正相思（所思惟宝玉耳。因思生疑）。歌残别院烧灯夜，妆罢深宫览镜时（闻《牡丹亭》曲而自警，对镜窥妆，宝玉正来）。旧梦已虽流水远，山窗聊复伴题诗（秋窗风雨，幽梦难成，只好题诗自遣而已）。可见着者采用高诗之意，不惟"雪满山中"一联，特欲唤起读者注意，故不辞借他人酒杯浇自己块磊也。

三十三回标目"椿龄画蔷凝及局外"。椿龄两字最奇。王《索隐》讲影射范承谟土室画墙事，极确。又谓椿龄二字是说高年之叟，因范画壁廊中，自称螺山髡翁，可见其年已老。固然，而犹未尽也。考椿龄二字出子范仲淹《老人星赋》会兹鼎盛焉乃椿龄"句，中隐用范姓。且仲淹又称小范老子，而承谟之于其父。范文程亦可称小范，其命名之不苟如此。与包勇取义胆包天，暗用通身之胆赵子龙典，以影赵良栋之姓，同一狡狯。亦可云机带双敲法。是则，标目上句不啻自赞。而元春归省，演"相约""相骂"之用龄官，却利用"小范老子"四字，作为小范之老子文程被多尔衮迫其撮清后下嫁一案，而用"进称皇父，不可使父母异居"两语，硬扯皮条，所以定要唱《相约》《相骂》，而用戏曲中韩生假称皇甫一事，可以影照之也。

薛蟠错认唐寅为庚黄，亦有来历。昔有吴士游外郡，遇一缙绅先生，问："金阊写生孰为擅场？"答以文征仲。又问："文所服膺人何？"曰："唐子畏也。"缙绅首肯曰："良然。尝见文先生私篆云：'维唐寅我以降'。"闻者掩口。即庚唐互差之笑谈。本书仍引用此典，反讥唐人已降清者。故宝玉骂焙茗反叛。而冯紫英为冯铨之子，顺治间御史吴达劾铨疏本中有"密勿之内，政本所关，铨乃令其子源淮擅入张宴。延学士讲读史馆及中书等官，窑盘银匕，珍穷水陆，欢饮竟日为结纳。第其平日纵子往来清要，招摇纳贿更可知。"观二十六回薛蟠正说"谁知他是糖银果银"（言唐人已降清，谁知他是唐国人），接着冯紫英来又讲他父亲事，及在沈世兄处赴宴，并特治柬帖请客，便是结纳清要之证。二十八回写冯紫英请宝玉等欢宴，即内政院欢宴竟日之证。又因铨在明曾晋少保，兼太子户部尚书、武英殿大学士，故以神武将军及紫英关合之。紫英说"家父倒也托庇康健"，岂故犯父讳。乃有意用康健渡过健全；金安以影铨名耳。

万年少遗诗《隰西草堂五律》其八："新闻惊凤夜，故事忆乔蘖。世内多生鹿，人间有聚麀。"其九"侏僵争闰'位'，秘戏'演'春王。"聚鹿、秘戏皆讽清人乱伦，又是清后下嫁事一证。

芳官、葵官等均有影射。史太君寿筵，命芳官演《牡丹亭》"寻梦"，影旧梦重寻，寓清后与洪承畴密叙旧情一案。曲中有"偷学少年牟"语，可见命葵官演"惠明下书"，影吴三桂撮兵救圆圆。且吴本人亦善演本剧，故不令抹脸，言本色也。考《清稗》载："吴善度曲，不差累黍，有周公瑾风焉。蓄歌童十数辈，自教之。中六人艺最强，称六燕班。盖六人皆以燕名也。尝微服游江淮间，遇某家演剧，主人延吴入。乐作，脱板乖腔，百无一当，主客极口褒奖。'吴默坐摇首而已。主人不知是吴，嗔曰：'村老亦谙此耶？'吴曰：'不敢，然嗜此数十年矣。'主人愈不悦。客有黠者，请吴奏技。吴欲自炫，遂登台演惠明寄东一折，声容台步，动中肯要。坐客皆相顾愕眙。少焉乐阕，下场一笑，连称献丑而去"。按，本曲有"绣幡间遥见英雄掩，你看半万贼兵先吓破胆"两句，颇合吴三桂扳达子、破闯王时神情。惟葵取向日；吴三桂虽背明而起义仍以向明自誓，故借葵为喻耳。

俗传顺治幸热河悼古论今，词曰："看士农工商，终日忙忙，人生碌碌，争短竞长。都不知，荣枯有分，得失难量。叹秋风空想，夜月乌江。阿房宫冷，铜雀台荒，都做了邯郸梦一场。真乃凄凉，真乃傍徨。总不如乐天知命，守分安常。休说前王，与后王休说兴邦与丧邦。大限到，难消攘。自古英雄轮流亡，分明是，荣华花上露，富贵草头霜。看破世事皆如此，兴废何必挂心肠。说其么龙楼凤阁，说甚么利锁名缰。闷时静坐，诗酒猖狂。唱一曲归来未晚，歌一调沧海茫茫。看百花，虽堆锦绣，万鸟弄笙簧。山傍水傍，野外围场，当此极好风光。且尽樽前酒，一般转眼，不觉两鬓霜。"按，此辞与《红楼梦》曲甚有关合。而顺治为僧之说，亦觉可信。

七十七回借药笼中人物古语以配药形容满庭之无才。所谓调经养荣，因凡有血气者，多不为满人用，以致渐有不调之景象。满汉不调，满人即无由安富尊荣以自养而归于完善，故曰"用上等人参二两"。即须用三两个上等人材，以参与政事也。"开小匣内寻了几枝簪挺粗细的"，即在满廷宗室家中觅了几枝派簪缨，粗而无文，细而不大的人物。故王夫人嫌不好，又找一大包须沫出来，即纪晓岚所谓"个个草包，空有须眉，不成人材"。故王夫人焦燥道："用不着偏有。（言用不着的材料偏偏不少）但用着了，再找不着（要用的人材更不好寻求）。成日家叫你们查一查，多归拢一处（即令廷臣留心考查人材，聚集于朝庭，以供用），你们再不听，随手混撂"（言廷臣不识人材，多被忽略过去，或弃置不用）。及彩云寻了几包药材，王夫人打开看时，也都忘了，不知都是什么，没有一枝人参（骂倒满庭臣工。所谓丰草长林，鸟兽居之。牛鬼蛇神，真不明是甚么东西，连个人影也没有，如何记得这些？真令人有"见似人者而喜"之慨）。凤姐说"只有些参膏芦须；虽有几根，也不是上好的"（言只有些身高，奴才并不是上好人物。俗语常有"几根笋"正是此意）。王夫人没法，只得亲身请问贾母（来之于历史，自然有许多人材）。故曰有大包，皆有手指头粗细不等（亦是些供使的小人物）。令小厮送医生家，又命将那几包不能辨的药也带了去（与不知是甚么同意。所谓卿等自难辨，善者摸索可得）医生看罢说"这几样都各包号上名字了（明提名字可知是人不是药医生毕是识货者）；但那一包人参，固然是上好的，只是年代太陈。这东西比别的大不同，凭是怎样好的，只过一百年后便自己成了灰了（取所谓历史上人物，都成过去陈迹。且寓胡运百年，即成不复燃之死灰意。《书》曰："人惟求旧，器非求旧，惟新。"故曰和别东西不相同也）。如今这个虽未成灰，然已成糟朽烂木，也没有力量了"（朽木之材何足算也），所以要提新的，在外头去拣（清廷无人，乃求之汉人，即素日视为外人者）。宝钗说："外路人参都没有好的；虽有全枝，他们必截两三段（言汉人中亦无全材完人，多为三朝元老，事明事闯事清，故曰："截两三段"，意极显豁），镶嵌上芦泡须枝，掺匀了好卖，看不得粗细（《人物志》上写"奴仆须知"。卖身求荣，粗细由人挑选）。我们铺子里常与参行交易"（此写高士奇包揽人才，有药笼中物之意。及王夫人说"卖油的娘子水梳头"，聊以解嘲而已。他家有甚么油水）。

胡适根据第一回作者"自己又云：忽念及当日所有之女子"，及石头答空空道人云，"竟不如我半世亲见亲闻这几个女子"诸语，断定本书为曹雪芹自叙。果尔，则曹氏当自命为宝玉；而书中所有才气在宝玉上之女子，皆宝玉所亲见，没有他所亲闻的（只有夏金桂是所亲闻，又绝非所重视者）。作者不是宝玉替身可知。因作者并拟诸女子于诸名士，诸名士与作者未必全有交情，故特加亲闻两字以示区别，何得强指作者为宝玉耶？

杂 评

　　清人有谚曰："为人不看《红楼梦》，读尽五经四书不中用"。一时称研究本书者为"红学派"。某名士曰："我研究少一画三曲之经学。"即谓"红学"。则本书之倾动一世可想。余谓此种谚说，乃一种有力之鼓吹，或出于著者或修删者所拟，亦未可知。因著者之作本书也，实有取于经义，非寻常小说家言。其于《春秋》则取托始于隐公之谊，而标出甄士隐于首回。当时北有摄政，南有监国（宏光初曰临国），皆与隐公摄政相仿。又取获麟之谊而写史湘云获金麒麟，以明其为野史。又取盗窃宝玉之谊而写贾宝玉，言满人盗取玉玺而成伪朝也。此其大端，细琐不论。其于《书》，则取舜娶尧二女而写多尔衮之偷嫂、娶大玉小玉姊妹，以及玄晔纳姑为妃，并南巡等事。于《诗经》，则取王姬下嫁、后妃归宁，以寓清后下嫁之意于内；墙茨之讥自然可见。于《礼》则取"春官昨进新仪注，大礼恭逢太后婚"诗意，写元妃归宁之礼仪特详，丧礼祭礼称是。于《易》则取太极之旨，写清太宗名皇太极；又特着咏太极图限先字全韵，一笔以点醒；而四春之为元亨利贞，及老夫少妇、枯杨生稊之义，亦隐见于篇章。其他谶谣占卜之辞，皆《易》道也。于《大学》则取"大学之道在明明德"，以影大明。所谓"维民所止"，为雍正无头徵兆，寓于内。于《中庸》，则取"天命之谓性"以影清太宗之年号，而虽善无徵，及蒲芦也；诸谜亦非空设。于《论语》，则取"吾未见好德如好色者也"，以写南北两朝皇帝之淫乱。于《孟子》则取"象忧亦忧，象喜亦喜"之意，以反影康熙诸子之争位。所谓"今天下之言，不归杨则归墨"，亦与当时不归南则归北，以及争储者不归允礽则归允禛之情势相合。又曰"将来闹到无父无君"，皆一串下来。而雍正篡位及不善终之传说，自然附合。故曰"为人不看《红楼梦》，读尽五经四书不中用"。反言之，即必读五经四书，始可明白《红楼梦》之旨趣。否则，以寻常言情小说轻轻看过，则不中用矣。且不但取义于经书，而且取义于谶纬，旁及子史杂集，无不镕铸，而尤窃取于著名说部如《西游记》《金瓶梅》《水浒传》《封神传》以及《西厢记》《牡丹亭》，皆择其能关合种族政治社会之处而仿模之，而引证之。所谓借他人酒杯，浇自己胸中块磊者。善读本书者自识之。

　　写晴雯，乃明清间一失志文人，而特费笔墨，几欲夺宝、黛之席，定非寻常之辈。细考知系李雯，李号舒章，与陈卧子齐名，为明诸生。不遇，流离世故。北游，有人荐于多尔衮。多氏方思致书史可法，命多人拟作，皆不称意。舒章一夕成，文甚合多氏意旨，然未重用，愤懑南归。读卧子王昭君篇曰，"明妃慷慨自请行，一代红颜一掷轻"，则感慨流涕。期遇卧子于九峰山中，未渡江而卧子及祸，舒章郁郁道死云门。有为诗唁之者曰："苏李交情在五言"，盖寄慨于陈、李也。金陵十二钗别册，首册画的既非人物，亦非山水，不过是水墨滃染（雯章之象）。满纸乌云（不明）浊雾（不清）而已（晴字，半明半清，不明不清，而脱帽露顶王公前，挥毫落纸，如云烟之意。亦写于其中，正指为多氏所写之文章不明不清，而尚自鸣得意，有明妃慷慨请行之失，甚呵惜也）。词曰"霁月难逢（不明），彩云易散（文采无余），心比天高，身为下贱（一代红颜一掷轻甘为下贱），风流灵巧招人怨（文士文笔灵巧无比，而一时拟者皆怀忌妒，故未能得志）。寿夭多因诽谤生，（因明妃诗句之诽谤，郁郁道死）多情公子空牵念（此可指多氏，亦可指陈卧子。舒章空为卧子。牵念而未得一面于九峰山下，而多氏虽爱李之文，因众挤之而去，且郁郁以死，空余想念而已。皆合）。

"衮则有阙维仲山甫之"，著者取此意，成晴雯病补翠云裘一篇，正写李雯一夕成书之状况。如五十二回曰："用针纫了两条，分出经纬亦如界线之法，先界出地子来"（写《与史可法书》分开南北界限，及华夷界限，以书史经纬之），"后依本纹，来回织补"（特提出织字即隐取诗），"织文鸟章"。意既指孔雀为文鸟，兼讥其背谬，为鸟文章，将李名字俱藏于内，奇极。又言其依多氏。本人所说之文意用笔，来回弥缝其失，使无隙可击。故又曰："真真一样了。"看不出甚么破绽来。然其中不免有违心之处，故晴雯又说一声，"补虽补了，倒底不像，我也再不能了。"言此书虽极力弥缝，终觉于大义不相似，然也不能再说别的了。又写"身不由主倒下了"，（正言李氏之为此书，实为人所逼迫而不自由，以致自损身分，如李陵之降胡，故曰"倒下了"）至七十八回《芙蓉诔》中，特着"高标见嫉，闺门恨比长沙；贞烈遭危，巾帼惨于雁塞"。上句言其见嫉于当时附清之文人，下句言其不免李陵降胡之讥，与当时之以苏、李交情拟陈、李相符，与李长青被沼而为记一句，写李姓及被召作书，皆显笔也。晴雯临死恨落虚名，亦言舒章空落事清之名，实未得志也。

十七回石洞拟题，"众人说就用'秦人旧舍'四字"句，谓虐谑言清后下嫁，乃寡妇遇旧，水从石洞流出，与泉泻山间相似，仍以写女阴之状，乃表太宗曾宿之旧舍也。古人谓子之与母如寄物瓶中，亦有谓借屋而居者。但旧字大有来历。宋《群居解颐》载："元和初，达官中外之亲重婚者，已先陟溱洧之讥。就礼之夕，傧相则有清河张仲素、宗室李程。女家索催妆诗，仲素朗吟曰：'舜耕余草木，禹凿旧山川。'程久之乃悟曰：'张九，张九，舜禹之事吾知之矣'。群客大笑"。余草木、旧山川，不特与本回"睢园遗迹"的遗字、"秦人旧舍"的旧字，映合成趣。而太后下嫁，阴寓舜娶沩汭禹遇涂山之意，当时应戏多尔衮。曰"老九，老九，舜禹之事吾知之矣。"著者暗用本典，可知睢园亦有影照。《九域志》"睢阳郡有梁孝王东苑。方三百里，苑圃中有百宝山、雁池、修竹园"。因潇湘有竹，故清客想出这个典故；又因梁孝王为汉文帝子、景帝之同母弟、窦太后少子，爱之赏赐不可胜道，以影射清后之爱清太宗同母之弟。此第一义。又因梁孝王游客甚多，皆善属辞赋，以影射明珠门下诸名士。此第二义也。

《汉书·五行志》中上云，"王子晁以成周之宝圭，湛于河"（按即，左传·昭廿四年》"冬十月癸酉，王子朝，用成周之宝，湛于河。"或作沈于河）。又云："甲戌，津人得之河上，阴不佞取，将卖之，则为石。"是时王子晁篡天子位，万民不乡，号令不从，故有玉变近白祥也。癸酉入而甲戌出，神不享之验。云玉化为石，贵将为贱也。后二年子晁奔楚而死。按，书本写宝玉本质为石，又对甄宝玉自称不过一块顽石，言玉玺在汉则为玉，在满则化石；汉贵而满贱，玉玺归满为石，贵为贱矣。至写失玉疯魔，有人以石代玉，弄出假宝玉一案，固然指伪太子兼指伪朝，亦同时写允礽被废，贵将为贱也。因著者注意谶纬，故隐采《五行志》语意也。

袭人命名有珍袭与袭取两意。《孟子》曰："是集义所生者，非义袭而取之也。行有不慊于心者，则馁矣。"清多尔衮得史可法书，气为之一馁，故以烧损翠云裘写之。裘以孔雀毛织成，可谓"织文鸟章"，而非集义，因而不免缺失。晴雯（即李雯）费一夜力为之织补，倒底不像；纵令很像，也不过鸟文章（李雯字舒章，故以是讥之）罢了。是夜袭人不在，为掩袭取之迹也。即文中得"天下于贼，非得天下于明"的饰辞。至后半部袭人与宝钗合而得宝玉，乃写允祯袭取宝位，亦非是正义。

杂　录

　　《梦华琐录》杨懋建曰：《红楼梦》"以小李将军金碧山水楼台树石人物之笔，描写闺房小儿女喁喁私语，绘影绘声，如见真人，如闻其语。竹枝词所云'闲谈不说《红楼梦》，纵读诗书也枉然'记一时风气，非真有所不足于此书也。余自幼酷嗜《红楼梦》寝馈以之。十六七岁时，每月所见，记于别纸。积日既久，遂得二千余籤拟汰而存之，更为补掇拾，葺成《红楼梦注》。凡朝章国典之外一切鄙言琐事，与是书关涉者，悉汇而记之。不贤者识其小者，似不无小补焉。其禅悦文法，托诸空言，概在所屏，似与耳食者不同。今忽忽二十五年，未能脱稿，殊自惭也"（按此君所得之笺注，必与清明之际政治社会大有关系者。自云未脱稿，甚为可惜。

　　五回"可叹停机德，堪怜咏絮才"两句，分咏黛、钗。咏絮一语可以《柳絮词》为证，而停机一语无着，久蓄于怀而莫解。及读太白《乌夜啼》词，曰"黄云城边乌欲栖，归飞哑哑枝上啼。机中织绵秦川女，碧纱如烟隔窗语。停梭向人问故夫，欲说辽西泪如雨，"始大悟。其意重在"问故夫"及"辽西"字样，借影董小宛。而于二十六回特写宝玉入潇湘馆，足至窗前，觉得一缕幽香从"碧纱"窗中暗暗透出。及听得黛玉长叹，在窗外笑道："为甚么'每日价情思睡昏昏，'"坐实"碧纱如烟隔窗语"

一句。以及四十五回"秋窗风雨夕"词中"寒烟小院"、"疏竹虚窗"、"泪洒窗纱",皆与本句有关。由是衬出停机越女来。可以见原作者之不轻下一字,不妄用一辞。

卷　下

《红楼梦》真谛

评王——评王梦阮《红楼梦索隐》

余于清季始读《红楼》即疑其有关于明清间政治，继闻谷芙塘师云，《红楼》曾为乾隆所欲禁刊，益疑之。辛亥学友唐易庵为余抉其秘奥，始觉澈透。曾与寒泉谈，及亦为击节。至王君《索隐》一出，寒泉极称之。余从友人处略览一遍，觉其所发明者多与唐君相合，而尚未能穷源，竟委一抉作者之苦心也。尝考王君所详者，惟陈圆圆、董小宛、刘三秀三人事，对于明清代革事，仅于贾宝玉梦见甄宝玉处。特别提出。虽寥寥数言，颇中肯要，宜其自用套圆标记之也。有时敷陈多言而未说出本意，尤使人不快。即如开首评"此开卷第一回也"，已指出作者取"开宗明义第一章"之意，却未将"宗明"二字揭露，又不知其影射清后下嫁摄政王诏中，"以孝治天下"事。又于《红楼梦》曲中，不知"悲金"之为悲满，视为宾辞。木石真谛完全不解。所拟影射诸人，亦未尽合。此其蔽也，而其明快细微处亦不少。如二十六回从小红写出洪承畴降清时心事情形，玲珑剔透，与评宝钗冷香丸为刘三秀荣宠一段，异曲同工，为本《索隐》上乘禅。然"蜂腰桥"三字，亦甚有意明清之相接，实以洪承畴一降为蜂腰

也。又写刘老老为影刘三秀，亦极详尽。惟于九回鸳鸯打发老老
出去时，赠药中有催生保命丹"，分明指三秀受孕，及诸医错用
药，几要了命。故特用此种药关合之，不然老寡妇何需此药？若
令送傍人，又未提出著者真意，可知何竟不索出耶？"提要"中
谓湘云指孔四贞，甚是。又云相传四贞为圣祖所纳，应以三十一
回"因麒麟伏白首双星"证之。此亦略处。《提要》对本书命名。
谓大抵记石头城之事，又云金陵地属江南，风月非闺门常度；红
楼对青楼，是欲牵合《板桥杂记》中人物，而不知其别有深意
也。《提要》谓本书以葫芦庙为开始，乃全装天下后世于闷葫芦
中。此言得一半真谛。惟当添"莫明其妙（庙）"一语乃足；再
加以胡房隐语更佳。《提要》又谓宝玉命名言"能宝爱此玉；玉
指黛玉，即暗指小宛"，不如指玉玺之的确。《提要》以赦刑政王
影摄行政王四字，不如分别刑赦政王都属贾伪，专以贾政影摄政
为较合。观贾赦字恩侯，明言所谓恩赦都是假的。因当时对明宗
室及汉人，先杀后赦，以示恩耳，非真惠也，故又兴文字之狱。
《提要》谓"金钏玉钏合写小宛姊妹。或曰：乾隆宫中隐事或然
欤？"所谓隐事，应指乾隆与和珅一段因果，乃不肯说出，何故？
又谓贾环之环薄，固似；但不如谓为假还，乃久假不归意。清人
入关初，亦曾欲还江山于明室，而竟据为己有，其刁顽可想。故
写贾环极顽皮无耻，益深恶之也。又言贾瑞于凤姐，为获遇刘氏
如得天之祥，不如谓为贾天文祥妥当。又以薛蟠指吴三桂，不如
谓指满人及多尔衮假子为合。谓焦大指图赖，不及王辅国之切
合。谓包勇似指三桂，不如谓指赵良栋。谓巧姐指睿王养子多尔
博，不如睿王女东峨之情事符合。谓尤二姐指肃王妃博尔济锦
氏，固是；但未知作者用"鲍二家的"从旁趁出博尔济之奇巧
（其他尚多详附录）。

　　第一回评。"自己又去"，拟诸《太史公自序》及周秦诸子用

"词曰""书云",不如谓学《庄子·逍遥游》"齐谐者,志怪者也。谐之言曰"笔法。因作者自命为"荒唐言"故也。评宝玉"无才可去补苍天",曰小宛或有补天之志,非也。此段玉虽指本书全部,而宝玉仍系玉玺,言其无补于亡国也。明末遗老以明亡为天崩地裂,某君《西游记补》亦有此意,何得以小宛当之?"枉入红尘若许年",红仍指朱家;枉作朱家传国宝耳,不专指情僧。"此系身前身后事",身前为明,身后为清,关系两代历史,岂指一人?评风月宝鉴,谓以鉴名书,如千秋金鉴。《资治通鉴》皆进御之书,可见为帝王而作。是也,但惜其未将清风明月意道出。且标出东鲁孔氏,亦有窃取《春秋》之意,与以史字拟孔四贞之姓参看自明。评僧人问甄士隐念出四句诗中"菱花空对雪澌澌",谓镜取圆圆意,雪谓三桂,字长白,近似,不如谓菱镜有背月之象,言三桂反明;对雪为对满洲长白为是。评贾雨村对月咏怀,"时逢三五便团圆,满把清光护玉栏。天上一轮才捧出,人间万姓仰头看。"谓指圆圆,不如蔡书谓指清兴。因诗内有满清字样为证。无满字者,则多指前明。

二回智通寺联,"身后有余忘缩手,眼前无路想回头",《索隐》谓为一般热中人说法,其实仍是讥讽满人。作者多以猢狲拟东胡;"身后有余"言有尾也;"忘缩手"言其伸手取中原也;"眼前无路"言满人必有穷途。一曰:"想回头"欲回满洲,即钱牧斋"死虏千秋悔入关"之意。又云"其中想必有个翻过筋斗来的",《索隐》谓阅尽兴亡,勘明因果,固是;但仍用孙猴筋斗云故事以讽满洲。作者每用《西游记》笔法,大可注意。

"长子贾代化",《索隐》谓指太宗文皇帝,因太宗名皇太极;书中取太极生两仪,两仪生四象,故谓二昆四字隐含太宗名。又云贾代化乃假代话,与雨村名一义;不知假代话可翻为伪朝话,亦用一气化三清之化字。太极之生仪、象,亦变化而生者。

"贾政升了员外郎"，《索隐》谓指摄政在外，实则讽为圈外狼也。满人初入关，有狼虎之像，故用侍郎是狗（是狼是狗）笑话射之。

《索隐》谓宝玉衔玉而生，玉专指小宛，非是；前已说过。又曰，衔之口见爱之专，则不如口衔天宪之现成，其指玉玺无疑。

"甄家几个姊妹都是少有"句，《索隐》谓指宏光宫眷，固是；但用蔡氏索隐法，则亦兼指阮大铖、马文驄诸人。

《索隐》谓元春姊妹并指陈圆圆，甚是，亦取元亨利贞意，仍从《易》有太极设想来的。元春之正大，探春之锐利，惜春之贞静，皆具圆圆一德；而迎春命运却不亨通，正写圆圆从闯王、从田琬、三桂均不亨通。嫁中山狼，正指闯王，乃是反写；正面则写其一顾之缘，便居人上，亦可云亨通矣。又谓迎春为三桂迎圆圆，探春为三桂探圆圆于被盗后，惜春谓三桂不从圆圆建议为可惜，亦是；惟亦写出圆圆身世之四实事。元春指其入明宫，迎春指其从闯王，探春指其从三桂而南，惜春指其出家。

"甄家风俗，女儿之名亦皆从男子之名命取"，《索隐》谓指秦淮佳丽，固是。然正表出书中女儿亦兼影射男子。蔡书应据此为断，得别成立一说。

二回"黛玉常听祖母说外祖母家与别家不同"，《索隐》谓为宫闱，其实兼指满洲。因中国自古以中原为内，夷狄为外，故曰"外家与别家不同"，谓特异于诸夷也。黛玉为贾母搂入怀中，"心肝肉儿叫着哭起来"，《索隐》无注。乃写史家怀明，有故国之痛故，曰"想其母"，正合今言母国之意。又黛玉不足之症，《索隐》谓为小宛多病，其实兼写明之积弱贫病。

凤姐"一双丹凤三角眼"，兼写努尔哈赤面似关羽，非但写其威也。

堂屋对联"座上珠玑昭日月"，《索隐》谓言帝王夫妇，实则此乃写其祖宗事。明时得珠玑，珠字颇着眼，谓朱王赐座也。"堂前黼黻焕烟霞"，《索隐》谓山林结果，实则写长白山下气象，并写堂子神秘与满人吸烟习惯。谓东安郡王穆莳为拟满祖孟特穆所莳栽之种，又偏安东陲，甚是。但即此可见此联写其臣明，其笔法则取自《金瓶梅》西门庆戏林太太事。先写其家祖像之尊严，对联之堂皇，反衬其后人之淫乱，是一样精彩，不宜略过。

贾政室中文王鼎，《索隐》无注。贾政名存周，以周公辅成王为比，其家固宜有文王鼎也。

批宝玉西江词，《索隐》谓言情僧性情，不知其统写满族，详见《真谛》。又王夫人说宝玉"一时甜言蜜语，一时有天无日。"上句谓事明之际币重言甘，下句谓其灭明，白日无光。"疯疯傻傻"写可汗，一名憨也。《索隐》但谓其为宝黛作谶，失之矣。"混世魔王"亦言其混沌无明。宝玉说"西方有石名黛"，可代画眉之墨"，《索隐》着眼于张敞画眉故事，实则作者自揭本书命名之真谛。木石影朱，正用石头笔在木上画。石头上两画如画眉状，画眉对点睛，真作者画龙点睛处也。石字上一平画像横眉，一撇像眉尖；着重正在眉尖。故曰"这妹妹眉尖若蹙，因用颦颦"，亦寓两笔画成朱黛双眉之意。

宝玉摔玉一节，《索隐》谓玉取董宛之玉旁，故曰"原有"；实则写玉玺原属朱代，今属伪代也。详见《真谛》。

黛玉见宝玉进来，"原来一个青年公子"，《索隐》无注。此"青年公子"即清室哥儿意，非冒公子也。及一见"便吃一大惊，心中想：到好生奇怪！倒像在那里见过的，何等眼熟"，《索隐》以小宛初见冒辟疆情形拟之，固是。而仍寓明人对于玉玺之见惯，故曰"眼熟"。不然只可惊异，何得曰"眼熟"如此？

贾母"将自己身边一个二等丫头名唤鹦哥的与了黛玉"，《索

隐》引"含情欲说宫中事，鹦鹉前头不敢言"，甚是。惟于贾母
"自己身边"及"二等"字样未注意。贾母姓史，以射作史者。
作史重在直言，而满庭多忌讳，故不敢言便居第二等矣；不避忌
讳者始为一等。是作者自拟鹦哥不再见，言化为潇湘馆之鹦鹉
矣。足使代表汉人之黛玉当头自警。

袭人"原名珍珠"，《索隐》渭用绿珠故事，实寓珍袭玉玺之
微意。曰"珠"，乃朱家所珍袭者也，故与玉函作配（详《真
谛》附录）。至说袭人伏侍贾母时，"心中眼中只有一个贾母，今
跟了宝玉，心中眼中只有一个宝玉。"《索隐》谓小宛，实则言玉
玺发见于多尔衮（衮为龙衣，故以影射），从蒙古某王妃处移来，
故曰在贾母处。

第四回叙李纨历史，《索隐》以刘三秀拟之，颇似。惟李寓
礼意，故曰"其父名李守中"，言满人入关，俗则多从满，礼则
多守中。所谓"生降死不降，官降吏不降，男降女不降"等，一
半皆守中国礼俗也。贾珠之死指朱明之亡，甚是。国亡礼存，大
嫂（老礼）所以得独完也。字宫裁者，言中国之礼，已半受清宫
裁夺，不仅影三秀之入宫。"惟知侍亲教子，外则倍伴小姑等针
黹诵读而已。"《索隐》谓刘媚无子无小姑，亦是反笔。其实言明
亡后，于礼只存得孝慈两端，只能以男读女织传家而已。

《索隐》以薛家影周田诸戚，甚非。薛之为雪为夷，蟠为蟠
据；皆写满人入主。故写黛玉不能自主，而宝钗则反客为主。至
于薛蟠性情似满人，与多尔博有关。详见《真谛》附录。

"贾不假，白玉为堂金作马"一谚。"贾不假"指伪清玉堂金
马已据中土"阿房宫"，秦宫，即清宫。"金陵"即曰成为金史
矣。"东海"，满人在渤海东。"白玉床"即得玉玺，即登大宝，
如据卧榻矣。"龙王来请金陵王"，自命真龙天子，而称后金，王
矣。吴三桂亦自命为真龙天子，请兵满洲，故曰"来请"。"丰年

好大雪"，影长白山；薛之音如雪。"珍珠如土（言朱家坠地而亡）金如铁"（言金家之强硬）蔡书以"五方宝物归东海，万国金珠贡澹人"一联拟之，已落第二义。《索隐》乃谓指周袁田三家，失之远矣。门子曰："这四家皆连络有亲，一损俱损，一荣俱荣；扶持遮饰，俱有照应"，正其为一家耳。

薛蟠之与香菱颇，似三桂之与圆圆，但菱镜背月仍有背明之意，言其与满人一致也。至贾雨村判断薛、冯一案，特书此事皆由葫芦庙内沙弥新门子所为，乃言胡虏入关，失其政刑，自创纳贿枉法之新门。沙弥者，满人信佛，自称曼殊，而为佛弟子也。《索隐》仅以闷人葫芦拟之，非是。

《索隐》以宝钗拟科尔泌王吴先善女，近是。惟宝钗是金差，仍为东夷代表，不可不知，余详《真谛》。王子腾拟睿王，甚是。薛蟠亦指多尔博为睿王假子也。

贾政命薛姨妈住东南角上梨香院，不但谓满人登场如优伶之虚伪，而梨香亦含雪意。东南仍东北夷之对写耳。若以梨花拟刘三秀冷艳，正在东南。

第四回，可卿房中设置一切，《索隐》谓皆宫闱故事，可知所指，是也。惟同昌公主兼寓清后下嫁意，应补出。西施、红娘两句，《索隐》但言抱衾与裯，不知兼用越女入吴、崔女私奔两意，以讥小宛与清室秽史。因可卿不但写小宛，兼写大玉小玉姊妹，故曰"兼美"。警幻一赋，《索隐》谓有陈思感甄之意，甚是。已将多尔衮偷嫂事暗藏于内。惟"莲步乍移"四字应注意，是指汉女，可知兼写小琬矣。

太虚幻境一梦，系本书全体的笼罩。《索隐》因偏写圆圆，遂将清明两代大关系未能提出。详批在《真谛》中，今摘其遗漏及错误处略言之：所谓凝情、结怨、朝啼、暮哭、春感、秋悲各司，皆属宫怨，故曰"两边配殿"，扁额竟未提及。至于画册仿

《推背图》意，亦未提出，而于正册宝、黛表明、清两朝，亦太忽略。玉带挂林，正缘曲尺挂树，绝非空点钗黛。惟"停机得"三字颇异。停机，乃孟母与乐羊子妻断机故事，或写黛为明清继续间人物，亦未可知。册子及曲中湘云，《索隐》皆就圆圆着想，实则写孔四贞。诗后高楼判"情天情海幻情深，情既相逢必主淫"。情皆指清；着幻字，言是伪朝也。惜未索及。"漫言不肖皆荣出"，《索隐》谓荣禧堂摄政所居，又睿王名多尔衮，取荣于华衮意，甚是。然亦指入主后，安当尊荣之清帝。"造衅开端实在宁"，《索隐》谓慈宁宫太后所居，盖指孝庄，亦是。惟此处着"开衅"两字，则指清未入关以前，兴于宁古塔，肇衅于宁远之役，与"家事消亡首罪宁"，指亡国首在宁远。"宿孽总因情"，言宿怨因清同意；次乃指睿王之败家亡人散，在慈宁下嫁孽缘。警幻云"偶遇荣宁二公之灵"一段，不但责慈宁不善持家政，也写胡无百年运，甚显。而《索隐》竟未道一字，甚怪。

"聪明累"于书中写凤姐，于清室写多尔衮。因多失败，有家亡人散景象。"一场欢喜"，指清后下嫁。"忽悲辛"，指败亡。"忽喇喇似大厦将倾"，因多乃清室一柱也。《索隐》亦未能道及。

第六回，宝玉与袭人同领警幻所训云雨之事，"袭人自知系贾母将他与了宝玉的"。《索隐》谓小宛入宫，当时慈宁所命，而谓此处系指多尔衮与小玉（多得玉玺衮字与袭有关）；因小玉是慈宁（大玉）作主，与多最初结婚者，故曰初试云雨"（警幻有妹曰"兼美"，梦中初试云雨，以影照大玉有妹）。

写刘老老一进荣国府，《索隐》以刘三秀拟之，极是。惟"小小之家姓王"应注意。南人黄王不分，故曰"因贪王家势利便连了宗。"而《笑林》正有黄王连宗戏谈。"终是天子脚下"，《索隐》谓插入近畿乡镇，实则有为清王蹂躏之意。又"陪房周瑞"《隐索》谓豫王，不如专以《过墟志》所谓满州掌家婆二太目之。贰者，副也，故曰"陪房。"刘老老"我见他心眼儿爱更爱不过，来那里还说得上话儿来"。《索隐》无注。这正写三秀心许豫王，默然承受意；特着"爱"字可见。

贾蓉借屏一段，《索隐》所批极是。因凤姐虽写豫王身分，同时是镜中三秀，真写的出神。

第七回宝钗与周瑞家谈冷香丸一节《索隐》批评精到。因宝钗答语全不似平日严重声口，且紧接着刘老老事及送宫花戏熙凤情事，其意自显。又句中白牡丹、白荷花、白芙蓉、梅蕊（言三秀备四时之气也），以及白露霜、雪梨花树下，《索隐》谓喻嫠妇固是。但应以《过墟志》"当豫王妃死时，三秀偏衣练裙而出。王遇于中霤淡冶若仙。时目光恰两射。王曰：'何雅素乃尔'一节实之。因彼时三秀正如梨花一枝也。故曰"冷香"。旧诗"冷艳全欺雪，余香乍入衣。春风且莫定，吹向御阶飞"合之更妙。

写宝玉秦锺相见后心里话，恰似豫王、三秀身分，然作者的平民思想已透露于其间，实乃能手。焦大一节，《索隐》谓隐指图赖，亦似。惟不及王辅臣之切合（详见《真谛》附录）。"爬灰的爬灰"，写多尔衮私姪妇事。"养小叔的养小叔子"，写清后下嫁事。将清宫秽史一齐写出。胡适乃谓作者自叙家事，岂其然乎？

第八回"奇缘巧合"四字，恰写出三秀一段因缘。《索隐》以宝玉、宝钗识锁认玉光景，拟三秀遇合，极是。惟嘲宝玉一诗，新旧、金玉字样，则关系清明两朝事（详见《真谛》），不可不知。"酸笋鸡皮汤"，不但言老绉，且取夏姬鸡皮三少意。

袭人说"不如趁势连我们一齐撵了也好，你也不愁没好的伏侍你"。此又大似小玉吃他姐姐的醋，与多尔衮闹气声口。《索隐》无注。

第九回，《索隐》以冯铨拟李贵，甚似。李贵说"人家的奴才跟主子赚些好体面，我们这些奴才白陪着挨打受骂"，的恰是满臣对清帝的口吻。降清者称臣，然清帝有"奴才即臣，臣即奴才"之谕。这里"人家""我们"的分别，便是满汉界限。《索隐》未及。

茗烟，《索隐》谓是名湮，是姓名湮没不传。按，此系暗指太监。太监人常呼为公公，而不提名。又纪晓岚对太监说笑话，曰："昔日有个太监"便停止。问曰："底下呢?"纪曰："底下没有了。"正合湮没之意。

第十回，《索隐》以金文适拟金寡妇，甚似。金荣母亲胡氏，正是胡金，非胡绉意。言诸金皆东胡所生荣者也。

太医诊可卿病一段云，"或以为喜脉"，以及婆子"好几位医生都不能说的这样亲切"，与刘媪病妊时诸医乱投药情形恰合。《隐索》谓可参合，极是。

第十一回。"忠靖侯史府"，《索隐》谓此中山靖王拟之，谓有望明复兴之意，甚是。因史字原从孔家《春秋》来，其意可知。

贾瑞字天祥，乃假文天祥以拟洪承畴，极是。兼影降清诸臣。凤姐到园中，写景四六："遥望东南，通几处依山之榭（言东南有真文文山谢叠山在）；近观西北，结三间临水之轩"（则与清结鱼水之欢矣），大可注意。

凤姐在园中突遇贾瑞，恰似多尔衮初次窥嫂浴于园中光景。《索隐》"注意"九字谓指九天大王府，甚是。故特着"一家骨肉"及"没人伦的混帐东西"两语与这样禽兽，显是骂多尔衮语。又曰："几时叫他死在我手里，他才知道我的手段!"因清后之俯从多尔衮也是一种手段，非此不能令多死心踏地辅其子也。凤姐点戏，"还魂"指先奸后娶，"双官诰"指新夫即故夫，皆与清皇后下嫁有关，乃影照多氏处。尤氏笑道："那里都像你这么正经人呢"，反议清皇后老不正经。《索隐》写"刺骨"二字批之，是也。

第十二回贾瑞，《索隐》全以清后劝洪承畴降清一事拟之，极是。惟风月宝鉴乃以清风明月影写明清两朝相关历史，故曰"单与聪明俊杰、风流王孙（两语写尽清明之际一切文武人物）等看照"，即殷鉴不远之意。"千万不可照正面"是背明（菱镜背月古有是言），"只照他的背面"（背面向明背清）。"背面照见骷髅"系亡国死节之君臣，"正面照见美人"，像贪淫附清之大夫，故曰"正面以假为真"，认伪朝为正统。惜《索隐》忽之。

第十三回可卿梦托凤姐诸语，《索隐》未注意"月满则亏，水满则溢"两满字，以及"胡无百年之运"的成语，未为透彻。第十四回标目大可注意。因此回正写凤姐办理荣国府威风，而林如海之死只略带一笔，而标目则云"林如海捐馆扬州城"，乃指多铎下江屠属扬州之事。曰"林姑老爷是九月初三日巳时没的"，乃用"谁怜九月初三夜，露似珍珠月似弓"语，影照朱明亡国之可怜。"巳时"，则残月不明矣。"林"从朱化；"姑老爷"言故国也。且屠扬州正是秋日，篇中特著威重令行四字。与上回"杀伐决断"合看，皆写"屠城十日封刀"令之严酷。宜多铎之十分得意。扬州一役后，明室始不振，而北人始得安静，因紧接"贾宝玉路谒北静王。"故曰大可注意也。

写凤姐举止大雅，言语典则，因此不把家人放在眼里，"挥霍指示，任其所为"，旁若无人。《索隐》以拟刘妃之才。应以《过墟志》中媪曰："刘居家喜南面而坐，诸俾仆屏息，指挥惟谨"（正是凤姐办理可卿丧事时光景）数语实之。

第十五回写北静与宝玉装束容貌以及性情皆相似，一在荣府一名世荣，《索隐》谓同写顺治，甚是。龙驹凤雏，正写王子。宝玉入庄家，是写康熙微行事。俗传康熙有咏农人农妇等诗，均有关照。诸诗待考。

第十六回元春选宫，宝玉置若罔闻，《索隐》谓"以数语考之，似又不指董妃。"按，此节元春已暗透到清宫下嫁，此意颇为顺治所不悦，故瞒着此语耳。

黛玉"又带了许多书籍来"，《索隐》谓小宛不离书史，似误。因小宛被劫北上，何能携书？此处应以蔡书所拟朱竹垞当之。此处宝玉亦应拟纳性德始合。凤姐讲南巡"所有洋船货物都是我们家的，"《索隐》谓"此作者自言也。圣祖二次南巡，即驻跸雪芹父曹寅监院署中"胡适辛苦所证明系作者自传一件事，已被此君先发明了。

第十七回处处影照下嫁事，惟门客一层恐兼写纳相家。因纳好客，故写门客顺承贾政，丑态百出。考，吴梅村尝谓太仓王麓台之父太常曰："彼苍者天，当是君家门下清客。"（本回"清客"二字，则着眼于清字，言汉人为清人客者）太常骇问何故，答曰："善探主人所欲，而巧于趋承，事事如意者，门客也。今日之天乃近是。""善探"数语可赠此篇门客。

入园开门一山，指遮掩人目；羊肠小道，指费尽曲折。至题镜面白石，方露其意。"赛香炉"言真面。"小终南"指捷径。又由宝玉说出"编新不如述旧（言多之偷嫂由来旧矣），刻古终胜雕今（言只刻画故事足矣）。况此处并非主山正景，原无可题之处（言尚未至主题），不过是探景一进步耳。"（多偷嫂由于窥园浴一进步，直观幽隐）所以又说"莫如直书古人'曲径通幽'（言窥园故事故曰古人）旧句在上，倒也大方。"（言此乃旧曲。出浴任人窥探，可谓大方不拘）入石洞后，至桥上亭，问客曰"当日欧阳公《醉翁亭》记云'有亭翼然'，就名'翼然'罢"（按，此利用俗士谑谈，以《醉翁亭记》山水状况拟男女生殖器。又俗传欧阳续娶小姨，有"旧女婿为新女婿，大姨夫作小姨夫"

的话，恰合多尔衮娶大玉小玉姊妹，不过小姨夫又作大姨夫耳。此著者狡狯处）。贾政说道："此亭压水而成"（压字亦双关），又用欧阳"泻于两峰之间"（女子生殖器），"竟用他一个'泻'字"（泻字更淫）。门客曰："竟是'泻玉'二字妙"（言多与大玉淫媾而泄，妙不可言。词不雅训，缙绅先生难言者，所以由宝玉口中批曰："粗俗不雅，再求蕴藉含蓄"。正言如此露骨写来未免如俗本《金瓶梅》太粗野，有失蕴蓄）。贾政说："如今我们述古，你又说粗俗不妥"（言我们如今是讲偷嫂故事，又嫌粗俗），乃宝玉说出"沁芳"（仍影鱼水艳事，较"泻玉"略有含蓄耳），贾政拈须点头（写摄政得意认可也）。"宝玉四顾一望，机上心来"（即景生情），念出一联："绕堤柳借三篙翠，（意谓入港）隔岸花分一脉香"（仍从两峰泻玉变化来。翠香皆含玉字在言下），宜乎贾政又点头微笑也。至"淇水遗风"，《索隐》曰"的是郑卫之风"，极是。言其淫乱也。"有凤来仪"，明点下嫁。而"宝鼎茶闲烟尚绿，幽窗棋罢指犹凉"，清人喜茶烟，清后善着棋，皆写本事。"猩猩毡帘"（满俗也）。"湘妃竹帘"（用娥皇女英故事，皆非闲笔）。贾政至稻香村，曰："未免勾引起我归农之意"（大似周公'兹予其明农哉'口气，暗点摄政以周公辅成王自拟）。"杏帘在望"（影望幸两字）"天然"诸语写出勉强野合，违反天伦，如何巧说也不自然。故曰"即百般精巧，终不相宜。"题联曰："新涨绿添浣葛处（取"薄污我私""薄浣我衣"意，以影淫媾余波。"新涨"字面极谑），好云香护采芹人"（以采芹乃俗谓入泮门之秀才，其为雅谑可知。"云护"是遮掩丑态，否则省亲与采芹何涉）。"秦人旧舍"（言清人故妇也。故宝玉道："越发过露"）。又曰：""'秦人旧舍'说避乱之意，如何使得？（则谓此乃淫乱之处，不能避人）？莫若'蓼汀花溆'。"（寓母子儿女之情。清后已为大母，多亦在臣子之列，乃乖蓼莪之咏，而实行幽情之畅叙，故贾政曰更是胡说"，言胡人之俗耳）接着贾政进港（即入港意）问采莲船（即采花意），及贾珍说座船未造成，贾政笑道"可惜不得入了"（又是谑音。即纪晓岚"送人新婚诗韵一部"，谓平上去入也。故贾珍曰"从山上盘道亦可以进去"。其为谑语可知）。至"牵藤引葛"一节，则言多之偷嫂，乃由旧日葛藤丝萝而来。因多娶清后妹，故写金葛（畜清人称后金时已有瓜葛）。而金蕌（金灯）玉露（玉辂）、紫芸（夺朱）青芷（成清）、那《离骚》（风骚情怀）《文选》（文后自选），什么霍纳姜汇（胡拉强合），什么纶组紫绛（什么红黄带子），什么石帆、水松、扶留（什么东番、松花江、扶余遗种）、绿荑（录夷也）、丹椒、蘼芜、风连（以椒房之戚，忘蘼芜故夫，淫风连合），皆有关合。故宝玉曰"人不能识，皆像形夺名（不能明说耳），渐渐唤差了"（原非草木本意，乃差错凑合，宜为贾政所喝倒也）。兰风蕙露（蕙絮兰因淫风露流）一客联曰："麝兰芳霭斜阳院，杜若香飘明月洲"（乃写明亡后光景，故众人云"颓丧颓丧"。当是未忘故国之文人耳）；又一人曰："三径香风飘玉蕙，一庭明月照金兰"（亦寓思明意故贾政沉吟不语）；及宝玉题匾曰："蘅芷清芬"（写到人分际），联曰："吟成豆蔻诗犹艳，睡足荼蘼梦也香"（方到本事）。

贾政说"这是套的"，众人道："只要套的妙。"清后下嫁是套的王姬下嫁，"尤觉活动"，却从贾政口中说出"岂有此理"四字驳之，妙极。以上《索隐》所略，故特详之。

女儿棠、外国种，《索隐》谓暗点朝鲜女，甚是。故贾政特说出这"新鲜（朝鲜）字来题"。一客道"旧鹤"（交合也），一个道"崇光泛彩"（重覆光彩也）。至宝玉，曰"暗蓄红绿"，又曰"依我题'红香绿玉'四字方两全其美"（则将朝鲜女与清后下嫁一并写出）。

第十八回写下嫁，正题"种种仪注"（即从张瑝言清宫词"春官昨进新仪注，大礼恭逢太后婚"两语中得来。《索隐》忽之，非是），写合族子弟候于门外，恰似张诗"上寿称为合卺樽"（故先写出贾政过寿）"慈宁宫里烂盈门"光景。

"大观园"三字，《索隐》谓"大观为宋徽宗年号。徽宗太后刘氏，以不谨闻，遂自杀。作者定微取其意耳"，近是。亦兼取大观在上，及"洋洋大观，民具尔瞻"等意。

论用宝玉题咏，谓贾妃以宝为幼弟，独爱怜之。又曰"虽为姊弟，有如母子"（言孝庄为太后，则与多尔衮有母子名分，不待以嫂弟论。又云："眷念之心，刻刻不忘"；又曰："知爱弟所为，亦不负其平日切望之意。"写孝庄之眷念多氏之深，皆微辞也）。

《索隐》对诸匾额皆能道出本意，惟"桐剪秋风"《索隐》以春风桃李、秋雨梧桐当之，非是。当注重"剪"字；乃取剪桐对弟故事，以影射清后下嫁其弟。下嫁一谕亦近儿戏，与君无戏言故事恰合。

元春绝句云："衔山抱水建来精（言白山黑水建州来的老妖精也。衔抱二字极谑），多少工夫筑始成（言费许多周折，组成此段婚事也）。天上人间诸景备（"此曲只应天上有，人间那得几回闻"，是异典也），芳园应锡大观名"（临观之义，或与或求；大观在上，民所观也）。

四处赋诗探春："精妙一时言不尽"（乃取《笑林》不可言妙转为妙不可言的谑语。精仍是妖精，《索隐》谓无深意，非是）。

"文章造化"（下嫁一谕相传出自钱牧斋手，巧妙夺天工，故曰）："山水横拖千里外"（言千里姻缘横空拖来），"园开日月"（在明故宫"景夺文章造化功"（反是文章夺造化功，为清后所深赏也)。

"文采风流"(直用老杜咏曹家父子事,"文采风流今尚存"。连子建感甄偷嫂事,皆寓其中,故诗中有神仙字样,以影洛神)。

"世外仙源"(天上人间):"香融金谷酒(金人喜宴),花媚玉堂人"(大玉、堂子,皆咏本事)。

宝玉四咏,《索隐》惟取"好梦初长"四字,不知"谁咏《池塘》曲,谢家幽梦长",正用"怀弟"二字作趁,与"剪桐"同工也)"两两出婵娟"(写太王姊妹,或兼朝鲜王女,故又曰"对立东风""主人应怜",分明不止一人"杏帘在望"诗中,"桑榆燕子梁"是言清后与多尔衮已至桑榆暮景,犹效燕子双栖,不为无关合)点戏四出,"豪宴"、"乞巧"、"仙缘"、"离魂"皆指本事,《索隐》无误。"游园"、"惊梦",更属明写,"相约"、"相骂"尤为显然。龄官似写范文程、钱牧斋诸人。因下嫁由多尔衮,授意于范,求文于钱。"贾妃甚喜",赏赐龄官银锞,即清后赏钱牧斋多金,并谓曰"卿文可值千金"一事也。

龄官定要做"相约"、"相骂"两出,乃是本回点睛文字,以剧中假冒皇甫一层,影多氏假称皇父也。《索隐》未指出。且龄官以"游园"、"惊梦"原非本色之戏,与本回评宝玉题咏"虽非名公大笔,却是本家风味",互相照应,写下嫁是胡人本色家风,不应忽略。

第十九回。贾妃"次日见驾谢恩",回归奏帝,"龙颜甚悦"(此指清后下嫁次日顺治受贺事)。

宝玉讲"除明明德外无书",应注意"明"字非明心见性之谓,乃明朝也。详见《真谛》。爱红毛病应取蔡书爱朱意。

黛玉说"你有玉,人家就有金来配你(言玉玺与后金结合);人家有冷香,你就没有暖香?"(言满雪竟不能暖日化之,与"气的煖儿吹化薛姑娘"参看)"林老爷的小姐才是真正'香玉'

呢"（指黛玉代表真宝玉）。

耗子精偷玉，真以满人得玉玺为鼠窃矣。

第二十回晴雯道"你们那瞒神弄鬼的，我都知道"，写出清人宫闱淫乱，不可告人，兼允礽及兄弟争位弄鬼弄神事。所以接着叙贾环怕宝玉说他家"规矩做弟的怕哥哥"，是为魔魇张本。此处贾环暗指允禩可知。又云"兄弟之间不过尽其大概的情理就罢了"，即是兄弟间之不甚和睦。又云贾环等都不怕他（直写到允禩等谋害允礽一案），都怕贾母（此处贾母指清圣祖，因其严治谋位诸人故）。宝玉说贾环，"譬如这件东西不好，横竖那一件好，就舍了这一件取那件"（暗射允禩谋位心事。观其与本文掷骰并不关连可知）。"难道你等着这件东西哭会子就好了不成"（允禩曾因谋位哭泣，向人求计）。"你原来自取乐的，倒招的自烦恼，不如快回去罢"（原欲称帝自娱，倒招出被黜烦恼，不如快回心罢。皆影允禩事。写允禩谋位亦孤注一掷办法，故以掷骰写之。写其呼卢不成，转出么来，即失败之兆。《索隐》未及，何也）。

第二十一回"宝玉靸鞋往黛玉房中来"，《索隐》谓湘云拟孔四贞，颇得要领。册妃一层尤足为"因麒麟伏自首双星"一回作证。"麒麟"以孔子获麟意写孔字，一些不错。后再详之。

宝玉阅《南华经》一段，《索隐》过略。实则将满清盗国包藏于内，故特取外篇《胠箧》（言外贼窃宝玉于箧中也）。"擿玉毁珠（得玉玺以毁明），小盗不起"（是张、李之失败也）。"焚符破玺，而民朴鄙"（明提玉玺；是满州无玺，依然鄙野）。"灭文章，散五彩，胶离朱之目（着意朱字），而天下始人含其明矣"（人心思明，因清人毁灭其文物也）。"彼钗、玉、花、麝者，皆张其罗而邀其穴，所以迷眩缠陷天下者也"（言金华玉衮骑射，皆以谶纬之学、富贵之说迷眩世人之耳目，发生纠缠，以陷灭中原者也。《索隐》仅云"世祖天资颖悟，雅尚释、老，善拟庄、列"，误矣）。

巧姐患痘，《索隐》谓影写豫王死于痘，甚是。详《真谛》附录。

第二十二回凤姐说"既高兴要热闹，就说不得自己花费几两老库里的体己"（"老库"明点府库之财），"只有宝兄弟顶你老人家上五台山不成"。《索隐》谓指顺治出家五台及清帝幸五台事，甚是。因本回正叙顺治出家悟禅，故先著此语以点明之，非闲笔也。

凤姐知贾母喜谑笑科诨，"点了一出，却是刘二当衣"（因凤姐有时代表刘三秀。《过墟志》载：三秀阅刘仲与书，劝其侍王勿为小谅，书尾窃署伯名，特愠曰："此非伯兄言，乃刘二所为耳！岂四十金未满渠愿，又欲卖我乎？"故利用戏出点明刘二，以为笑谑。当衣与得金卖人俱有照应，与"相约""相骂"暗用假皇甫影假皇父一例也）。

"他们有大家彼此，我只是'赤条条无牵挂'的"（此不但紧接醉打山门《寄生草》曲中要语，"大家彼此"四字，连满汉界限、兄弟不睦都写在内。与"纷纷说甚亲疏密"一句相应，将顺治为僧心事整个写出。神笔妙谛）。

宝钗读语录一节，却将雍正最喜禅宗所选语录包在内边，不但指顺治。

贾环一谜："大哥有角只八个（允禔行八），二哥有角只两根（允礽行二）。大哥只在床上坐（有据卧榻之意，故曰枕头），二哥爱在梁上蹲"（老二当就尊位，故曰兽头，俗曰龙头也）。不能单作笑话看。

诸谜《索隐》大致不差。宝钗一首兼写孝庄，因"梧桐叶落"仍用剪桐故事。"恩爱夫妇不到冬"，是多氏之先亡也。《索隐》于贾政翻来覆去，"甚觉凄惋"，下将诸谜语全合之睿王身分，得之矣。

贾琏道："我昨日晚上不过要改个样儿，你就扭手扭脚的"（活画。曾见清宫春工一巨册，中写帝妃交媾状，种种不同，有用宫女扶持伺侍，折腰扭头等形，由贾琏一语道破矣）。

茗烟买飞燕合德（指董妃）、武则天（指孝庄）、杨贵妃（似指肃王妃等）的外传（言本书也是清宫外传也）。

《中庸》《大学》影射明清两朝，《索隐》未及详见《真谛》。

第二十三回叙贾元春命将幸大观园（下嫁事清后甚得意故特曰"元春命"，又以"幸"字代了归宁，绝妙）那日所有题咏，在大观园勒石，为千古风流雅事？太后下嫁，风流独绝千古，当时已传为佳话，特非雅事？此反言之。下嫁一事，钱牧斋与侍郎某某力赞之，历引辽金故事，兼言盛德如舜尚以同姓婚为美谭，礼顺人情，何为不可？按，下嫁特诏成，清后手制荷包赐之，并与四珠，曰："值四十万。卿作一字千金也"。

宝玉《四时即事》皆写夜景，言不明也，是怡红（喜朱）正意，当注意、泪泣、愁嗔、明月、宫镜、檀云、御香、水亭、朱楼、石纹、桐露、金凤、酒渴（以相如消渴、文君私奔拟下嫁事）、梅魂竹梦、松影、梨花、试茗、扫雪（有复明扫清意在内）等字样，《索隐》太略。

第二十四回写"林黛玉正在情思萦逗，缠绵固结之时"，写小宛兼写怀恋前明的心思，故紧接背后香菱来，以提醒此意。骂曰"你这个傻丫头"，其嗔背明三桂洪承畴等可想，故又接叙小红事。

宝玉戏鸳鸯大似乾隆戏香妃光景，故特写鸳鸯来着白绉绸汗巾，言其为回回女，尚白也。又曰"闻那香气"，写出香妃特别香来。"涎脸一笑"，写出乾隆垂涎香妃光景。鸳鸯叫袭人出来瞧瞧，说"也不劝劝他，还是这么着"，直写到清后劝乾隆断念，及香妃守节之严。《索隐》认为贞妃，非是。

贾芸与小红影写洪承畴，《索隐》谓洪因美人香草动情，故用贾芸代之（芸为香草，连美人意在内。《索隐》专以人参香味拟之，尚不满足）。而贾芸母舅卜世仁正开香料铺言，此美人香草不是人间所有，且不是好人也。

茗烟改名焙茗，亦非闲笔，乃趁出老洪因明将湮而背明也。焙茗与锄药下棋争车，正老洪背明之初曾与仇人相杀，最后一着错，全盘输，留下话柄。"拌嘴"二字写洪最初口头尚强劲，与满人争论也。还有引泉扫花、挑雪伴鹤——勾引白山黑水，扫除朱明，挑动满雪，半边和议，皆有深远意。"在房檐下掏小雀儿顽"，言老洪已在满人檐下，不能不低头，为一笼中鸟，为人所调弄矣。由贾芸口中说出"猴儿们淘气"，正说胡儿惹气寻仇，可见诸人皆指满人，兼影三桂、老洪等人。写小红初见贾芸"便抽身躲了"，是老洪最初亦欲避些香气，接以"恰值焙茗走来"，一撮合，便到背明降清。"恰值"两字，作者自写巧笔耳。暨袭人被宝钗叫去打结子，亦趁写暗里勾结笼络意。

贾芸曰："好姑娘，你进去带个信。"正是清太宗以洪为瞀者向导的意思。小红说："不认得的也多呢，岂止我一个？"言中国人才甚多，满人未能认识，止取老洪一个，其实岂止此哉。

小红本姓林，本书以林代表明（即"月明林下"句中"林"上一字），言洪亦是明故臣。"林之孝"三字，是讲明人效顺于满清也。写小红为林之孝所出，恰合小名红玉。言为朱家所宝重之一人，到贾家改名小洪，一拍到清人称承畴为老洪，甚妙。

第二十五回接写小红贾芸事，先写宝玉见西南角上（满人在东北，正望西南）"有个人倚在那里，却为一株海棠花所遮"（松山近海塘，言洪尚依朱家海塘也）。袭人招他（言清太宗——龙衣人，欲扫致之）。袭人笑道："我们的喷壶坏了。"壶指胡，即某逸老有"闻道大明天子，至且把壶儿搁半边"的壶字。喷壶者，奔胡之人。言我们这里奔胡来的人皆很坏，所以说"你到林姑娘那边借来。"用借你朱家的好的奔胡人一用。"只得悄悄向潇湘馆取了喷壶"，欲偷奔胡儿。"无精打彩，自向房中倒着。众人只说他身子不快，也不理论"，写洪初降时卧病不起，满人暂且由他的光景。

本回正目正写太子允礽遇魔魇一案。《红楼》全书写明清间事多用反笔、暗笔，惟此事几乎明写，所以连凤姐写在一处，以掩阅者耳目，然马道婆之为喇嘛者无躲闪，宜清人初欲禁绝本书也。王夫人骂赵姨娘"养出这样黑心种子来"，骂倒允禔等谋害允礽之忍心。

夹写凤姐戏谑黛玉道"你瞧瞧，人物儿配不上（言清初诸王之美）？门第配不上（满虽东胡已早与明为敌体。俗所谓门当户对也）？根基家私配不上（满人根基虽不正而据有中原家私不少）？那一点儿玷辱了你"（明人以降清为污辱，故以反言调之，非闲笔也。《索隐》失注）。

凤姐持刀杀人一段，《索隐》引证颇详，不复赘叙。

贾母骂赵姨娘曰："你愿意他死了，有什么好处？你别作梦！"言你们谋害太子有甚益处，别作皇帝梦了。亦正笔。

僧道赞宝玉两首绝句，解释详见《真谛》。

第二十六回小红一丫头耳，特标一目，以写之其为一重要人物可知。《索隐》能将洪氏降清隐情从本回各句下一一揭出的是妙手。

"只可气晴雯、绮霞，"《索隐》谓指刚林范文成一流人，极是。因晴字半清半明，即有人嘲吴梅村等诗"千人石上坐千人，一半清来一半明"之意。绮霞亦有半明意，指汉人降清诸臣，甚是。

《索隐》谓小红注意贾芸，以芸为香草，人参气味原重，果有清香（实则香草兼美人在内，况清后诱洪时，洪所闻香不仅参香乎）。

贾芸注意怡红院题匾，此处怡红乃言劝降洪氏，应揭出。

贾兰演骑射，正写满俗。又言射鹿，则谓得洪氏后，乃以骑射，逐鹿中原。此处贾兰似指乾隆，乾隆幼时以善射为清帝所赏。

潇湘馆黛玉（"镇日家情思睡昏昏"）仍写洪氏降清时，镇日昏睡，心思不定状。且用《西厢》"小红"两字关锁小红，故于薛小妹怀古诗中亦露"小红骨贱一身轻"语。宝玉道"好丫头，'若与你多情小姐同鸳帐。怎舍得叫你叠被铺床'？"正是对小红语，且是劝降臣口气。言我若得明天下，深入奥室，直据卧榻，我方用你作引导，岂肯轻看你作奴才用？然洪氏正是铺床角色。《西厢》两句，下有"从良"字样，也寓劝降。语用"良禽择木而栖，良臣择主而事"意。

黛玉道："我成了替爷们解闷儿的，"亦写洪氏。因洪氏善谈论，清帝与语，无不悦。多尔衮亦以洪为解人，每事与商；凡所忧闷，无不立解。故曰"解闷的"人。

薛蟠诱宝玉出来，宝玉向焙茗道："反叛肏的！还跪着做什么？"正写洪氏背明为叛臣，且曾经跪降，借宝玉痛叱之。

唐寅庚黄之误，亦有意。且降清诸人自命为唐人（外国有目中国为汉人，有目为唐人者）。在薛（雪）家霸王处（指太宗）已经更改为黄金人、黄龙人。庚恰属金，极妙。所以薛蟠又笑道："谁知他是糖银果银的"，言他已变装降我，谁认他是唐国（京音读国如果）人呢？

末写黛玉被晴雯等拒诸门外，听见里面竟是宝玉、宝钗二人，不禁悲感。正写洪氏等降清后，清人已将金玉联在一处，据中原为己有，不让明人再进宫阙；降清诸人亦排除异己。故云"凭你是谁，一概不许教人进来。"你就是故国主人翁也不能不关在门外了。所以写黛玉"虽说是舅母家，如同自家一样，到底是客边。"这讲原来是朱明自己家，如今竟反主为客，居于虞宾地位了。"如今父母双亡，无依无靠，现在他家依栖，如今认真呕气也觉没趣。"正写明福王等亡国后之孤苦零丁，欲求枝栖不得。"白呕气罢，有甚么趣呢?"再写黛玉一哭，真乃亡国之痛，虽宿鸟栖鸦（降清诸臣如上林栖鸟），"俱忒楞楞的飞起远避，不忍再听"（直写到洪氏后来遇见故人，向他读崇祯自制的祭文，洪躲避不及，亦不忍全听下去）。所以"落花满地鸟惊飞"，既指朱亡于满，又用老杜"国破山河在，城春草木深。感时花溅泪，恨别鸟惊心"语，以影射之。故此回全是洪氏降清一串子的事。

第二十七回接写黛玉要去问宝玉，"又恐羞了宝玉"（此种宝玉指玉玺。欲问玉玺何事联金也，恐其忍垢含羞也），及到潇湘馆，说紫鹃雪雁知道黛玉性情，"常常便自泪不干"（用李后主以泪洗面事），"先时还有人劝解劝解，后来把这个样儿看惯了，也都不理论了"（先时还有人同情，亡国已久，司空见惯，大家也不理论了，听有心人自洒亡国之泪而已）。

写夏日"众花皆谢，花神退位"（正写朱明已亡，崇祯退位死国，已为鬼神）。

接写大观园"都早起来"（写清人初入关励精图治状如见），"那些女孩子们或用花瓣柳枝编成轿马，或用绫锦纱罗叠成千旄旌幢"（八旗招展），"满园绣带飘飘（红带子、黄带子），花枝招展，更兼这些人打扮的桃羞杏让、燕妒莺惭"（写满人得意争宠状）。清人入关之初半满半汉、非驴非马，迹近儿戏，故皆于饯春（如别亡国）一事写出。《索隐》单谓指定秘史中所载，误矣。且写"诸人皆在，独不见林黛玉"，正谓亡国之人不忍睹此状况也。

宝钗觅黛玉，"忽见宝玉进去了"，便抽身回步（言玉玺尚恋恋故主，那时只得回去也）。

宝钗扑蝶，《索隐》谓指太常仙蝶，甚是。因此蝶为北京名物之一，可代表文人。满人入关，欲捕取文士为己用，故借此形容之耳。恰听见小红私情，更是惊心动魄一件事，所以想道："怪道从古至今那些奸淫狗盗（正写洪氏因奸淫为满人功狗，以盗中原），心机都不错"（洪甚机警）。又说红儿"眼空心大，是个刁钻古怪东西"，正写洪氏当时目空一切，古怪异常，绝非小丫头。批语"今天我听见他的短儿，人急造反，狗急跳墙"（洪氏一生短处只在造反跳墙，人化为狗。恰是洪氏降清确评），"少不得要使个金蝉脱壳的法子"（写降清人变装易形，亦写清后变装骗洪）。

小红道："若是宝姑娘听见倒还罢了，林姑娘嘴里又爱刻薄人，心里又细，他一听见了，倘或走露了怎么样呢"（言降清一事可令满人闻，不可令汉人闻，且不能令刻薄文人闻之。写到洪氏后来屡受人刻薄，且都记得崇祯祭文。写辱洪者之细心也，借此一露）。

小红举荷包给晴雯等看（清帝赐洪物定有荷包；且俗谓钱囊为荷包。指洪氏受金银之赐也），晴雯一段语，正是刻薄文人笑降人口吻。

凤姐道"他们把一句话拉长了，作两三截儿，咬文嚼字，拿着腔儿（乃写降清不中用的文人），哼哼唧唧的，引的我冒火"（此多尔衮诸人所以不喜与他人多谈，而独爱与洪计议一切也）。

凤姐道："讨人嫌的狠。得了玉的便宜似的，你也玉我也玉"，言向来皆以得玉玺的为正统，好像有便宜的说法，于是你也争玉玺，我也争玉玺，真讨厌。乃作者史笔也。

黛玉叫紫鹃下一扇纱屉，"看那大燕子回来"（言燕子尚恋故巢，而玉玺竟忘故国。乃故意说给宝玉听。其意可知）。"帘子放下来，拿狮子倚住"（放帘拒蝇，言竹帘尚能防止蝇蝇狗狗之辈入室，玉玺竟引贼入室也）。

宝玉、探春一段体己话，仍影照降清之人虽有才具，清人纵以偏庶待之，尚自谓与清人同胞，说许多体己话，不顾旁人齿冷也。《释真》评为康熙纳妹时的情话，亦合。

宝玉"看见许多凤仙、石榴（注重红色）等各色落花，锦重重得的落了一地（亡国景象），因叹道：'这是他心里生了气，也不收拾这花儿来了'。"又接道朱明后人亡国之痛。破碎河山，收拾不来，只有惹愁生气而已，所以紧接《葬花》词之悲哀（解见《真谛》）。

第二十八回宝玉想到"斯处斯园、斯花斯柳，又不知当属谁姓矣"（那识将来之域中，又是谁家之天下？当年顺治确有此种觉悟，因其有宿慧也。从对面写出亡国之痛来）。

"花影不离身左右，鸟声只在耳东西"，仍用"感时花溅泪，恨别鸟惊心"语意。

黛玉道："我当是谁，原来是这狠心短命……""说到短命，忙又把口掩住"，是讲玉玺有"仙寿恒昌"字样，应长命万年，今已狠心弃明，使明祚不永。然黛玉代表朱明，尚有一片恢复之心，故又自忌"短命"一语也。

宝玉说："既有今日，何必当初"。言既有今日亡国之惨离，何必当初宝爱此玉玺。又道："倒把外路的什么宝姐姐、凤姐姐的放在心坎上"，也是讲朱明后来与满人和好，几乎自丧其宝。又道："我也和你是独出"。言故国与玉玺皆唯一之宝也。又道："只怕同我的心一样"。言玉玺何尝不恋明，与故国同心耶？埋怨玉玺，岂不令顽石抱冤？故曰"冤无处诉也"。

"天王补心丹"似谓人心已失，非大补救不可。仍与亡国一串。王夫人道："就是坟里有，人家死了几百年，这会子翻尸倒骨，作药也不灵"。言每当亡国时恒有掘陵之惨。清室未平明陵，故有此言。然尺木大师尚有"坏土当年谁敢盗，一朝伐尽孝陵松"之痛，可知最初亦不保护明陵也。

配药用珍珠，又要大红纱，仍指朱明。

"那块绸子一角还不好呢，再熨他一熨"。若以小宛论，则一角的绸缪尚不安妥，应慰藉一番；若以故国论，则一角江山还不安好，何以自慰？"理他呢，过一会子就好了。"言现在"剪不断，理还乱"，只望再会吧了。真乃"别是一般滋味在心头"。

黛玉向外道："阿弥陀佛，赶你回来我死也罢了！"似和上文不大接联。其意曰：宝玺如能恢复。我死也甘心。仍是光复故物的痴想。

冯紫英家宴一段词曲皆双关，并有本事。解见《真谛》附录。元春送物，宝玉道："这是怎样的缘故，怎么林姑娘倒不同我的一样，倒是宝姐姐的同我一样，别是传错了罢？"正写玉玺不应与金作配，宝钗之所为差也。故曰"传错了"，言误传统于满清耳。所以紧接宝黛两人金玉木石的议论。其机锋相对处，极为精细。

黛玉道："我很知道你心里有妹妹，只是见了姐姐，就把妹妹忘了。"是讲玉玺本恋明，但自归满人掌握。便忘了故国。其意甚显。昔有应试者误书《大学》一句，"妹妹我思之"，试者评之曰："哥哥，你错了！"恰是这两句解辞。恐此笑谈清初已有。呆雁一语亦笑北人之痴也。

第二十九回清云观一节，亦有实事，并包多尔衮女东莪逸事在内。已详《真谛》附录。

　　贾母见金麒麟道："这件东西好像，我见谁家的孩子也带着一个的？"宝钗笑道："史大妹妹有一个，比这个小些。"此隐用孔子因获麟而作《春秋》事，故拍到孔四贞身上。且著重"史"字。满人入主中国，并历史而盗之，当自比于西狩（满洲在东故）获麟，而中国固有之《春秋》已雌伏。故曰"史大妹妹的小些。"或者作者自谦为"小春秋"，也未可知。因《春秋》托始于隐公，而本书开首即言"真事隐"；且隐桓之争，亦与清初诸王之争相似，并不书。即位，摄也；又影照摄政王。作者抱负不小。

　　黛玉剪玉穗，仍用李后主之"剪不断，理还乱"词意。又写宝、黛"低头细嚼这句话（不是冤家不聚头）的滋味"，所谓"是离愁，别是一般滋味在心头。"本回写宝、黛心头语。皆从李词"心头"化出，恐人不识，特题明"滋味"两字来。不可不知。

　　临风对月，又为清风明月一对照。而李后主"小楼昨夜又东风，故国不堪回首月明中"之意亦写在内矣。

　　第三十回，紫鹃道："为那玉也不是闹了一两遭了"（完全写玉玺。言为争玉玺真伪正偏，真不是一两遭了）。又道："好好的为什么剪了那穗子？"言明与玉玺的牵连，不应剪断，自招苦闷。

　　黛玉心里说"'叫别人知道咱们拌了嘴就生分了（字面有生离意在）似的'这一句话，又可见得比别的原亲近"。言玉玺原来是亲近朱明，不过因一时正偏的争论，几和朱明相分离罢了。所以凤姐道"两个都扣了环了"。是作者希望故国和玉玺仍连环起来，负荆请罪，仍寓相和对外意在内。

　　宝玉以杨贵妃比宝钗，宝钗冷笑道："我倒像杨贵妃，只是没一个好哥哥、好兄弟可以做得杨国忠的"（这又傍射刘三秀。三秀生男，孝庄赐洗儿钱百万，故人以拟杨贵妃；且艳色长发，亦甚似之。三秀伯兄迁顽，闻三秀改节，作书绝妹；其弟刘仲不为三秀所喜。故曰"没一个好哥哥好兄弟。"正写刘氏伯仲，不然但讲"没一个好哥哥"足矣，何必再加"好兄弟"三字？其意自显）。

宝玉戏金钏一事，与乾隆和珅遗事关切处甚多，详《真谛》的附录。

龄官画蔷一案，《索隐》以范承谟画墙一案当之，甚合。且举标目"椿龄"二字为证，更是成铁版注脚。故曰元春归省，独赏龄官。因下嫁事为范承谟父文程所撮成，反如故意骂人。写龄官执意做"相约""相骂"两出戏，皆可拍合。

第三十一回写黛玉"天性喜散不喜聚"（好像亡国性质），接着他想"人有聚就有散；聚时喜欢，到散时岂不冷清（明亡归清也）？既冷清，则生伤感，所以不如倒是不聚的好（大有明思宗亡国时谓大公主曰："若何为生我家"之感）。比如那花，开时令人爱慕，谢时则增懊悔，所以倒是不开的好。故此人以为欢喜时，他反以为悲"。纯写亡国之痛。即将李后主"别时容易见时难。流水落花春去也，天上人间"词意，又写在内了。"宝玉的性情，只愿常聚，生怕一时散了"（言玉玺只是兴国的性质）。"那花只愿常开，生怕一时谢了"。即"仙寿恒昌"，国祚长久的痴愿。其实反正是一个心，所谓兴亡之感罢了。宝玉虽不喜散，然一易主便令河山破碎，故接写晴雯撕扇，又恰与不喜散性质一反。而晴雯又是半明半清的人，中国文物都破坏于其手，像乐此不疲一般。且隐用幽王烽火戏诸侯事，连吴三桂"冲发一怒为红颜"都写在内，非闺房闲戏也。

本回写湘云拾麒麟的正解，开首说出。阴阳顺逆，把一部《春秋》都包在内了。所以翠缕（《索隐》谓为绿孔雀，甚是。用所谓孔雀是孔子家禽的戏言）道："从古至今，开天辟地，都是些阴阳了。"（直是通史，岂止一朝典故）湘云说："阴阳两个字还只是一个字；阳尽了就成阴，阴尽了就成阳；不是阴尽了又有一个阳生出来，阳尽了又有一个阴生出来"。（明末乔氏《易》以阳为中国，以阴为夷狄；用夏变夷则夷亦可为夏，中国夷狄消长之理如是。阴阳既是一理，而阴盛阳则衰；不过阳仍是属阳，阴仍属阴，汉终是汉，胡终是胡。金元一胡也，汉唐宋明一汉也，不是一个汉一个胡。故明为驳翠缕之言，实则相成以为历史通义）又云："譬如天是阳，地就是阴，水是阴，火就是阳；日是阳，月就是阴"（日月并明，故上言"阴阳是一个"，乃专指明字论耳）。翠缕道："我今日可明白了"（可知明意），怪道人都拿着日头叫太阳呢"（明人作《太阳经》以拟明，故其中有"太阳三月十九生"一语，以写明亡于是日，即生于是日，相传是长公主所作。此处特提太阳，似指此也。太阴星是趁语）又湘云以"正为阳，反为阴"，乃讥反明之诸人；及翠缕说出"主子为阳，奴才为阴"，则降臣、满人都写在内了。真是一部历史。"湘云见是文彩辉煌的个金麒麟"（言历史大文章也）。

湘云"默默不语，正是出神"，与孔子获麟时泫然流涕作一对照，且同一史笔。而有许多忌讳，故用"默默不语"形容之，非《索隐》所谓动求牝之念也。

第三十二回此回明提湘云为孔四贞。

林黛玉"知道史湘云在这里，宝玉一定赶来说麒麟的缘故，因心下忖度着，近日宝玉弄来的外传野史"（将获麟作史事从傍面提出妙绝）。又"今忽见宝玉亦有麒麟，便恐借此生隙，同史湘云也做出那风流佳事来"（清人历史，大半风流佳语。且是作者自拟，并影孔四贞封东宫事）。

黛玉想道："我虽为你知己，但恐不能久待；你纵为我知己，奈我薄命何"（言宝玉恋明而明已衰弱，至南朝仅余残喘。天命不与，徒唤奈何。历用"知己"字样，仍兼"知我者其惟《春秋》乎"语意在内）。

宝玉说"你放心"，乃谓玉玺终是明物，你放心罢。乃作者希望恢复故国一片心也，故慎重言之。

卷末宝钗因金钏之死，王夫人要做两套衣裳给他穿，对王夫人云"姨娘放心，我从来不计较这些"。此处宝钗应以蔡书高士奇当之，因其善于逢迎故也。

第三十三回仍写废太子允礽一案，《索隐》所证均合。

第三十四回，宝玉送黛玉手帕，即知李后主"以泪洗面"的悲字，故黛玉谓为"一番苦心"。手帕题诗当注重"抛珠滚玉""湘江旧迹"字样，其为亡国之痛可知。

第三十五回黛玉调鹦鹉，用福王故事。详《真谛》。

此回宝钗仍指高士奇。

莺儿打络写高士奇笼络清帝，兼写金人笼络玉玺意。

第三十六回宝玉"国贼禄蠹之流，总是前人无故生事，立意造言，原为引导后世的须眉浊物"云云。这是作者的无治思想，完全由《庄子·盗跖篇》来。所谓"摇唇鼓舌，擅生是非，使天下之人侥幸于功名富贵者也"，无故造言。抉出千古政治学说的破绽，国贼禄蠹骂着千古政治家。尤其是当时的降臣，自命清臣，实为浊物。此种论调为前人所未发，宜众人目为疯癫也。

宝钗道："这种虫子都是花心里长的，闻香就扑"。亦笑风流天子，语如所谓"花虱"也。云儿"虫儿钻花"一词亦同意。

宝玉将所谓忠臣良将一齐抹，倒自是正意。夹一句"朝廷是受命于天"，这不但将清太宗号天命写出来，并明写出玉玺上"受命于天"成语，是点醒宝玉本体处，非闲语也。

《索隐》指龄官放雀一段，为范承谟被囚事，甚是。龄官又道："那雀虽不如人，也有个老雀儿在窝里，你拿了他来弄这劳什子也忍得！"因古人移孝作忠，所谓事君如事亲。范之被囚画墙，念念不忘君父，故以雀入笼念母为拟，言下有"可以人不如鸟乎"的意思。且自命画壁文为"血泪辞"，所以龄官又说"咳出两口血来"，是咳唾皆心血也。龄官又道："这会子毒日头，你晒气去请了来我也不瞧"（写范被囚，求死不进食的状况，自求毒害也）。

第三十七回。此回诗社应以蔡书诸名士拟之。如湘云拟四贞；而四贞不闻能诗，即小宛诗文亦不多见，可知是借诸名士来写。所以探春一札中，有"雄才莲社，独许须眉"，乃正笔，非反笔也。以陈其年拟湘云；陈多髯正是一须眉男子，而陈著妇人集诗词亦类女郎，故又曰"雅会东山让余脂粉"也。而探春自号秋爽居士，亦点题处。

"白海棠"诗解见《真谛》。

《红楼》丫头多指降臣，故有秋纹"给这屋里狗"以及众人"给了西洋花点子哈巴儿了"的话皆狗功评语。按，野史载多尔衮爱狗，有蒙古、西藏诸国入献者。多尝戏议牧斋诸人曰："君等亦犬耳。"于此一露（可为袭人影射衮字傍证）。陈其年诗思极敏，故海棠诗湘云独成两首。

第三十八回，"菊花"诗解详《真谛》。

凤姐戏鸳鸯曰："你知道琏二爷爱上了你，要和老太太讨你做小老婆"。此处鸳鸯指香妃，琏二指乾隆。写鸳鸯嗔怪，神气声口皆似香妃。

第三十九回，李纨赞平儿，特题刘智远打天下，瓜精送盔甲，影写多铎得刘妃（智远夫人甚贤）。"一把总钥匙"，言全权办理，即从"北门锁钥"意化出。又曰楚霸王（中有虞姬在内），皆是点醒本事处。刘老老见史太君，完全是刘妃见孝庄光景。"硬朗"两字写出刘妃气度来。但此回信口开河一段，蔡书以汤斌毁五通淫祠拟之，极似。即"硬朗"两字亦可移赠老汤。

刘老老口中的玉小姐却是指刘妃之女，乃作者双管齐下的长技。书中此例太多，读者宜善求之。

第四十回刘老老仍指刘妃。"老风流"三个字真写得出。又到潇湘馆时说："可惜你们的绣鞋，别沾了泥"。写刘之纤足。又刘说牙牌令末句道："花儿落了结个大倭瓜"（写刘生子。"大倭瓜"音谐大阿哥，正满亲王公子之称也）。

牙牌令解详《真谛》。

第四十一回黛玉笑道："当日圣乐一奏，百兽率舞，如今才一牛耳"。仍用虞庭典故；几乎是潇湘妃子曾观见一般。兽舞、如牛，皆讥满人之蛮蠢，不但奚落老刘也。

刘老老道："那笼子里黑老鸹又长出风头来"。亦讥三秀语。言其不过一寡鸹，居然作为王妃，真是乌鸦作了凤凰。

此回妙玉应用蔡书影射西溟，纯写孤僻性质。

宝玉道："到了你这里，自然把这金玉珠宝一概贬为俗气了"。仍指汉人之雅，趁出满人之俗，且寓贱金珠的思想。

刘老老道："这不是'玉皇宝殿'四字"。《索隐》谓指帝王宫殿，极是。且中国各地玉皇殿，均拟用帝制。乡下人进京，见宫殿总误以为大庙。尝戏为"中国乡人欲发挥其帝王野心，又为典礼所拘，不得已，假神道以拟帝君。时时游览其中，聊以自娱。"可发一笑。

写刘老老遇画见镜，转入宝玉房里，真乃《西厢》所谓"镜里情郎，画中爱宠"时情形，满眼繁荣，不觉心醉耳。故云曰"像到了天宫一般"。

第四十二回巧姐命名，因与三秀之女有关，"逢凶化吉，遇难成祥"，也是《过墟》确评，不过还写着多尔衮女公子在内。详见《真谛》附录。

赐药中"催生保命丹"应特别提出；以写三秀怀孕，几为诸医所误要了命。所以夹叙贾母诊病一段，极其郑重。从太医口中说出其叔祖来，即"医不三世，不服其药"的傍证（怡写三秀不服诸医药来）。

宝钗说看邪书一段，蔡书以为寓清初焚毁禁书意在内，极是。

"母蝗虫"三字，不但写形，"蝗"字从虫、皇，因腹有王字，仍藏三秀怀孕事。

绘大观园，宝钗说"问问那绘画的相公"，是指内廷供奉的画师。观雍正《宫中行乐图》，真有大观园气象；且时为古装，亦合《红楼》色彩。

闺中戏谑，恐写纳性德本事。

第四十三回，"尤氏道：我看你主子弄这些钱那里使？使不了明儿带到棺材里使去"（乃讥清初之搜括，且寓贱金思想在内）。

宝玉祭金钏一案，仍系乾隆为太子时戏妃故事。"不了情"三字直写至和珅转世来，故从焙茗口中说出来生话，是乾隆当日心事。详《真谛》附录。

第四十四回黛玉"睹物思人"四字，可批《影梅庵忆语》。

凤姐吃醋，《索隐》以乾隆戏妓事当之，正合；鲍二为鸨儿，亦甚趣。但鲍二家与博尔济亦双关，并寓鲍鱼之臭意在内。轶史载：多尔衮寿辰，遍延近支福晋、格格入邸观戏，因与博尔济氏目成，入内厢与交。恰合此节。解详《真谛》。

第四十五回李纨讲凤姐"天下人都被你算计了去"，与《红楼梦》曲子中"机关算尽太聪明"相应。仍指清人算计中国。

凤姐"我不成了大观园反叛了么？"可见大观园即是清庭；"反叛"二字在当时是对上之言，非可轻出诸口者。

"凤姐要罚宝玉把大家屋子里地扫一遍"，乃用"五经扫地"以及"大丈夫当扫除天下，安事一室"的话，以讥顺治。

赖嬷嬷说："奶奶打发彩哥赏东西给我孙子，在门上朝上磕了头了。"完全从君主恩赐臣下，臣下望阙谢恩话头化出来的。文言译白话此为最高手。

又云"虽然是人家奴才（满人对君主称奴才），一落娘胎，主子恩典"（满人生子即有恩饷，此定制也），"上托着主子的洪福"（此是当时普通颂圣词。"洪福"字样隐射顺治名福临，点出时代），"你那知'奴才'两字怎么写"（不但写满人自尊自大，也写出满人无文来），"只知道享福（五字批着满人坐享幸福的情形），也不知你老爷爷和你老子受的那苦恼。熬了两三辈子"（显系满洲功臣世袭爵封的派头）。

黛玉叹道：这"死生有命，富贵在天，也不是人力可强求的"。完全讲明清之兴亡皆关天命，非人力也。并指诸子争嫡事。的以用司马牛语，否则死生可说，富贵宁非赘语？

宝钗说黛玉病"先以平肝养胃为要。肝火一平，不能克土，胃气无病，饮食就可以养人"（是讲当时复明义士大部有肝胆不平之气，有克复故土的思想，又皆虚弱，时发慨喟，终不能休养）。

黛玉接道："你说看杂书不好"。杂书指当时禁书，慨喟不平之气正在里面；与宝钗话不隔。

又道"这些人因见老太太多疼宝玉和凤姐，他们尚虎视耽耽，背地里言三语四"（又提至允礽被魔魇故事。虎视四字，状出诸子争位气势来）。

宝钗道："你是个明白人，何必作司马牛之叹？"（点出黛玉死生二语是用子夏对司马牛，注意在"人皆有兄弟，我独无"，以影允礽兄弟不相容。因允礽封理密王，黛玉名并兼理字在内，且避讳书密亦有关，皆作者怪腕。

"秋窗风雨夕"，解见《真谛》。

宝玉蓑笠情形，亦系实事。观雍正《宫中行乐图》，有扮作渔夫像者。且兼写满人得渔翁之利，故曰"此北静王送的"。又经黛玉口中露出"剖腹藏珠"一语，言满人吞并朱明的野心。

第四十六回写鸳鸯拒婚，《索隐》以李香君拟之，亦有几分相似。实亦兼写香妃。而陶然亭香冢有人云香君冢，与鹦鹉冢相邻，是一党也，故名以鸳鸯。

凤姐想"鸳鸯是个极有心胸见识的"（此语可赠香君，亦可赠香妃）。

邢夫人打量鸳鸯有"蜂腰削肩，乌油头发，高高的鼻子"（活图一英俊的香妃；而高鼻一语尤为回妇确证。特用两"高"字可见）。

邢夫人又云："因满府里要挑一个家生女儿，又没个好的"（明言满洲家的女子不中选）。又云："你不比外头新买新讨的"（见香妃出身之不同），"就封你作姨娘"（乾隆未有纳香妃为妃之意）。又云："你又是个要强的人，"这一来可还了素日心高志大的愿了"（又兼赠香君、香妃）。又云"有什么不称心之处，只管说与我，我管你遂心如意就是了"（乾隆因见香妃不遂心，为之作回教式房屋、白塔，以悦其意，惟恐不得当。此数语足以写出）。

鸳鸯道："你们串通一气计算我"（乾隆征回部，早与出征者串通一气，计算得香妃）。

"连上你我十来个人"（此却指香君，因香妃与诸人无关）。

平儿、袭人问鸳鸯主意，鸳鸯道："什么主意？我只不去就完了！"（是当日宫女们劝香妃应上召，香妃执死不从口吻）又云："不然还有一死。一辈子不嫁男人又怎么样，乐得干净呢！"

（直写香妃之赐死。"干净"两字亦写回教）鸳鸯骂他嫂子"专管是个六国贩骆驼的"（可见是异族人；回部亦多骆驼）。

鸳鸯骂嫂子语别有思想，详《真谛》。当时乾隆必有许回人权利的各件在内，故以"我若得脸，你们外头横行霸道"（是回族强霸评语）以影射之。

贾赦道："叫他趁早回心转意"（正是乾隆当时希望香妃一片意思，奈其心不可转何。"回"字亦应注意）。

鸳鸯道"别说是宝玉，便是宝金宝银、宝天王宝皇帝"（直揭宝玉命名宗旨，并见香妃为皇帝所逼）。"就是老太太逼着我，一把刀子抹死，也不能从命！"（当时清后劝乾隆勿逼香妃，因香妃被服藏利刃甚多。宫女相劝时，香妃曰："汝万勿逼我，我一刀自杀也不能从命。"恰是此节口吻）持剪剪发也是短刀一证。香妃感清太后赐死之恩，极为恳至，故书中作为史太君侍者。受死之时几如逢赦，故特借贾赦，邢夫人写之，言其刑赦皆伪也。

第四十七回，史太太道："从没经过这些事"（虽骂贾琏，亦兼及贾赦，仍影香妃事）。

此回写柳湘莲与轶史柳似烟（湘似双声，烟莲叠韵，绝相似。因柳与绳妓霍三娘有情，借此"霍"字以写香妃为霍占集妻也。是斗榫处，不可不知。

湘莲上秦钟坟，正写其为钟情男子。湘莲道："你知道我一贫如洗，家里是没有积聚的；纵有几个钱来，随手就光的"（全与柳似烟喜挥霍；性质相同）。轶史载似烟白晰姣好如处女（与书中"年纪又轻，生得又美"相合），性尤聪慧，弄丸弹琴击剑斗鸡走马之术无不善（与书中酷好耍枪弄剑、吹笛弹筝数语相合。斗鸡走马以薛蟠遭打写之）。又云"流连妓院，尽荡厥赀"（此与眠花卧柳、无所不为、一贫如洗等语相合）。

宝钗道："况且咱们家的无法无天，人所共知"（此写满人贵族家，亦兼写高士奇家）。又云："就这样兴师动众，倚着亲戚之势欺压常人"（写满人压制汉人事实，特用师众子样小题大作。"欺压常人"四字有平民思想在内）。

第四十八回写薛蟠作买卖，系高士奇家营私的事实。详蔡书。

石呆子扇子一案，《索隐》指为思宗，不如蔡书指为戴南山文字之狱之较妥。然石、呆仍用木石合成，有朱字在内。详见《真谛》。

雅集苦吟，写蔡书中诸名士；所引诗句，皆寓明清意。详《真谛》。

第四十九回，宝钗："那里像两个女儿家呢"（正写雅集联诗都是男子，乃作者提醒处。正言若反，勿被瞒过）。

宝玉道："原来从'小孩儿口没遮拦上'就接了案了"（"口没遮拦"写黛玉不知忌讳，实写诸禁书之明目张胆，招清室指摘，成了文字狱一案）。

黛玉羊皮小靴，皆有意点名为汉女；以小字代纤足耳。

李嬷嬷道："那一个带玉的哥儿和那一个挂金麒麟姐儿"（又提"金玉因缘"，并点孔家获麟今日带金家色彩，不干净了），所以接着道："那样干净清秀"，"要吃生肉呢，说的有来有去的"（一片干净史将为腥膻所污，还要穷源竟委，有来有去的叙出来，宁非奇劫？故标题曰"脂粉香娃割腥啖膻"；并议诸名士也）。

宝钗道："你林姐姐弱，吃了不消化，不然他也爱吃"（写真正代表朱明者不喜腥膻，且恐其为腹心之疾，否则也不排满了）。

黛玉道："那里找这一群叫化子"，正骂诸名士寄食清相之家。

芦雪亭遭劫，为芦雪亭一大哭。此处芦雪亭指清史；言清史之污点可为痛哭，然在满人视之，尚以为风流锦绣也。

湘云道："是真名士自风流"。明提"风流"二字。湘云即陈其年；陈以风流名士自命，有赋梅释云一段佳话，实则亦污点也。

第五十回芦雪亭联句别解，详《真谛》。

贾母道："那又是个女孩儿？"众人道"那是宝玉。"（正写数回男女不分合并写来，使人眼花）

谜语"观音未有世家传"。湘云道："在止于至善"。（一句《大学》）。黛玉道："虽善无徵"（一句《中庸》。此句议清，故用《中庸》。详《真谛》"大学中庸"一则）"一池青草草何名"。湘云道："一定是蒲芦也"（又是《中庸》一句。蒲芦者，胡虏也；以影青草言清朝也）。

第五十一回薛小妹怀古诗，《索隐》所解多合情事，惟《广陵怀古》"隋堤风景近如何"（仍指福王南朝，并写扬州遭屠事。故曰"近如何"也）。《桃叶渡怀古》亦然。"桃枝桂叶总分离"（谓明枝叶逃亡，称尊贵于南方，率分离于各地，不啻六朝衰草残花，空悬小照微明于一域耳）。《青冢怀古》"黑水茫茫"（明指白山黑水），"汉家制度诚堪笑"（言明联清失策，几归化满人真"万古羞"也。三字嘲尽当时君臣）。《蒲东寺怀古》"水红骨贱一身轻"（乃点书中小红为洪承畴替身。"骨贱身轻"正是老洪评语），"私掖偷携强撮成"（言因儿女私情，盗取中原，撮成清人入关之局也）。"虽被夫人时吊起"（此吊字影崇祯祭吊承畴，然不知其已与满洲勾引，与彼同行矣）。《梅花观怀古》（似指陈圆圆，故有"团圆""一别西风"等语。此谜为纨扇，言圆圆卒见弃于三桂，而出家为尼，有如纨扇耳）。

宝钗笑说道："前八首都是史鉴上有据的，后二首都无考，我们也不大懂得"（明史未成，明清间事于史鉴上无考据，写来恐人不懂。《索隐》谓写本书惝恍迷离，不可捉摸，极是）。

黛玉道："宝姐也忒胶柱鼓瑟"（言看本书须活看，不得粘滞）。

李纨讲关夫子坟多，又道后人敬爱他，是指清人崇拜关公，见诸《祀典》，故从李纨口中说出；因李纨影礼部也。

凤姐说："把众人打扮的体统……说我当家倒把人弄出化子来了"。完全是多尔衮摄政时笼络人心、铺排体统的派头。故与袭人连写。及"众人都道：'谁似奶奶这样圣明，在上体贴太太'"（指多盗嫂。"体贴"二字极谑），"在下又痛顾下人"（"圣明"二字是颂上辞，非对家妇语，其指多氏无疑）。晴雯、麝月暖坑，既写北俗又写附清诸人之争位。曰："人家才坐暖和你就来闹！"又曰："终久暖和不成。"情事如画。

宝玉道："咱们别说话了，又惹他们说话"（是清帝畏言官之意）麝月道："最讨人嫌的是杨树；那么大树只一点叶子，没一点风儿他也是乱响"。此仍讥言官清人。谓言官为闻风御史，无风也响。谑极矣。

第五十二回，赖大奶奶送黛玉水仙，湘云腊梅，皆合身分，当以朱、陈二人当之。宝钗道："头一个诗题，'咏太极图'限一先的韵"。太极图不成诗题，乃出之宝钗，岂不甚怪？是指清太宗，名皇太极，算是灭明的首领，故曰"头一个"，又曰"一先。"而宝钗之代表满人，又是一证。

真真国女子影郑成功。刚说个兴国的英雄，便想到一个亡国之英雄来。状真真女曰：满头玛瑙珊瑚，身上锁子甲，带着倭刀，言成功之母日本产，故染倭俗。诗尤为露显。详见《真谛》。

晴雯补裘，或系纳性德闺中事实，写得甚亲切。《索隐》以衮则有阙，仲山甫补之证其为补衮意，甚妙。此阙即指多尔衮之缺；北京骂人曰"阙德"，多氏阙德甚多，当时附合者必多方为之弥缝，费着心力，倒底不像；范文程、钱牧斋等皆是也。以李雯代多为书与史可法为最合。详附录。

第五十三回，贾雨村补授了大司马协理军机参赞朝政（忽写贾雨村参政，与王子腾升九省检点一连，似写多尔衮与吴三桂）。

宁府祭祀完全是祭堂子神派头。

黑山村乌庄头，《索隐》谓指西藏喇嘛之进贡，非是。黑山仍指满洲，合白山黑水言之耳；庄头乃满洲将军之流。观其所进各物，如鹿獐猪羊熊掌海参杂粱，且明题"胭脂米"（北地红米），皆东三省产物。满洲人贡物，曰"奴才孝敬"，故名"进孝"。又曰：今年雪大，走了一个月，亦是东三省路程。若西藏，便不能如是速来。贾蓉道："你们山坳海沿上的人"，西藏如何沿海？其为东三省无疑。因写祭堂子神，故连及土产，言其为祭礼品耳。详附录"吉林贡单"一则。

"他们管着那府一处庄地"，皆指八旗营田。

贾珍骂贾芹"为王称霸"，亦是点题处。

贾氏宗祠对联，解见《真谛》。"已后儿孙承福德"，此"福字"指福临。列写神主却看不真，既写堂子神之秘密，又写其为伪诞。

"开夜宴"三字，以影婚礼之在黄昏。《索隐》谓讥孝庄，甚是。观其特书摆上合欢宴（不曰同欢而曰合欢，非指婚宴而何），又曰合欢汤、吉祥果、如意糕，皆婚礼祝词也。贾母起身进内间更衣，与元春归省时更衣，皆用武则天檄文中"以更衣入侍"句，讥清后之淫耳。

各处佛堂灶王前焚香上供（清宫祭灶特重，且灶君有夫妇儿女像，亦兼写）。次日进宫朝贺，兼祝元春千秋（指大婚后受贺。特提元春，乃回顾省亲，以见前后一事耳）。

又写花厅装饰，如百合宫香、玉堂富贵、雕夔龙护屏等，单设一席（借夔字言夔一足矣——单下嫁一事就够瞧的了。皆影下嫁及清后身分）。戏唱《西楼会》（注意会字），文豹科浑"往荣府家宴讨些果子吃"（是讨喜钱，故以筐钱赏之）。

第五十四回紧接夜宴，自是大婚余波。麝月又笑道："外头唱《八义》没唱《混元盒》，那里又跑出金花娘娘来了！"混元盒，言合婚乃混合耳；金花娘娘元是后金家太后。金元二字连写成趣。"那里又跑出"。"又"字讥再嫁耳。

夹写宝玉房中沐浴，又趁热水洗了一回。南人以再嫁为洗澡，著者南人，故以此讥清后也。

宝玉替黛玉饮酒，傍写交杯合卺，甚妙。写黛玉不吃，乃汉人不赞成此种婚礼也。

凤姐笑道："宝玉别吃冷酒，仔细手颤，明儿写不得字，拉不得弓"（皆新婚谑语，以讥多尔衮手颤拉弓。双关甚巧）。宝玉道"没有吃冷酒。"凤姐笑道："我知道没有，我是白嘱付你。"仍系谑音，言自不肯吃冷的，我是白说了，故连用两"笑"字。

"贾母命他们坐了，将弦子琵琶递过去。"贾母命坐和递过琵琶连写，分明用"琵琶别抱"，"老大嫁人"意。

残唐五代，《索隐》谓为残灭唐人而胡人入代，极是。正用后唐明宗"我本胡人，因乱为众所推"两语而影清人入主；且以庄宗、刘后之淫比孝庄。

"金陵王忠"（是金家王中国，指太宗）"曾做两朝宰相"（曾为明臣），"如今告老还家"（是太宗已死，俗谓死为"还老家"）。"公子王熙凤"（公子自是多尔衮《索隐》以王戏凤合之，极是）。"李乡绅与王老爷世交"（孝庄本科沁部，博尔济本特塞桑贝勒大女儿，与满洲一家里人，自然是世交）。"千金小姐"（金家女儿）。"芳名雏鸾"（胡雏也）。

贾母说："见了一个清俊（多尔衮自是清人之俊）男人，不管是亲是友"（重在是亲一边），"父母也忘了"等，语《索隐》

所批极当。

凤姐说"掰诟记就出在本朝本地本年本月本日本时"（《索隐》谓为史笔也，甚是）。"老祖宗一张口难说两家话"（指清明两家，亦指两家婚事）。"花开两朵，各表一枝"（所谓一花接两木也。皆谑语）。"是真是假且不表"（明提出真字来，妙）。"再整观灯看戏的人"（旁观者清）。"大伯子、小婶儿"对（大嫂子、小叔儿，妙）。

点戏双关，一如《索隐》所批。《惠明下书》，《索隐》谓为莺、张撮合第一功，是也。且写吴三桂借冠功也。

"春喜上眉梢"紧接贾母一笑，又道："这是的好令，正对时景"（自作者自写，对景生情耳）。众人都笑道："自然老太太先喜，我们才托赖些喜"（"喜"字极谑。俗谓怀孕曰"喜"，隐用唐帝生子，有贺者曰："愧臣等无功而受赏。"唐帝曰："此事岂可令卿等有功耶？"的笑言。又和俗人贺人婚礼每用"大家之喜"四字一般可笑）。

贾母笑说："九个媳妇委屈"（正言多尔衮为九王，孝庄为九妇，下嫁自是委屈。极妙），"吃猴儿尿"（正讥胡人所为如吃屎喝尿之秽污也）。

凤姐说笑毕，曰："老祖宗也乏了，咱们也该'聋子放炮仗'，散了罢。"乃用"大夫夙退，勿使君劳"语意，以影王家婚事。《硕人》一篇全包在内矣，真怪腕也。

"蜜蜂儿屎"（言弥缝史也，并形其臭耳）。

"吃斋"两字，《索隐》谓与开荤反射，极是。最近河北一带有妇女吃斋风气。吃斋者禁与男子同居，一家妇人吃斋，男子无法泄欲，在外寻花觅柳，异常放荡，几成狂乱。妇人已有子，乃劝其母曰："母亲，你不如开了斋罢"。闻者为之喷饭。与此文一例。

第五十五回又与写三间小花厅是"预备省亲之时，众执事太监起坐处"（仍怕冷落上回题旨、"体仁""谕德"二匾，是写下嫁谕旨。此谕旨颇招物议，故曰"家下俗等皆只叫议事厅儿"），都非闲笔。

"刚刚倒了一个巡海夜叉，又添了三个镇山太岁"，"蔡书谓影射"去了余秦桧（余国柱，蔡书谓是王熙凤影子），来了徐严嵩（指徐乾学弟，蔡书谓乾学是探春影子）。乾学是庞涓，是他大长兄"一谣，恰合。

探春曰："我但是男人，可以出得去，我必早走了，立一番事业，那时自有我一番道理"（数语点明此处探春是男子。"一番事业""自有道理"的话又像写郑成功也）。"明日等你出了阁"，是写徐元文入阁以后事。

赵姨娘道："都是你们尖酸刻薄"（是写余、徐两人之奸）。又曰："如今没有长翎毛儿就忘了根本，只拣高儿飞去了"。是写余、徐等之忘本求荣，兼骂三桂。

探春道："不然，也是出兵放马背着主人逃出命来过的人不成？"两语与尤氏说焦大功劳相似。焦大指王辅臣，与三桂有关。"背着主人"四字作反背解，兼指三桂正是背主逃出过满洲来的人。

凤姐说黛玉"是美人灯儿（灯有明意，兼用南朝春灯谜，故曰美人），风吹吹就坏了"（残山剩水，那禁风吹）。

凤姐又说："若按私心藏奸上论，我也太得毒了，也该抽身退步"（此兼写多尔衮、多铎两人之奸毒，并写到多尔衮之身后，故曰"一时不妨倒弄坏了"）又曰："擒贼必先擒王"（点明王字。摄政王耶？豫王耶？平西王耶？皆照应到了。妙极）。

第五十六回宝钗、探春对讲学问，引姬子书以自骂，正是骂徐家兄弟利欲薰心，背弃正道。此处宝钗大似满人中讲宋学者。

待考。

家人听了，无不愿意。也有要看竹子的，也有要稻田的，说"不必动钱粮，我还可以交钱粮。"《索隐》指为掊克聚敛之臣一时蜂起，甚是。观许三体《劾徐乾学疏》中有"伊弟拜相之后，与亲家高士奇（蔡谓影宝钗）更加招摇"，恰合此段情形。故由宝钗口中露出"勤于始者，怠于终；善其辞者，嗜其利"两语点明。善辞嗜利，可作高士奇自道。

宝钗说："那时里外怨声载道，那不失了你们这样人家的大体？"是写高士奇敛财招怨，有失大体，被劾的由来。

接写江南甄府，以见南北朝政一邱之貉；贿及伪庭，益可羞矣。《索隐》引"谨具大明江山一座奉申敬贺"的笑话，以批甄家送礼请安，极是。

甄宝玉是真玉玺，《索隐》只言寓"至尊极贵"义，殊欠明了。

李纨道："从古至今，同时隔代"。"同时隔代"连读，甚妙。同时有清明二代之隔也。

宝玉一梦，用意极显，详见《真谛》，《索隐》亦最精到。麝月道："恐做胡梦"，又曰"胡梦颠倒"。"胡"字双关，"颠倒"指正伪朝统，俗所谓颠邦倒国也。

第五十七回正写黛玉怀明，恋恋玉玺。先提宝玉到甄家，见其家形景自与荣宁不甚差别（此指宏光朝之淫靡与清宫同），或有"一二稍盛者"（汉人文物较盛。甄氏母女之来，不过客中，何能看出家室之盛？分明对写清明两代）。"细问果有一宝玉"。"果"字下得甚确；写南朝无玉玺也是真朝，北虽有玉玺也是伪朝，何须细问。

甄家母女不辞而去，似指左懋第、陈洪范、马绍愉三人北来覆书，不得要邻而归，左、马二人又被追反一事。

紫鹃道："你太看小了人。"写清人轻视南朝。正是左懋第答对不屈状。"除了你家，别人只得一父一母（指崇祯夫妇），房族中真个再无人了不成？"（言朱明枝叶宗室尚多）"我们姑娘来时，原是老太太心痛他年小，虽有叔伯，不如亲父母"（郑所南诗："总遇圣明过尧舜，毕竟不是亲父母。"此隐用其意也）。又云："自然要送还林家的，终不成林家女儿在你贾家一世不成？"（江山终须还故主，不能令万世永归伪朝）"林家虽贫到没饭吃，也是世代书香人家，断不肯将他家的人丢与亲戚奚落耻笑"（完全左懋第不屈口气。终不肯委明朝人于伪清受其奚落，因不屈死）。"这里总不送去，林家亦必有人来接"（伪庭总不交还故物，明人也要来讨还的。一片光复苦心不愧鹃声）。"叫我告诉你，将从前小时顽的东西，有他送你的，叫你都打点出来还他；他也将你送他的打点在那里呢"（左懋第携来条件，不见承认，只能打点绝交，将从前互惠契约一概割断而已）。

宝玉寻死一节，写玉玺将因明清绝交与朱家绝缘，如失魂魄，只余顽质，成了死物，不中用了。"连妈妈都说不中用了"一句，写玉玺为俗人所重，一旦离主，婆经娘传都要讲他是不中用的东西。

黛玉听见宝玉不中用（乃写明亡时崇祯谕令不出宫门。玉玺真不中用），"一时面红发乱，目肿筋浮喘的抬不起头来"（写出崇祯被发自缢情状，故特着"抬不起头"四字），"将所用药一口呕出来，抖肠搜肺，搦胃搦肝，哑声大嗽"（写崇祯遗诏呕出心血状）。

又推紫鹃道："你不用捶，你拿绳子来勒死我是正经"（以绳勒影帛缢尤现成。"正经"两字写国君殉社稷为经常正理，并含自经意）。

薛姨娘道："林姑娘是从小来的，他姊妹两个一处长的这么大，比别的姊妹更不同（言玉玺与朱明的关系甚久，与别族关系自然不同），这会子热刺刺的说一个去，别说他的实心的傻孩子（"实心"状玉玺之坚；"傻孩"状玉玺之顽），便是冷心肠的大人也要伤心"（懋第诸人之来，正是乘热，想以大义推折满洲，使还我故土，乃反"热刺刺地使他见玉玺与故国永别，焉能不痛？亡男鹃声，铁石人闻之亦断肠矣）。

宝玉听了一个林家，便满床闹起来，说："了不得了！林家的接他们来了"（左、马诸人之来，满庭未免惊震，必有"明人索还他们故物，如何是了"之语）。贾母安然，说："那不是林家人；林家的都死绝了，没人接他的"。（正写朱家已亡。又讥人心已死，更无恢复旧物之人。懋第之死竟无我顾及）宝玉哭道："凭他是谁，除了林妹妹，都不许姓林的"（与贾母言不相接。玉玺只认得朱家正脉，其余冒充的都不承认，何况夺朱异种耶）。贾母道："没姓林的来，凡姓林都打出去了"（又讲将明宝俱被满人排去）。又吩咐"以后别叫林之孝的进园来，你们也别说林家。孩子们，你们听我这一句话罢"（写出满庭忌讳人说南朝，朱明之后有王孙不敢自道姓名之苦。这句话出于旧史臣之口，太不好听，真乃好笑。而家人又不敢笑，写尽汉人屈服之状）。

宝玉掰起船来（乃用南船北马谚以写南使）道："这可去不成了"（左、马不归）。

紫鹃道："林家实没有人口，总有也极远的族中，在各省流寓不定"（真写出南朝福王、桂王以及郑赐姓等）。

紫鹃笑道："你知道，我并不是林家的人"（言我乃蜀帝魂，非朱家人也）"偏把我给了林姑娘，偏生他又和我极好"（亡国帝魂与亡国人自表同情）。"一时一刻我们两个离不开"（亡国鹃声打成一片）。"我如今心里却愁，他倘或要去了，我必要跟了他去的"（声声道"不如归去"，鹃愁可知）。"我是合家在这里"（此以鹃代崇祯亡帝魂矣。崇祯合家葬北土），"我若不去，孤负了我们素日的情肠，若去，又弃了本家"（欲往南朝又舍不了京兆故宫），"所以我疑惑"（"疑惑"两字甚妙。玉玺在南在北、谁正谁伪、明人倒底能兴不能、满人能交还不能，均属疑问也）。

紫鹃留镜（亡国之鉴）。

紫鹃道："公子王孙虽多，那一个不是三房五妻，今日朝东明日朝西"（既写朝秦暮楚之二臣，又写多尔衮、多铎用情不专的事）"要一个天仙来，也不过三夜五夜也就丢在脖子后头了"（活画多尔衮情形，兼是诸臣之反背），"甚至怜新弃旧，反目成仇"（骂降清诸人）。"若娘家有人有势还好些；若姑娘这样的人，有老太太一日还好，一日若没了老太太，也只恐人去欺负罢了"（言朱家若有人才有势力，还可以抵抗人家；若照南朝衰弱情形说，只余历史说几句公道话。至历史亡了，更要被人欺负。直写到文字狱）。

"万两黄金容易得，知心一个也难求"（黄金已得势，玉玺更难求。可叹）。

薛姨妈"千里姻缘"一段话，《索隐》谓指清世祖、冒辟疆。其实亦影木石金玉姻缘，所以说"那怕隔着海国"。海国指东三省濒海。且在山海关内也，所以说"山南海北"（海北为金，山南为玉。意在金玉）。

"竟不如把林妹妹定与他，岂不四角俱全"（果然木石定盟，自尔金瓯无缺）。

当票一事，应用蔡书，写入高士奇家。

第五十八回分遣伶官，贾母留文官（《索隐》谓隐孝庄文皇后。文与史为一义，其实亦影历史，所谓犹及史之阙文也），正旦芳官与宝玉（以玉不久为正统，独霸一方也），小旦蕊官与宝钗（金瓯原属小国，逐水草而二三其心者也），小生藕官与黛玉

（小生代表帝王，言黛玉与帝为耦也），大花面葵官还了湘云（以讥孔有德家之背明，不如葵之面日。大花面为净，以表其为武人之女）小花面荳官送宝琴（蔡书以冒辟疆影宝琴，则是相思红豆也。而小宛再嫁亦可丑也，故配以丑），老外艾官与探春（蔡书以徐乾学影探春。乾为老满人，视汉官为外人。徐中探花，有慕少艾之意。而徐娘半老则老艾矣），尤氏讨了老旦茄官（此指刘三秀。因其为尤物，而老遇宠，一家皆加官进禄也）。故总评一句曰："当下各得其所"（言其与各人均有照应也）。

宝玉"绿叶成阴子满枝，"用杜牧迟来之感，将小宛、三秀齐写在内。"雀啼花落"，仍用"感时花溅泪，恨别鸟惊心"，以写亡国之愁恨。

藕官烧纸一节，《索隐》谓指冒辟疆，甚是。所以有"我也不便和你面说，"所谓"三曹对面，我也无回话"也。

晴雯道："芳官不过会两句戏，倒像杀了贼王、擒过反叛"（两句写多尔衮，故芳官与袭人一气，而独霸一方之意自见）袭人道："一个巴掌拍不响。老的也太不公些，小的也太可恶些"（此写多尔衮死后被罪，颇失公道；而多之太可恶。在袭人口中，可谓夫子自道）。宝玉道："自古说，物不平则鸣。他失亲少眷的，在这里没人照看，赚了他的钱，又作践他，如何怪得"（此写多死后被剿家，罚其女东莪为信邸奴。所以说"失亲少眷"。剿家既得其财宝，又作践其女儿，如何怪当时人为不平鸣也。三人说话，写尽多氏身前身后事，所以好像各说各的不连贯。最妙）。

宝玉持杖掣门槛子，说："这些老婆子都是铁心石肠似的！真是大奇事！不能照看，反倒拆挫他们。地久天长，如何是好？"（似说东莪初罚为奴，必被监禁，受禁婆打骂。名为看顾女囚。实则折挫不堪。若长久囚下去，如何是好。大似乡下人听人讲故事说文王被禁，回家大忧。其妻问之，则告以故。其妻曰："纣王皇帝明天知道他是好人，就放出来了。"他说："我也知道，只愁这一夜监里罪难受。"一样可笑）。

麝月笑道："把个莺莺小姐反弄成才拷打完的红娘了"（东莪被禁婆辱打，竟不顾其为王府千金矣。"红娘"影囚服，非闲笔也）。

芳官讲藕官、药官、蕊官一段。藕官反影小宛，药官反影辟疆，蕊官反影清世祖。

第五十九回系宫闱琐事。袭人口中说："还是认真不知王法"。可见是有王法的地方。平儿又道："各屋大小人等都作起反来了"。亦是法律制裁语。

第六十回是写宫闱琐事。晴雯道："如今乱世为王了，什么你也来打我也来打，都这样起来还了得呢"。与上回平儿各屋都作反同意，兼指三藩之起兵作乱。

赵姨娘一段，的是嫡庶之争。所谓把威风也抖一抖，不过惹气争权，欲压服平民而已。用夏蝉知了，其事自明。

第六十一回，柳家道："你们深宅大院（九重深邃），水来伸手，饭来张口（坐享其成），只知鸡蛋是平常物事，那里知道外头买卖的行市。别说这个，有一年连草根子还没有的日子还有呢"（这又是作者平民思想。黄钧宰《金壶醉墨》有"东邻杀羊美酒膏粱，西邻咽糠润喉无浆。问予如何，中坠其墙"同此沉痛。"我劝他们，细米白饭，每日肥鸡大鸭子，将就些儿罢了。吃腻了肠子。天天又闹起故事了"（饭饱生余事，是一切政府评语。所谓厉民自养还不安生，天天想法欺侮平民，闹许多故事。被这数语道破，真痛快）。"一层主子、二层主子"（写出政府层层剥夺，层层压制的现象）。又道："也像大厨房里预备老太太的饭，把天下所有的菜蔬用水牌写了，天天转着吃"（从"王食万方"的文言化出，以点醒讥评本体）。

林之孝家便说："不管你方官圆官"（表明方官影射独霸一方的长官）。平儿道："不肯为打老鼠伤了玉瓶"。从"投鼠忌器"文言化出，作者长技。清圣祖对于允礽一案初严后松，正是为此。

第六十二回宝玉生日射覆拇战，写来尽是当诸名士的玩艺。

湘云所出之令，《索隐》颇能窥见底奥，但仍关合诸名士身世，不可不知。

香菱举"此乡多宝玉"（言玉玺甚多，有真有伪）。又评"宝钗无日不生尘"（言金家尘土污人也）。

宝玉道："若你们家，一日遭蹋这么一件，也不直什么"（乃指高士奇家事）。

宝玉将夫妻蕙、并蒂菱一齐掩埋，污双手，寓情僧爱妃将死未死之际，尚不免拖泥带水也。

第六十三回，林之孝道："这才是读书知礼的。越自己谦逊越尊重，别说是三五代的陈人"（说几位大姑娘，忽言三五代陈人，可知影写清明两朝的诸名士。"陈人"用的妙，即取"下有陈死人"之意）。

麝月道："怕走了大摺儿的意思"（清人奏疏有摺子，御史有摺参。自是怕言官大摺参劾也）。

写芳官小玉塞耳（既影射塞听闭明。古帝王珥耳制，又影射多尔衮纳小玉），"左耳上白果大小的硬红镶金大坠子（是为金家大玉；坠子即影射孝庄之坠节），越显得面如满月犹白，眼似秋水还清"（写出多尔衮美，明用"满""清"两字）。所以家人笑道"他两个倒像一对双生弟兄"（言多尔衮得玉玺，有谋篡意。故意合写。且见芳官代表男子）。

袭人道："我们不识字，可不要那写文的"（是讲多尔衮等最初不识字，故惟恃武功，不重文人）。所以接着麝月笑道："拿骰子，咱们抢红"（是用武。即孤注一掷去抢夺朱明天下）宝玉道："没趣，不好。听我说，占花名儿好"（抢红不好听，不如占领中华名声好些）。

掣签占花，第一枝由宝钗抽出牡丹，曰"艳冠群芳"（即夺朱非正色异种也称王之意）。故诗曰："任是无情也动人"（满人入主，人屠杀汉人，无情已极，却也惊动一世。"也"字即也称王的也字）。芳官接唱"寿筵开处风光好"（风指清风）。《赏花时》曲："翠凤毛翎扎帚叉（即满人花翎，故用"扎"字；且形状如帚），闲踏天门扫落花"（乘间踏入关门，扫却国亡于闯贼之朱明。"踏天门"与"闯"字相合，言满人之来，与闯贼等耳。然正是他们赏赞中华时也）。

探春得杏，是影写满洲人关后，汉人得宠幸者。此处自影徐学乾。因其为探花，故曰"日边红杏倚云栽""尚未全脱明人习气，特用'日边红杏'字样，言一本明人礼制耳，然已倚人作嫁矣。故曰'得贵婿'，所谓探花郎也。又用'是外头男人们行的令'，以点明是男人。其实男人行令，何得用'贵婿'字样分明托辞也"。

李纨抽出老梅，写着"霜晓寒姿"（亡国遗老傅青主自号霜红龛，恐即此意），诗为"竹篱茅舍自甘心"（完全遗老行径）。注"自饮一杯（独行无偶）。下家掷骰"（让人着鞭）。

湘云抽出海棠，"已是梨谢棠开"（已是春残，只余春明一梦耳）。故曰"香梦沉酣"（即"梦里不知身是客，一响贪欢，"及"多少恨、昨梦魂中"曲的意思）。诗云"只恐夜深花睡去"（夜深无明，烧烛照红妆，一片爱怜故国之情，尽在言下。陈其年一流人物也）。黛玉说夜深改石凉（既点湘云醉眠，又影清人从一片石侵入，冷气逼人）恰好。黛玉上家，宝玉下家（黛玉是朱明，宝玉是玉玺，其恋恋残春，一样伤心。朱明虽为上国，玉玺已归下邦矣）。

麝月荼蘼，题"韶华盛极"（写满人入关，一般乘时得宠之人将衰之兆，故曰"开到荼蘼花事了"。并写中原糜烂自亡，故曰"送春"。

香菱掣出并蒂花，题"联春绕瑞"。诗"连理枝头花正开"（此仍写下嫁事。并蒂，夫妻，连理，兄弟。言叔嫂之联合耳。又用"恭贺""陪饮"四字，写下嫁时之庆贺，妙极）。

黛玉掣芙蓉花（亡国可怜花也），题"风露清愁"（与清为仇）。诗"莫怨东风当自嗟"（东风言满人从辽东来，自命清风，虽可怨恨，然亦因自坏长城，以致亡国，莫只怨人，应自叹也）"自饮一杯。（块磊难消），牡丹陪饮"（尚欲偕他人酒杯，也不过兴亡相趁而已）。

袭人掣桃花（薄命花，恐兼指多尔衮之东莪女），题"武陵别景"（言又是一番天地，故诗曰"桃花又是一年春"，东莪卒归士人，可谓崔护重来。或曰影射不得志之二臣，亦通）。"杏花陪盏"（影东莪得婿）。同庚同姓来陪（写同年薄命，性质相似之人。故影许多不得志二臣）芳官睡袭人身上，又扶在宝玉侧（是写摄政身分，特用袭人，以点衮字）。袭人说晴雯唱曲，四儿指他唱了一个，又曰"谁没唱过。"唱曲侑酒，直以娼妓目诸二臣矣）。

宝玉谓岫烟"超然如野鹤闲云"（是评隐士语。岫烟必无心出岫之人，故写得落落寡合）。岫烟笑道："僧不僧，俗不俗（明人谓满人谓半边和尚）；女不女，男不男；（男投女不投。因明人目满女大足与男子同。此地写附清名士之四不像）成个甚么理数"（半汉半胡，非驴非马，甚么体制。皆逸老议清人语）。

槛内槛外与方内方外、世内世外，皆相仿。妙玉何曾到槛

外？倒不如情僧之彻悟，故有"醍醐灌顶"之注。直写清帝
出家。

　　榆荫堂，桑榆晚景。仍写孝庄，故紧接尤氏带佩凤、偕鸾，
以射下嫁。而又用"方以类聚，物以群分，"言鸟兽不可与同群
耳，皆恰合芳官之影摄政。佩凤、偕鸾打秋千，宝玉要送上去。
佩凤说："别替我们闹乱子。"此处写摄政将败，几闹出乱子来。
佩凤两妾，兼指多尔衮最后迎朝鲜两妃，寓由清韩两家同闹出乱
子来的接合，再打千秋翻上下，更不得了哪。所以讲这话，又紧
接"东府老爷殡天"，以写多尔衮之死。多好服硫黄，喜接方士。
方士中有上金道者，善合媚药，中杂硫磺。御女时先服之，快美
无比。久之，硫磺毒发，中患烦热。太医某诊之，曰：王之肠胃
已腐无救，不数日即死。故以贾敬导气之术，守庚申，服灵砂，
妄作虚为，过于劳神费力，反因此伤了性命写之。又写"太医见
人已死，无须诊脉，"即某太医断为不治之症。又曰"系道教中
吞金服砂。烧脉而没"，与服硫磺肠胃腐之言皆相合。灵停铁槛
寺，所谓"终须一个土馒头"，先传后经，妙极。"原来天子极是
仁孝通天的"，又提到下嫁一事。指多尔衮功臣之裔，祖父之忠，
皆掩饬语耳。朝中所有大臣，嵩呼称颂。多尔衮初亡，清帝尊崇
备至，特派亲王大臣四人，为之经营丧葬，皆如帝仪。故曰"王
公以下准其祭吊"。又有"扶枢回籍"语。诏中又有"恩义并隆，
莫报如天之德（所谓"天子仁孝通天"也）；哀荣备至，式符薄
海之心。当命礼部恭拟徽号，追尊摄政王为'懋法修道广业定功
安民立政诚敬义皇帝'。"书中云"礼部代奏，"及嵩呼称颂，即
指此事可知。

　　贾蓉道："从古至今，连汉朝和唐朝，人还说'脏唐臭汉'，
何况咱们这宗人家"（正写清庭淫乱。汉人且尔，何况胡人？以
"宗人家"三字影宗人府，妙极）。

六十四回写贾敬丧仪焜煌，物论不一，仍指多尔衮。《索隐》以豫王拟之，殆非。

晴雯说芳官"竟是个狐狸精变的"（狐狸指胡人），"竟是会拘神遣将的"（可见芳官所影射之人的魔力）。

又说袭人"越发道学了。独自个屋里面壁呢"，"或者此时参悟了也未可定"（此处所说袭人，似又指雍正，喜参禅故）。

宝玉道："或者姑爷姑妈的忌辰？但我记得每年到此日期，老太太都吩咐另外整理肴馔送去，林妹妹私祭。"作者因暗写多尔衮，又想明亡后，陵寝荒凉。清康熙帝曾谒明陵，此是格外的礼数。"林妹妹私祭"指明逸老私谒孝陵事。

写宝玉和黛玉一处长大，情投意合，又愿同生死。自古以玉玺存亡为国家兴废之端兆，故有"同生死"语。

《五美吟》，西施是小宛影子。当时小宛北上，或有西施入吴（南方吴胡同音），阴图亡清之意。一旦入宫，所谋不成，捧心不明，空忆儿家，亦是真情。虞姬似指多尔衮之死别朝鲜妃。诗中"黥彭"写多氏身后被议，故曰"他年醢"也。

明妃仍指小宛。谓入胡也。小宛画像最佳，当年必有人先以画形示清帝，而后设法劫取也。

绿珠似指明室殉国诸人，故用"瓦砾明珠"字样写。朱明亡国，玉石俱焚之惨，不过以殉君慰泉下之寂寥耳。着"祸福"二字，又兼写福王灭亡时宫中之死难者。

红拂似写圆圆。圆圆曾对三桂言："越公尚不能保红拂，况不及者乎？"其以红拂自命可知。

宝钗论诗但提明妃，又引荆公"意态由来画不成，当时枉杀毛延寿"，以见小宛之美。及永叔"耳目所见尚如此，万里安能制夷狄"，写小宛入胡之恨，正因明人不能制夷狄而来。故曰"命意新奇"，是最新之奇事耳。因原诗只就本事敷衍，并无甚新奇意也。

贾母痛哭贾敬，写孝庄之痛。佚史载：多尔衮被籍没，清太后为之不怡者数月。其痛可想。

贾琏笑道："自家兄弟这又何妨？"乃用戏曲中杨雄对潘巧云说："石秀是自家兄弟，坐坐不妨"，以识清宫聚麀之乱。

尤二姐指多尔衮妃之妹，甚是。此为追叙法，亦作者狡猾处，使人不觉耳。汉玉九龙佩，既写尊贵，又兼以九龙影九王多尔衮；行九故。

写二姐"在先己与姐夫不妥，又常怨恨当时错许张华，"是写博氏先与多尔衮（重在"姐夫"二字，不管珍、琏）私通，而后与肃王反目，时有怨言。

"忽然想起鲍二来"，妙极。写尤氏必以鲍二家的趁之方显是博尔济氏，不是贾琏。"忽然想起"，乃是作者故意提及，读者勿为瞒过。

以多姑娘配鲍二，正写博氏之淫，又写一多子。见博早与多尔衮有私也。文心甚巧，故曰"里头巧宗儿"，是言宗人府内奇巧事耳。接写张华之祖为"皇粮庄头"，言肃王亦一家王子也。"遭了官司"，指肃王为多所陷。

博尔济氏原于多尔衮生辰与多通情，今偏写与多之死时，言多之淫乱该死。亦对照写法。

六十五回写尤老娘和三姐先如新房，即赞"鲍二两口子，见了如一盆火儿。""一丘之貉，"言与尤二姐如一人，故又曰"赶着尤老娘，一口一声叫老娘，"居然尤二姐替身矣。特笔也。

贾琏说等凤姐一死须接尤二姐过去，即暗射肃王死后，多氏即明娶博氏过邸也。

"关起门都是一家人，原无避讳"。活画清宗室之聚麀情形，与《左氏易》内饮酒一样笔墨，较谑而已。"那鲍二来请安"，又点题。贾珍道："你原是个有良心的，所以二爷叫你来服侍。"反面讥博氏是无良心，背夫通多。而多氏亲弟兄排行为二，故曰"二爷服侍"。言作姜耳。"日后自有大用你之处。不可在外吃酒生事"（日后用博作正室，不可像从前因吃人家寿酒生出事来。并写多氏利用肃王出征，与多氏生出风流事来）。

鲍二答应"小的知道。若小的不尽心，除非不要脑袋了。"写豪格已知此事，惟畏势忍受，卒被多陷于极刑，故曰"不要脑袋了。"多姑娘骂鲍二道"糊涂浑呛了的忘八"（如博多尔骂肃王为王八），又"一应有我承当。风呵雨呵，横竖淋不到你头上来。"（是多尔衮对博氏语：一切有我，不怕甚么风声；有了，在豪格头上。与鲍二"一概不管"，即豪格畏势不敢计较，只好不管，听之而已）。

写寿儿、喜儿到厨房，点明博氏在多尔衮上寿喜辰，入厢私通，故曰"鲍二女人道：咱们有的是坑，为什么不大家睡呢?"正写家人私通，又写出辽东大坑同眠的胡俗。接着写"二马同槽，不能相容，互蹶蹄起来"（正写一室聚麀，有时争风吃醋，直射到豪格与多尔衮之相倾，妙极谑极）喜儿说"今儿可要公公道道贴一炉子烧饼"，亦系写大坑同眠中喜剧。

"二姐道：'我虽标致，却无品行，看来倒是不标致的好。'"是博氏的供状，确评。

三姐骂贾氏兄弟一段，痛快淋漓，是作者借霍三娘来作旁评，非真事也。霍三娘曾为绳妓，故曰"提着影戏人上场，"又曰"偷来锣鼓打不响，"又曰"露出葱绿抹胸，一痕雪脯，底下绿裤红鞋，"完全是绳妓声口身分。只用"任意挥霍"四字，暗写三娘之姓。"不容他兄弟多坐，竟撵了出去，自己关门睡去。"是霍三娘于父母死后，为妓不接客的行径。

说三姐"打扮出色，另式另样做，出许多万人不及的风情体态来"。是赞绳妓语；为万人所注目耳。"便是一班老到人，铁石心肠，看见这般光景也要动心的。"写绳妓为所谓钱行盐店等老班所喜，看见走绳跑马光景，又无不惊心动魄，皆双关语。"及至到他跟前，那种轻狂豪爽、目中无人的光景，早又把人的一团高兴逼住，不敢动手动脚。""轻狂"八字，绳妓确评。绳妓例不卖身，有免强求合者，连他的手脚也动不得分不开，一团高兴自尔逼住。

三姐道："咱们金玉一般的人。"仍是绳妓守身如玉语。

写尤三姐打银要金，有珠子要宝石，吃鸡宰鸭，"或不趁心，连棹一推；衣裳不如意，剪碎撕一条骂一句"皆写霍三娘侮弄嫖客光景，故用贾珍等"反化了许多昧心钞"（俗谓嫖客所化为"昧心钞"）以点明之。

说二姐"已经失了脚，有一个'淫'字，凭他什么好处也不算了。"这又是评博氏淫荡特笔。

尤三姐"我得拣个素日可心如意的跟他（正是写霍三娘特识柳似烟的巨眼及自主精神，这是作者对于男女问题的自由思想）。若凭你们择拣，虽是有钱有势的，我心里进不去，白过了一世"（即是霍三娘对似烟说：我们情爱岂是金钞所能间者！"心里"二句极沉痛。世间无限不自由结合的男女，那一个不是白过了一世？可为一哭）。兴儿说邢氏讲凤姐："雀儿拣着旺处飞，黑母鸡一窝儿。自家的事不管，倒替人家去瞎张罗！要不是老太太在里头，早叫过他去了。"此似最初某王劝多尔衮自帝，多氏不肯，只因孝庄的关系，故曰"黑母鸡一窝儿"。是与国母同宿，外面看来似为栖上林一枝，故曰"雀拣旺处飞。""旺处"，帝王处也。

"气儿大了吹倒了林姑娘（冷风吹倒明室），气儿暖了又吹化了薛姑娘"（暖气化雪，似无希望，然满人为汉族文明所同化，此语几为之兆矣）。

六十六回兴儿说宝玉，《索隐》谓指清圣祖，甚是。所以尤三姐笑道："主子宽了，你们又这样；严了，又抱怨。可知你们难缠。"俗称皇帝为"真主"，亦曰"王子"。"宽严"三语，是从"唯女子与小人为难养也。近之则不逊，远之则怨"化出来。女子、小人，正指妇寺。

尤三姐说："若有了姓柳的来，我便嫁他。从今日起，我吃斋念佛，只服侍母亲，等来了嫁了他去；万一百年不来，我自己修行去了。"又"折簪为誓，竟真个非礼不动非礼不言起来。"又写霍三娘决定嫁柳似烟时之态度，纯是妓女决心从良时例有的行径。

鸳鸯剑言霍三娘与柳似烟俱精飞走也。

薛蟠同伙计遇强盗，已将东西劫去，不意柳湘莲忽来，把贼赶散，夺回货物，救了薛蟠性命，结拜了生死兄弟，一路进京。数语却是一篇大文轶史。乃写柳似烟露头角于噶尔丹深入一役。是役也，一皇子、三亲王、一郡王，国戚如所谓舅舅佟国纲、佟国维，大臣如索额图、明珠，俱在内，乃康熙二十九年事也。师久无功，似烟因其从兄宦者之介绍见康亲王，得从军出征。似烟持善飞行术，入伊拉古克营，效华元故事，逼伊效顺。伊惊其绝技，唯唯听命。及再与厄鲁特兵战，清师几不支，忽山上火起，厄兵乃退，且大败师。似烟约内应之成功，捷报至京，清帝焚香谢。大康亲王以是役之功柳为首，拔为副将，云云。书中薛蟠等影亲王、国戚；被盗指厄鲁特战事；柳湘莲忽，来指似烟立功原有飞将军自天而下之势；结为生死弟兄，指成功后之复被拔赏，及清帝焚香谢天事。作者对为清人立功一节似不满意，故略及之即写其出家远去，言不如逸民也。

柳湘莲说："你们东府里，除了那两个石狮子干净罢了。"正写辽东胡人之淫乱，痛快绝伦。《索隐》不注，何耶？

湘莲见尤三姐赶来，从梦中哭醒"睁眼看时，竟是一座破庙"，"便随那道士不知往那里去了。"（纯从霍三娘对似烟说："余当从君出走天涯海角，余二人不愁饿死了。君请先行，俟我于城外某处庙中，余当徐至。"似烟依言至所约地，未几霍至，相将出都，一段化出。所谓实者虚之，与以贾敬之死为多尔衮生日一样狡狯。"某处庙中"四字，与书中湘莲问此何方，道士"我不知道此系何方"亦相应。妙极。

第六十七回，宝钗留心货物、酬谢伙计，均写高士奇营商事，决非闺秀行径。黛玉见土物伤情，写亡国之人感怀故土文物。紫鹃以望帝灵魂，自然深知。"但也不敢说破"，"仍用鹦鹉前头不敢言"诗意。

宝玉取笑说："那里这些东西？不是妹妹要开杂货铺么？"是说这些东西都是高士奇所开铺店中东西。

宝玉"一味将些没有要紧话来厮混"（谓以不入耳之言来相劝勉）。

黛玉要到宝钗那里，听南边的古迹，只当回家。不过点明黛玉心在南朝，欲恢复故土一念耳。不然黛玉南人，那些古迹，何用问人？

黛玉道："这些东西，我们小时候倒不理会如，今看见，真是新鲜物了。"仍隐用"满目清山绿水，所南何以为情"意，写亡国后之触目伤心。

晴雯说："我们都是白闲着混饭吃的。"以讥笑一般清客。即是清臣中闲员，是李雯自夸不是混饭吃的得意语。

凤姐骂兴儿"猴儿崽子"、"忘八蛋，"都是满人男子骂人声口。《索隐》以豫王拟凤姐，极是。此处凤姐又是小玉，因小玉有大闹宫门一事，故籍此一漏消息耳。

六十八回凤姐访尤二姐扣门，又提鲍二家的开门，不但照应凤姐泼醋一案，并将博尔济氏又一点醒。

凤姐说："若是在外头包占人家姐妹，瞒着家里也罢了（是讲多尔衮包占朝鲜两女，并影大玉小玉姐妹），如今取了妹妹作二房，这样正经大事，也是人家大礼"多尔衮娶博氏恰是正娶情形，惟预先未明言，故曰"却不曾和我说"，亦系本事。"正经大事，人家大礼"八字，连清后下嫁都傍敲出来，拍到小玉身上。所以说"反以我为那样妒忌不堪的人（私自辩白）。又曰："头十天里头，我就闻风着知道了"（写小玉先不知其姊与多有私，后来听见风声不像事了，才到宫门大闹）。又曰："起动大驾，搬到家中，你我姐妹同居同处"（暗写清后下嫁，故特用"大驾"'姊妹'字样，和元春省亲一回中，宝钗讲宝玉"不要姐姐妹妹的乱叫"同一笔法，但不是小玉口中语耳）"又曰："教外人听着，不但我的声名不好，就是妹妹的名儿也不雅。况且二爷的名声更是要紧"（下嫁一事，不但清后及多尔衮名声不好听，并累及清帝）。

凤姐说张华"癞狗扶不上墙"（正写豪格因豪格畏多尔衮势力，不敢与较，故曰："张华深知利害，先不敢造次。"）。又曰："就告我们家谋反，也没事的。"直写到多尔衮没后人告其谋反。妙极。

旺儿告状，是写多氏死后，其家人苏克萨哈告密一事。故曰："凭是主子，也要说出来。"就是将多氏谋帝一事和盘托出。

凤姐大闹宁府，本影小玉闹宫，却将下嫁一事写在话下。所说"偷着只往贾家送"（此当兼指博氏），"国孝家孝，两重在身"（利用下嫁案中"以孝治天下"文意，幻出国孝家孝两层，真怪腕也），又"请合族中人，大家觌面说个明白。给我休书我就走"（却是小玉闹宫时口气。又影小玉旋为多尔衮谋害。此事却以凤姐害尤二姐。写之，须活看），又骂贾蓉"干出这些没脸面、没王法、败家破业的营生！你死了，你娘阴灵也不容你，祖宗也不容你"（将多尔衮盗嫂偷娶王妃、以及谋叛破家、其母殉清太祖的事，全写出来），凤姐"说了又哭，哭了又骂，后来以放声大哭起祖宗爷娘来，又要撞头而死。"皆正写小玉大闹宫门事情。

"国孝一层，家孝一层，背着父母私娶一层，停妻再娶一层"（都是多尔衮罪状。又从不告而娶的古典化出）。"拚着一身剐，敢把皇帝拉下马"（故意逗露皇室消息。而小玉闹宫，真是拚命）。

"我就是个韩信、张良。听了这话也把智谋吓回去了。"张良、韩信俱影多尔衮谋反事。因多死后有人密告其家藏巨炮，并有暗杀清帝意。是兼韩、张两人事。

六十九回，贾母笑说："竟是个齐全孩子"，却似清后对刘媪语。此处又拍到豫王身上，故用凤姐领见。

贾蓉对张华说："岂不怕爷们一怒，寻出一个由头，你死无葬身之地！"（写多氏因欲与博氏重叙旧好，先遣豪格征大同，凯旋后又令移剿天津土寇。请代不许，请益添饷兵不许，大愤曰："岂欲置吾于死地耶！"乃逗留不进。多尔衮曰："加罪有辞矣。"乃以贻误兵机议斩。即所谓"寻出一个由头。"及得旨免死，永远幽系，多氏使监守者窘辱之，绝粒而死）此以上回凤姐，囚尤二姐，使媳妇看守，并嘱善姐窘辱之一段。写出"死无葬身地"也。所以又写凤姐命旺儿寻张华，"或讹他做贼（通寇），和他打官司（奏参），将他治死（议斩）；或暗使人算计，务将张华治死，方剪草除根"（幽囚以死）。

写秋桐"岂容那先奸后娶没汉子要的妇人"，是写博氏与多先奸后娶。且豪格死时，使人驰白太妃曰："我死，必立遣博尔济氏，勿留此祸水。"故曰"没汉子要"也。

"借刀杀人，坐山观虎斗"（却是多尔衮陷豪格的评语）。

三姐托梦一节，是作者不平语。三姐"长叹而去"《索隐》注"既不能令，又不受命，是绝物也，"却是注豪格之死，怪极。

胡医打胎，又拍到刘媪病孕，诸医妄投下药一案。作者真乃三头六臂。曾于尤三娘口中说凤姐"有几个脑袋、几只手？"亦自赞，亦兼指凤姐代表数人也。

二姐死，凤姐假哭道："狠心的妹妹，你怎么丢下我去了！"小玉死后，大玉必有此一哭无疑。

写贾琏恋秋桐时，又将尤二姐放淡，及其死也，又痛哭流涕（即轶史载多尔衮于博氏被豪格囚后，弃之如遗，博氏乃以蜡丸书遗曰："王乃不能庇一妇人，任人蹂躏，岂果妾薄命使然乎？不如早死，免贻天下辱笑。"多乃回忆前尘，恻然动念一节也）。

第七十回写放丫头，自是放宫女。"应该发配的"，谓分发配偶。鸳鸯发誓不去，仍影香妃誓死不辱，故曰自那日之后，一向未与宝玉说话（是不与皇帝交言，不然书中并未言宝玉讨他，何必提及），也不盛妆浓饰（回教淡妆）。众人见他志坚，也不好相强。又写宫女见香妃坚志不从，不敢相强。

写晴雯、麝月按住芳官隔肢一段，看似戏笔，仍寓多尔衮患生肘腋之意。

碧月道："倒是你们这里热闹，大清早起就咭咭呱呱的顽到一处。"乃取《易经》"妇子嘻嘻终吝"，以讥清室内乱，故用"大清"字样点出。

《桃花》《柳絮》诗，取"颠狂柳絮因风起"（像清人及二臣中得势者）。"轻薄桃花逐水流"（像二臣中之失势者，且寓亡国意）二语，以关合时人。

《桃花》诗解见《真谛》。宝玉说宝琴"比不得林妹妹曾经离丧，作此哀音"。所谓"亡国之音哀以思"也。

写黛玉、湘云、宝琴代宝玉临写小楷。《索隐》以南书房代拟所谓"御制诗文"当之，甚是。可见书中诸女子，有时代表男子。而蔡书所索不全非。近曰《文献丛编录》允禩禊允禟一案，秦道然供中有圣祖嫌八爷（允禩）的字不好，命他一日必写十幅呈览。八爷不耐烦，每每央人代写，欺班圣祖。"正合此事。恐当日允礽也不免有此情形，可谓难兄难弟。

《柳絮词》解详见《真谛》。

清初诸名士中善填词者，以朱竹垞、陈其年为最著，故蔡书以黛玉拟朱，以湘云拟陈，颇合。

探春《南柯子》（此亦有意在三藩在南方另生枝柯）故只成上半首，言三藩无下场。词中"也难绾系也难羁"（言三藩不受羁縻），"一任东西南北，各分离"（所谓平西王定南王皆分崩也）。下半首用宝玉，是之言清帝平三藩，收此一场南柯梦也。"落去君休惜（指三藩之灭），飞来我自知（吴藩初起，如飞来之祸。清帝初知。此指清顺治逊荒，后在五台为僧，不轻发言，惟三桂反，瞠一惊语。盖早知有此也）莺愁蝶倦晚芳时（指顺治倦勤）。总是明春再见，隔年期"（指康熙再上五台访父）。湘云《如梦令》是兴亡一梦，百无聊赖。"且住"为住，指诸名士之附明珠者。黛玉《唐多令》言唐人词令也。解见《真谛》。

宝琴《西江月》指明亡江南，故用"隋堤"字样。详解《真谛》。

宝钗《临江仙》，言清兵临江如飞祸也，故曰"这首为尊"北人谓皇帝为至尊也。

潇湘"缠绵悲戚"，亡国之痛也。枕霞"情致妩媚"，二臣之耻也。小薛与蕉客，南朝及吴藩之失败也。不然宝琴一首并不弱何以曰"落第"？

宝玉交白卷，言得玉玺为伪，所谓"白版天子"也。

　　放风筝一段，亦有实意。"一个大蝴蝶风筝飞来，众人吓了一跳，"所谓魏收"警蛱蝶也。"魏收作《齐书》，人称秽史。作者借此以讥清人宫围之秽乱。宝玉说："这是嫣红姑娘放的。"嫣红指湮明，可见是清史。而轶史载小宛好放风筝，此段亦有来历。

　　探春"软翅大凤凰，"指三藩羽翼不强。"螃蟹"给贾环，指满人横行。宝玉"美人"堕地，寓小宛之死。宝琴"大蝙蝠"，指二臣。

　　第七十一回写贾政事，"重身衰，在外几年，骨肉离异（影诸王子之争），今得晏然复聚，自觉喜幸不尽（"晏然自喜，"指清后下嫁及娶肃王妃，皆带昧暗色彩。"晏"字用得好），一应大小事务，一应付之度外（即《索隐》谓摄政暮年倦勤，久不入朝也），只是看书（言多氏颇留心文史），闲了便与清客们下棋吃酒"（多氏善棋，有棋厅之设）。

　　贾母之寿，因写多氏，又拍到孝庄四十正寿，加陪写为八旬。《索隐》之青甚是。寿礼仍用礼部，且送彩缎十二匹、玉杯四双，仍影下嫁。

　　南安郡王、永昌附马。指吴三桂之子吴应熊尚主。南安太妃似指耿藩。因耿之夫人与孔有德最先降清，往来甚密，必与四贞相识，故写湘云最熟也。耿藩喜旧戏，曾于无意赞叹了一句"毕竟汉家衣冠好看"。写南安太妃点吉庆戏文，暗写此事。北静王为陪衬，故曰"也点了一出，一不在话下"也。贾母代喜鸾，仍兼下嫁之喜。

　　甄家寿礼刻丝"笏满床"（乃郭子仪故事。子仪□□复唐，□与作者复明之理想。并非真事，真事定遭忌讳矣。）邬家屏（言三桂藩屏也）。贾母道："这两架别动，好生搁着，我要送人的"（注意两家物自是特笔。"我要送人"一句，几成谶语。后来满人果有"江山应送朋友，勿赠家奴之"言。作者妙算也。一笑）。探春说"倒不如小人家，大家快乐。我们这样（应曰"这宗"）人家，人都看着我们不知千金万金（前金后金）。何等快乐，殊不知这里说不出的烦难，更利害！"（将清庭内忧外患一齐写出，且寓平民思想在内，与梨洲《原君》同意）。

尤氏说宝玉"一心无挂碍"（是情僧本色）。宝玉说"人事莫定，谁死谁活"（亦彻悟语。而董妃之死，亦在言下）。喜鸾要和宝玉作伴，是写喜鸾正意，因北京亲人结婚，常用此两字。故又用尤氏说"姑娘难道不出门的"，点明嫁人，即影下嫁，且渡到"鸳鸯女无意遇鸳鸯"。灵心妙腕。

司棋一案，亦双关下嫁私娶等事。前回惊蛱蝶，此回野鸳鸯，竹垞《风怀二百韵》中一联曰："真成惊蛱蝶，甘作野鸳鸯。"可以移颂。且清后与多尔衮初遇于园中，后又借下棋为名以便私交。而清后有一婢曰红棋，后遣家，一善棋者，即此事也。

第七十二回写司棋和他姑表兄弟趁乱进园，"初次入港，虽未成欢，而海誓山盟，私付表记，已有无限风情"。全是多尔衮因到园中窥清后浴，始相定约情形。

写凤姐声色堕了好些，"又受了些闲气"，"露出马脚"，"他就动了气"，"不是什么小证候"，"可不成了血山崩了麽"等句，《索隐》均拟以辅政。此处不如兼拟摄政，从清后下嫁写到与豪格争妻，以及病亡身后被谴诸事笔也。

鸳鸯说贾琏"也怨不得，事情又多，口舌又杂"。与凤姐一串写摄政不理于众口。

凤姐口中的石崇、邓通，因是夸帝王之富，亦兼影写多氏之末路。

贾琏道："和他说好更好些，不然太霸道了，日后你们两亲家也难走动。"（是作者主张公道处。满洲诸王霸占民女者甚多，那管什么亲家？《索隐》"注意标目'恃强'、'倚势'四字，"极是）。

贾雨村降了一节，《索隐》无注。《索隐》曾以贾雨村拟三桂，此处便是暗写削藩。林之孝道："只是一时难以疏远。如今东府大爷和他更好，老爷又欢喜他，时常来往，那个不知？"是说三桂子尚作所谓东床驸马，难以疏远。唐诗有"人主人臣是亲家"，亲家时有来往，故贾琏"亲家"一语，亦有照应。

第七十三回赵姨娘和贾政说话，窗屉"滑了屈戌掉下来。"乃暗用东窗事发典故，以写允禔等魔魇事件之将发露，特用小鹊一报。说"只听见'宝玉'二字"，言有窥窃宝器之阴谋也。故写宝玉知赵姨娘"心术不端（是长舌妇人暗害人的评语），和自己的仇人似的（嫡庶成仇），又不知他说些什么（不知是何密谋，便如孙大圣听了紧箍咒一般，登时四肢五内一齐不自在起来。"（又暗写魔魇。用"孙大圣"，仍表示为猢猴之尊也）。

想到"理熟了书"（归到康熙择师教允礽一层），"只有《学》《庸》二论是背得出来"（重在《学》《庸》二论。背出《学》《庸》，即熟习明清事耳）。

反对八股文，亦作者特识。且写康熙有废止八股之诏。

宝玉装病，晴雯说："宝玉吓的颜色都变了，满身发热，我这会子还要到上房里取安魂丸药去"，（又暗写魔魇）。

贾母道："贤愚混杂，贼盗事小，倘有别事，略沾带些，关系非小"（是写康熙诸子贤愚不齐，贼盗外患尤是小事，若别生内患，如争嫡夺位，略一沾带，关系性命，故曰"非小"。其意自显。将多尔衮谋篡事亦写在内，所以又想烧毁骰子纸牌，亦写争嫡一案，所谓呼卢成采，孤注一掷，成败所关，无异赌争也）。

傻大姐绣香囊要拿去与贾母看。《索隐》以议下嫁一案，颇似。用邢夫人发见，所谓"邢于寡妻"，寓孝庄不安于寡居也。又写迎春之懦，恰似顺治心知母过，不敢出口。《索隐》所摘诸语，皆合情事。

迎春看《太上感应篇》，妙在"太上"二字，暗指太上皇。言顺治望其亡父有感应耳。当时传闻，某君曾以"红罗帐中，无限恩情呼嫂嫂，黄泉路上，有何面目见哥哥"一联赠多尔衮者，即是此意。

宝琴道："三姐姐敢是有驱神招将的符术"（又写魔魇）。黛玉道"这样不是道家玄绪，倒是用兵最精的；所谓'守如处女，出如脱兔，'出期不备的妙策"（却又写到下嫁。"处女"、"脱"，谑极。"出其不备，"又将魔魇，及多氏谋篡一齐写到，非戏言也）。

探春曰："物伤其类，唇亡齿寒，我自然有此惊。"（此又写诸子之争，连雍正谋杀诸弟事都写在内。所以说"把二姐姐治伏了，然后就要治我和四姑娘。"）

黛玉道："真是'虎狼屯于阶陛，尚谈因果'。"（说诸子谋位，虎视眈眈，豺狼成性，不知是何因果）"若是二姐姐是个男人，一家上下这些人（上下齐写，妙极），又如何裁办他们?"（言顺治不能裁办摄政，及康熙不能裁制诸子）所以迎春说："正是，多少男人（连顺治、康熙一齐写，故曰："多少"），尚且如此，何况我们"亦可见书中女子兼影男子）。

七十四回，凤姐道："我白操一会子心，倒惹得万人咒骂。"（兼写二多不理于众口）"一概是非且都凭他们去罢"（所谓死后是非谁管得也。写到多尔衮之失败）。

凤姐向王夫人诉辩一段中，"奴才看见，我们有什么意思?""论主子内，我是年轻的媳妇，算起来，奴才比我更年轻的又不止一个。"（皆为孝庄写照。直至说）"那边珍大嫂子，他也不算很老，也常代过佩凤他们来"（才是图穷匕首。"大嫂不狠老"，佩凤、喜鸾，非下嫁而何？真乃妙笔）。

王善保家曰：晴雯打扮"像西施样子"，王夫人又对凤姐说"眉眼又像你林妹妹的"，乃拍合小宛处，大可注意。

王夫人见晴雯大有"春睡捧心之态"又用西施写照。

探春秉烛待搜一段，写得痛快淋漓。《索隐》颇得要领。至"可知大族人家，若从外头杀来，一时是杀不死的。这可是古人说的，'百足之虫，死而不僵'，必须先从家里自杀自灭起来，才能一败涂地"（既写明亡之真像，又写满人之自杀，大似预言）。

司棋"并无畏惧惭愧之意"（亦傍敲下嫁之无耻也。本来孝庄因爱多尔衮之美貌而有私，故以潘又安为多氏一影。且多氏娶嫂，正在悼亡之后，而潘安以悼亡称，亦双关）。

惜春道："善恶生死，父子不能有所勖助"（又说康熙之于诸子）。

惜春彻悟，本影顺治出家，亦兼写蔡书中之严。

第七十五回甄家抄没家私（写两朝之亡；紧接抄检大观写来）。

李纨命丫头跪捧面盆（满贵族家规）。尤氏笑道："我们家下大小的人，只会讲外面假礼、假体面"（不言虚而言假，正谓礼制体面均是伪的。将下嫁仪注、堂子神秘密，都写在内），究竟做出的事都够使的了"（偷嫂爬灰、争位掉包，都能做出来，狗屎极了）。

探春"一家亲骨肉，一个个都像乌眼鸡似的，恨不得你吃了我，我吃了你"之言（即写康熙诸子之相残，又找足上回自杀及本回尤氏"够使的"语）。

习射一事，正写满俗，亦清朝家风。"乱射无益"两语，兼写康熙诸子之乱，皆不得正鹄。

"贾珍志不在此"（志在夺位），再过几日，便渐次以歇肩养力为由"（写一计不成，暂时休息，所谓蓄精养锐，再接再厉，故接写赌胜于是。"公然斗叶掷骰"（言皇家枝叶暗中相斗，有如赌争）。

"家下人彼此各有些利益，巴不得如此（当时喇嘛等助乱允禩等阴谋，亦皆各谋利益，巴不得相争），所以竟成了局势，外人皆不知一字"（夺嫡阴谋已成局势，特不使外人知耳）。邢德全似指与允禔勾通之张明德；两个小孩说"傻大舅"似指允禩妻舅索额图（索傻双声）。"你老人家不信，回来大大的下一注赢了"（正用"孤注一掷"典故）。

写尤氏在窗下"只听里面称三赞四（重在"赞四"，因雍正行四；为太子时，很会沽名，博得许多人称赞），耍笑之音虽多（即戏以"主子"称四太子，故曰耍笑），又兼有恨五骂六（将雍正恨诸弟与己争位，骂为猪狗的事实写出），忿怨之声亦不少"（是诸弟忿怨雍正之意。借骰子点以隐之耳）。

贾政说怕老婆，贾赦视贾母偏心（故拍合康熙诸子之争用贾政说老婆指赵姨娘，和贾赦赞贾环一连写来，其意自见。《索隐》所评极是）。

第七十六回，贾母笑道："又不免母子夫妻儿女"（是作者又不免想到下嫁）。又曰："可见天下事都难十全"（写到多尔衮之败，清后寡欢。后来乾隆竟有"十全老人"之号，其本此欤）。"猛不防那边桂花树下，""吹出笛声"（《索隐》写到三桂起兵，用"笛声愤怨哀中流"句以影射之）故曰"趁着这明月清风，天空地静"（言趁明清平静之际，忽发怨言）。所以贾母说"不大好"，要他拣好曲谱吹也。后来写桂花荫里发出一缕笛音来，"果然比先越发凄凉"（三桂败于中秋，以此影之）。

"只有探春一人在此"（此处探春影圆圆。三桂之败，圆圆无下落）故曰："去了的倒省心。只有三丫头可怜，尚还等着"（言三桂死去倒省了一番心，惟有圆圆可怜，尚待好音耳。妙，不落痕）又由湘云口中说"卧榻之侧，岂容他人酣睡"（非写平藩之役而何）又曰"得陇望蜀"（写"平藩之役，疑王辅臣响应于甘肃，遣其子诘问。王自杀。同时赵良栋由四川进兵"之情事）。

汉人视满人为异种，满人视汉人亦为异种，惟汉军旗以汉人而入满藉，可谓杂种。此回写众媳妇收拾杯盘，失去一茶钟。"茶钟"者，杂种也。所以落在湘云手里，盖以湘云影孔四贞，正是汉军旗女公子受满人卵翼者，非杂种而何？（似利用"三个人两个茶钟（杂种），你使个大碗罢〔是个大王八〕的笑话）。

湘黛联诗，解详《真谛》。

"凸碧"言金碧突出。碧从白石；玉言长白山之王也。"凹晶"言晶明水口此月；月光又从日来，其影射前明可知。"有爱那山高月小便往这里来（言爱长白山而观明月之衰微都到北方来）；有爱那皓月清波便往那里去"（言爱朱明而视清人之浮沉者都到那里去。其意甚显）。念作'洼''拱'二音，便说俗了"（言"凹"读作"洼"，把明朝抛向瓜洼国去了；"凸"读作"拱"，以清朝为北辰而众星拱之，作颂圣诗，便落俗了。写二人联诗，不是颂圣）。宝钗口中的"珍藏密敛"，正是高士奇自道。

迎春道："将来总有一散"（近写多尔衮与清后之分离，远写清之败亡。因遣司棋即多死后清后遣红棋出嫁一事）。

宝玉道："怎么这些人只一嫁了汉子，染了男子气味，就这样混帐起来，比男人更可杀了"（写顺治不满意下嫁一事，故对"嫁"字特别反对。此处直骂清后混帐，其罪浮于多尔衮，故曰"比男人更可杀"）。

对芳官独说"就赏他外头找个女婿罢"（乃指多尔衮之女东莪卒嫁士人一案，详附录）。

　　王夫人打发诸女，全是籍没多尔衮家，遣散其家小情形。所以说"凡有眼生之物（即告密中多尔衮之私制帝服、藏匿御用珠宝等物皆平常不经见之物，故曰"眼生"）一概命收卷起来"（籍没一切）"因说：这才干净，省得旁人口舌。"（皆因私藏宝物而起，何如早收拾起来干净？是责多氏语）"又吩咐袭人、麝月等人：你们小心！往后再有分外之事，我一概不饶！"（言分外觊觎，概不轻恕。此处王夫人直是帝王口气）

　　宝玉只道"无甚大事，谁知竟这样雷嗔电怒的来了。所责之事，皆系平日私语，一字不爽，料必不能挽回""写顺治见郡亲王所劾多尔衮罪状，即大发雷霆，赫然下谕。谕中所指责，皆多平日私谋，一字不爽。彼时清后虽不怡，而无可挽回。全从宝玉口中说出。此处宝玉指玉玺。以印证之也）。

　　宝玉道："我究竟不知晴雯犯下什么连天大罪"（旁敲多氏阴谋大罪）"咱们私自顽话，怎么也知道了？又没外人走风，这可奇怪了"（多尔阴谋无人知觉，全由内人告密走风，始全盘托出耳。亦旁敲语）。

　　宝玉说"芳官尚小"，又说晴雯"自幼娇生惯养，何尝受过一日委屈？如今是一盆才透出嫩尖的兰花送到猪圈去一般"（皆指东莪发给信邸为奴事。不然晴雯出于贫家，不能说娇生。东莪曾被囚禁，故曰"猪圈"）。

　　宝玉用草木比人，引用诸葛亮祠古柏，是指多氏受托孤之重，而才大难为用。及岳武穆坟松树是为多氏呼冤。又引杨太真沈香亭木芍药，以写清后与多氏之将离。端正楼相思树，清后不免相思。王昭君坟上青草，似指高丽女远嫁多氏。

　　晴雯之死，情形似有本事。然亦可以写梅村、李雯等人死时很发后悔，"竟一钱不值何须说"，枉担了一个清臣虚名。

　　第七十八回写晴雯为芙蓉花神，乃用石曼卿"为芙蓉，主八月。"芙蓉乃木芙蓉，故曰"芙蓉枝上"，又写木石因缘。此处晴雯指小宛可知。

林四娘乃明末实事，《索隐》乃谓假饰，大错。谈者谓曹雪芹删，述《红楼梦》原本只八十回。此乃图穷匕首，露泄春光处。林四娘事见《聊斋志异》与《虞初志》，都载其为鬼灵，虽有出入，而为有明衡王府宫人则一致。衡王镇青州。衡与桓音通，青州实写。《聊斋》写四娘好为亡国之音。又曰："妾衡府中人也。遭难而死。"乃死难之说，毫无疑义。宝玉词中所写黄巾之乱，指明末土匪，而满人先入山东，攻破八十八座坚城，即顾宁人诗中"四入郊圻蹂齐鲁，破邑屠城不可数"两语也。《聊斋》记四娘"述宫中事，津津可听谈。及式微之际，哽咽不能成声。"亦指亡国恨事。解见《真谛》。

芙蓉一诔，情文相生，与《影梅庵忆语》相对，其为小宛可知。

《聊斋》载林四娘"慷慨而歌，为哀忧之音，一字百转，每至悲处便哽咽。数停数起，而后终曲。"似四娘死于清兵入鲁之败。有诗云："静销深宫十七年，谁将故国问青天？闲看殿宇对乔木，泣望君王化杜鹃。海国波涛斜夕照，汉家箫鼓静烽烟（是姽婳将军口气）。红颜力弱难为厉，蕙质心悲只问禅（写战死尚欲为厉鬼系贼也）。日诵菩提千百句，闲看贝叶两三篇。高唱梨园歌代哭，请君独醉亦潸然"（纯是亡国之音）。《虞初新志》林西仲记四娘所为诗，"多感慨凄楚之音，人不忍读。"似亦指此诗。甚合怡红公子悼红之意。而《聊斋》"数停数起，而后终曲"八字，且可移评宝玉《姽婳将军》诗，故与悼亡一诔连写。

第七十九回黛玉从芙蓉花里出来，小丫头道"晴雯显魂"，为晴雯一拍合，且与掣签得芙蓉花一照。犹嫌不足，竟用茜纱窗下（黛玉甘将自己窗让宝玉写入，妙极），我本无缘（与没缘法转眼分离乍一曲相应合写情僧与辟疆）；黄土陇中，卿何薄命！"

（直从对面说来。而梅村诗"墓门深更阻,"侯门之意在焉。指小宛无疑。宜乎黛玉之变色也）又曰"再不必乱改"（言先是乱改,这回改到本事了,更不必改了）。

迎春嫁孙家,《索隐》以四贞嫁孙延龄拟之,极是。因孙延龄、四贞夫妇间,正是先乖后合,终至死别。

因孙延龄写到三桂,故紧接香菱来谈夏金桂。

宝玉道:"今日有说张家的好,明日又要李家的,后儿又议论王家的"（乃用明末童谣:"张也打,李也打,打出一个好天下。"证出满人之覆明,与张献忠、李自成有关。而三桂封王、圆圆被劫,都在其内）。故曰:"他也不知遭了什么罪,叫人家好端端议论"（三桂扳清兵已成千秋话柄）。

香菱说桂花夏家,《索隐》谓"桂荣于秋,言夏谓生非其时,荣华不久",恐非。此夏正是夏夷之夏。《孟子》:"用夏变夷,未闻变于夷者也。"三桂变于夷,故姓夏,而嫁于薛姨（雪夷）之家。

宝玉说:"只怕再有个人来,薛大哥就不疼你了!"这却正写三桂宠爱其妾连儿后,冷落圆圆一事。

写宝玉"无法无天,凡世上所无之事都顽耍出来。"（又写允礽之迷乱）,"未免酿成一个盗跖的性情",直骂三桂为国贼,兼写清人为盗国之大盗,全由三桂酿出来的。又是双管。

"自己尊若菩萨,他人秽如粪土"（有人曾咏《泥罗汉》诗讥三桂曰:"你说你是硬汉子,你敢和我洗澡去?"与此二语关合）。

"桂花"改"嫦娥花"。仍以嫦娥私奔满月讥三桂私通满洲。

"薛蟠气概了矮半截"（言三桂初起,势力几占东南半壁,且与西凉王辅臣等相关,清庭方面岂非矮了半截）。"纛旗渐倒""持戈试马"（明写三桂树反清之旗帜,故以宝钗久察其不轨之心足之）。"每每随机应变,暗以言语弹压其志"（都是写圆圆几谏阻三桂之谋帝。因既写香菱怕金桂，故只好从宝钗方面写来)。
"金桂知其不可侵犯，便欲寻隙险若于无隙可乘，倒只好曲意俯
就"(写圆圆为尼后有凛然不可犯之势，三桂反曲意听从。兼写
三桂初欲向清廷寻隙而无间，且畏多尔衮，不敢反清。多亦使人
暗通圆圆，使阻三桂。故一串写之。所以紧接入香菱。读《石头
记》，于此处须留心)。

第八十回香菱改秋菱，写圆圆之愁由于三桂改志。

金桂让宝蟾于薛蟠，用蟾蜍吞月之意，即三桂让清人吞明一
案。故曰"且叫你乐几天"。正是三桂恨清人坐享其成的心理。
其意若曰："让你在北京乐几天罢。"

金桂装病，暗写撤藩。故曰"大家丢开手罢了，横竖治死
我"(薛蟠是三桂致命伤)。"若据良心上说，左不过是你三个多
嫌我!"三桂自恃扳师之功，以为清人图己是昧天良。"多嫌我"
三字，不但用"嫌我"指清庭憎三桂，将多尔衮、多铎、明珠等
都写在内。

薛姨妈说："清官难断家务事。""清官"指清廷最初议处三
桂很费踌躇。又曰："公婆难断床帏事"。直谓三桂祸生卧榻之
侧矣。

"谁叫你们瞎了眼？三求四告的跑了我们家做什么去了!"
(是说满人三番四次〔三四成七，又写一"告"字，影七誓告
天〕跑到中夏来，谁叫你？妙极。从对面写三桂惹清人来的)。

薛蟠"悔不该娶这搅家精"(三桂之扰攘，足使清廷不安)。

宝玉见金桂"与众姊妹不相上下，焉得这等性情？"(三桂本
白皙青年，观梅村《圆圆曲》自见。其风流自赏与附清诸名士相
似，惟性情不同耳。可见书中女子有时兼男性)

按写孙绍祖。因孙延龄当三桂反清时正在南方，甚有关连
故也。

王一帖《索隐》所拟极是。"房内的事情，要滋助的药"

（为写三桂为卧榻之优。顺承郡王出师无功，必须援助，而宫中秘史亦露一斑。多尔衮好服房中药，写于其内）。

迎春讲孙绍祖说："如今压着我的头，晚了一辈"。是指孙延龄最后为四贞所压服，一切听命，而心中仍不服也。

近人考得《红楼》八十回后皆高兰墅所续，其中颇有与原书牴牾处，然大致仍不外满清宫闱及当时朝野的事情。因高与曹雪芹同代踵接，必知本书宗旨，不比《后红楼梦》《红楼梦后》《续梦》《重梦》等言之无理，也仍有一顾价值，当略评之。从他方考究，则后四十回仍出一手，不过出世有前后。又因后四十回暗写雍正时事，有所畏忌故也。

八十一回，王夫人："各人有各人的脾气，新来乍到，自然要有些别扭的，"却是四贞与延龄初婚后情形。

"宝玉正看见曹孟德'对酒当歌'一首，不觉刺心"（假写最初清师南征，师久无功，足使清帝刺心）。

钓鱼事，写清宫有赐臣下进宫赏花钓鱼故事。宝玉钓鱼不上钓，似影射诸逸老之不仕清者，故曰"要做姜太公"。而姜太公早避去矣。

贾母追问凤姐、宝玉疯魔情形，是有意照顾前文所言，且与康熙废允礽诏中语相合。《索隐》"专写为豫王杀人"，非是。但"自己原觉很乏，只是不能住手"，却又写扬州"十日封刀"惨史。友人曾作歌云："扬州十嘉定九，杀得麻烦才罢手。"可以批此。

说宝玉干妈"邪魔怪道，如今闹破了"（是魇魔案发露情事），搜出匣子，里面光身魔王、七根绣花针。又在家中抄出七星灯、草人、钉子、纸人（皆写魇魔破案本事）又上边记着"某家验过，应找银若干"（是写喇嘛僧受允禔等金钱运动）。

凤姐说："我记得咱们病后，那老妖经向赵姨妈处来过几次。"皆与前文相照。

凤姐说自己当家，"惹人恨怨"。贾母便道："焉知不因我疼宝玉不疼环儿，竟给你们种了毒"（是合写凤姐、宝玉，代允礽为太子，为诸子所嫉害也）。

"等他自作自受，少不得要自己败露的"（魇魔案正是自己同谋的发露出来）。

"过去的事，凤哥儿也不必提了"（是允礽病愈后，康熙因惠妃袒护诸子，也未深究）。

宝玉读书。因魇魔案写到为允礽择师，自是顺笔。

八十二回写代儒讲书甚浅露。黛玉一梦也不过由前□□□而成，无甚惊策。

八十三回惟假"周勃安刘"一语，影射清皇储之不定。因"宁国府，荣国府，金银财宝如粪土。吃不穷，穿不穷，算来便是一场空"（几是亡清预言）。金桂口中"我们夏家门子里没有这样规矩"，却将"用夏变夷"的"夏"字点出。

八十四同，贾母说贾政年轻时"古怪脾气，比宝玉还加一倍"（写出多尔衮幼年艳史，并见宝玉同时是多氏化身）。

宝玉作八股独"则归墨"一破承最佳，《索隐》以为影诸子之争，颇是。

"天下不皆士也，无恒产者亦仅矣"（兼写满人无恒产）。

巧姐患病索隐仍以魇魔案拟之甚是。

八十五回，贾环说"叫他们提防"，赵姨娘说："只管信口胡说，还叫人家先要了你的命"（写出允禵等暗害允礽情事，直到发露一层）。宝玉说"和尚无儿孝子多"（又露出家消息）。袭人骂贾芸，却是骂洪承畴语。

麝月道："都是什么芸儿雨儿的。"妙极。暗用"为云为雨楚襄王"句，将洪文襄"襄"字，及降清因巫山和会一齐写出。于"芸"为香气外，又增一种奇笔也。

写黛玉"宛如嫦娥下界"，是写小宛弃冒公子而奔清宫。及唱"冥升"，则云嫦娥未嫁而逝，引升月宫。即与冒公子缘绝而引入清宫，以及先清帝而亡的情事。曲曰："人闲只道风情好，那知秋月春花容易抛（是《影梅庵忆语》中境界）？几乎不把广寒宫忘却了！"（是引诱入宫时语）"吃糠"一出，又写到糟糠夫妻忆旧情也。"达摩过江"一出，写小宛西归兼顺治出家。

八十六回。"当槽儿的尽着拿眼瞟着玉函"，用三马同槽典故。以司马父子谋篡比三桂父子。"当槽儿"即是应熊，"眼瞟着玉函"，谓窥窃神器，薛蟠掷他脑袋，即清庭杀熊一案也。"

张三在李家店里（所谓张天子、李霸王均有关连）。

"师旷鼓琴，能来风雷龙凤"，为小宛入宫写照，"孔圣人学琴于师襄"，为小宛事冒襄公子写照。

"对牛半"语，及"不管牛不牛"（纯用栊翠庵品茶句法，是作者手腕）。

八十七回宝钗送诗，《索隐》谓其以钗代黛，甚是。函中"愁绪何堪，属在同心"，又曰"冷节遗芳，如吾两人"，皆相合语。否则便是不明宝钗身分矣。

黛玉想起南方道："不少下人服侍，诸事可以任意，言语亦可不避；香车画舫，红杏青帘，惟我独尊"（是小宛金陵名妓身分，且是南朝帝王身分）。所以接着说，"真是李后主说的，'此间日中只以泪洗面矣！'"（两语可作黛玉善哭纯是虞宾心理的注解。此作者有意逗露处）

黛玉又见"剪破的香囊"，"铰断的穗子"（亦是由李后主一语，想到"剪不断，理还乱"一词也）。

惜春、妙玉着棋，道："你这畸角儿不要了么？"（三桂起兵云南，正是一角。《索隐》以"反扑"、"倒脱靴"，影尚可喜初附三桂后又变计，甚似）。

黛玉琴音亦寓悼明之意。起首用"风萧萧"，便有复仇之想。"望故乡兮何处？"故国何处？"倚栏杆兮泪沾襟"（"独自莫凭栏，无限江山，别时容易见时难"矣），所以接"山迢迢兮水长，照轩窗兮明月光"点出"明"字。

"子之遭兮不自由，子之遇兮多烦忧（遭家多难，遭逢不偶之意都在内）。之子与我兮，心焉相投？思古人兮俾无尤"（用《绿衣》诗意，写失宠非属之悲）。

"人生斯世兮如轻尘，天上人间兮惑夙因（"流水落花春去也，天上人间"）。感夙因兮不可惋，素心何如天上月。"暗点"明字"。忧心惋惋只向明耳，又言小宛此来，亦是夙因使然。

八十八回，鸳鸯道："老太太因明年八十一岁，是个暗九。"暗悼九王，又指孝庄，所以又说"做九昼夜的功德"（亦粘九字），又曰"《金刚经》插着《心经》"（诛心之论）。

凤姐道："此刻还算咱们家里正旺的时候儿"（清朝尚盛，亦来兴来旺的注解）。"他们就敢打架"（指三藩竟敢仗）。"以后小辈当了家，他们越发难制了"（是康熙决心平三藩的心事）。

又提焦大，明指王辅臣、吴三桂一流。

提出贾芸、小洪，是由三桂写到洪承畴，又是作者故意找足前文。

宝玉读词悼晴雯，仍是哀忆小宛故用"怀梦草"一语；乃汉武帝思见李夫人故事。《索隐》未明。

黛玉道琴"虽不是焦尾枯桐"（暗写小宛晚节不终）。

九十回薛蝌吟诗，《索隐》以宋江浔阳楼拟之，甚是。"蛟龙失水似枯鱼（是失势英雄。记得革命时，有人赠中山先生一联，云"岂有蛟龙愁失水，不教胡马渡阴山，"与此暗合），两地情怀感索居（是写薛蝌阳附清而阴谋复明，与诸逸老有关，故用岫烟写耦，不过两下私透消息。"离群索居"是秘密结社同志的状况）。同在泥涂多受苦（受辛为辞。志士不忘在沟渠，多辞职而去），不知何日向清虚"（清虚与前书用秦太虚，亦清为虚伪；不知何日向伪朝一试身手耳。清虚或曰清墟，亦清）自己说"不要被人看见"（神秘可知）。又曰"自己解围"（观明末逸老诸诗，多寄愤之作，聊解烦忧而已）。

《索隐》以薛蝌自守影射清人招降郑成功不成，亦颇似。不如笼统言招降诸贤为是。

九十一回。明末逸民因三桂杀桂王概不为所用，故写金桂诱薛蝌不得。

夏三，指三桂谋士夏国相及其婿胡国柱等。

宝黛参禅一段，因影清帝出家，而"水止珠沉"四字，仍是明亡之意。宝玉"禅心已作沾泥絮，莫向东风舞鹧鸪"（言兴亡与己无关，准弃位去，莫道"哥哥行不得也"）。

只听得老鸹呱呱的几声，向东南上去。是讲南朝灭亡之噩音，所以宝玉问主何吉凶也。

九十二回宝玉讲《列女传》首句说："那文王后妃是不必说了"，想来是知道的（是说清帝不爱其后，故曰"不必说"）。姜后无监，一美一丑（斗尹、邢也）。曹大家、班婕妤、蔡文姬、谢道蕴（书中湘云、探春等似之；指诸名士）、孟光、鲍宣妻、陶侃母（指逸民；书中李纨、邢岫烟似之），乐昌公主破镜、苏蕙回文（明长公主、田妃似之）、木兰代父（则高丽王女明烟代父请命，文中曾用木兰、缇萦故事）、曹娥投水（却是乾隆后死于水次一事）、曹氏引刀割鼻（指殉国诸人。"守节"指遗老，故曰"更多"）、王嫱、西施、樊素素、小蛮、绛仙（指小宛、柳如是一流。书中黛玉、晴雯等似之）"妒的"（指顺治、乾隆诸后）、卓文君、红拂（指孝庄、陈圆圆；书中元春、香菱等似之，故曰"女中豪杰"）。笼罩全书女子，皆非闲笔。

小红，此指洪承畴背明投清，亦卓文君之流，故随笔写来。

司棋、潘又安此处写守节不屈之人。

贾政说甄家"从前一样功勋（明清开国君臣相似），一样世袭，（明清传统相似）一样起居"（皇帝起居自是一般的）。"也是常来往（明清邦交已久）。差人到家（南朝使臣），也"还很热闹"（残局未终"很""还"两字沉痛）。"一回见抄了原籍的家财（国破家亡），至今杳无音信"（神州陆沉，更无人提及也）。

母珠一节，似指朱明，故曰光华耀月。小珠滚到大珠身边，抬高大珠，是讲朱明之后尚能吸收收人心于一国，所以曰"原是珠之母"，如今曰所谓母国。人心关系兴亡，所以特标"参聚散"之目。二十四扇格子寓二十四史，故名"汉宫春晓"。

"白白的衣租食税，那里当得起？"洪承畴画驻防策，清帝曾有满人多起来，汉人不能养一问。洪含胡答以"到那时自有法子。"所以有谓洪特设此策以亡满族。"白白的衣租食税"一语，用《汉书·食货志》"县官当衣租食税而已"意，不但写满人坐食山空，而一切政府厉民自养，俱包含于内。奇文也。

九十三回，蒋玉函演《占花魁》（占花魁，暗用《影梅庵》）扮秦小官。秦清也；小官；幼年。官家，指清帝。所以惹起宝玉注视，又把宝玉的神魂魂唱进去了。传情入骨，极力拍合，妙绝。

包勇，蔡书以方苞当之，亦有合处。惟不及赵良栋、张勇之切题。包勇说："我们老爷只是太好了，一味的真心待人，反倒招出事来"（言明朝真心待人，反招亡国之祸。又说甄宝玉梦见册子、柜子，是作者有意照顾前文。而曰无数女变鬼变骷髅，是说明亡后变节及死难者，却影到后文，自是能手。

芳官出家，不为贾芹所动，似指东莱守贞待士，不为傍人假殷勤所动也。

《索隐》以图赖拟赖大，甚似。前以焦大拟之，则失矣。

九十四回，鸳鸯讲傅试家两个女人，在贾母面前夸他女孩长的好，似旁写乾隆淫傅恒妻子一事。故曰：宝玉素常见了老婆子便很厌（是乾隆厌其后也），偏见了他们老婆子便不厌烦（去

"们"字与"子"字，便是偏爱他的老婆。是作者狡猾处）。你说奇也不奇？"君戏臣妻，自是奇事。

"添了一个傅姑娘"，言增入傅柜妻子一案，非正文也。

海棠花与小红在海棠树下相应，言松山海塘一役也。

宝玉诗："海棠何事忽摧隤（海塘一失明遂隤），今日繁华为底开？（满眼繁华，已非故国）。应是北堂增寿考（是北人之幸庆耳），一阳旋复占先梅"（尚有复国之意）。贾环说："冬月开花独我家"（言满人也有惟我独尊之势）。贾兰诗："霜浥微红雪后开（朱明已亡，满人开国），莫道此花知识浅，欣荣预佐合欢怀"。又说到下嫁荣者，荣于华衮耳。故贾母说"倒是兰儿的好"也。

袭人等说："小祖宗，你看玉丢了，（祖传玉玺一失）我们这些就要粉身碎骨"（明亡，殉国之人甚多，不辞粉身碎骨。但袭人非其人也）。

拆字。"赏字上头"本是和尚，却说当铺。作者故意躲闪，既寓赎回故国意，且讥拆字先生之无灵也。

九十五回，王夫人"听兄弟拜相回家"《索隐》以国舅隆科多当之，极是。因前文写雍正事太少，后半部特别注意此。隐约写出，有所忌讳耳。《索隐》总评极是。

九十六回，贾宝玉弄出假宝玉，点"假"字。言伪朝又有伪皇孙案，故云。

《索隐》以此回黛玉暂代皇八子允禩，甚似。若加以附会，则是从小宛目冒公子为"异人异人"联想到允禩，又从潇湘馆的鹦鹉联想到八哥。因黛玉亦表福王，故亦可表允禩。福王之立，亦多不赞同者，一例也。

九十七回，贾母道："若是他心里有别的想头，成了什么人呢！"两语提到允禩谋篡。

宝玉说："我有一个心，前儿已交给林妹妹了"（已交允礽，仍是心病。由允禵而起之意）。"横竖给我带来，还放在我肚子里头"（言心里明白是允禵谋位；"给我带来"，说到事泄拿办矣）。此日若以宝玉成亲影雍正即位，则黛玉又暂代表康熙。因康熙为太子一事，临死时又无人在侧，雍正尽屏诸弟，故曰"连一个问的也没有"。焚稿暗写毁诏事。康熙先因允禵一案，异常动怒，临死后，复以枕掷允禛，又大动怒怨。故曰：紫鹃早知他是恨宝玉，说"姑娘何苦又生气？"

"总评"以雪雁拟年羹尧，因窃诏改窜之策，年主之。故焚稿时，用"雪雁顾不得烧手，从火里抓起来，撩在地下乱踩，却已烧得所余无几了"是年轻毁诏书，只将"十"，字改为"于"字，大事已成，故曰"所余无几"。

紫鹃讲，宝玉（用亡帝魂代表康熙）"公然作出此事"烛影斧声，居然有之。"可知天下男子之心，真真冰寒雪冷，令人切齿"（允禛阴险，无人不恨之，而康熙死时更加切齿）。

九十八回，宝玉仍指玉玺。"记得老爷给我娶了林妹妹"（言宝位原给理密亲王。口有代理意，又常写"密"字，故亦代允礽），"怎么被宝姐姐赶了去？他为什么霸占住在这里？"然竟被允禛独霸为王了。

宝钗任人诽谤，并不介意（完全允禛派头）。

宝玉移心肠于宝钗身上，言玉玺已归允禛掌握中矣。

黛玉没时叫道："宝玉，你好……"（又与秘史写"康熙死时见允禛大怒以念珠投之，连呼'你好、你好……'遂卒"一语相应）"当时黛玉气绝，正是宝玉娶宝钗时辰"（康熙死、允禛即位，同时也）。"宝钗将脸飞红（良心发现），想到黛玉之死，不免落下泪来"康熙死，允禛假痛，正是免不得有此急泪也。

九十九回，《索隐》以李十儿拟李卫，极似。但兼田文镜在内，因田字从十故也。

詹会大似田文镜所用的邬先生。文镜得保全禄位，皆邬之力。故曰"伺候本官升了还能够"又曰"岂不带累了二太爷的清名"。文镜外有清名。

贾政听李十算钱，指雍正初年清理南方积欠钱粮一案。正是李卫出力处。

邬先生曾与田文镜龃龉引去，即詹会"二太爷我走了"。其后文镜又用厚折聘邬反，即"李十儿过来拉着书办的手"（"手"字用的妙。因文镜奏折全是邬先生一手成功的也）。

李十儿被贾政痛骂，指雍正常责斥田文镜、李卫。雍正清查各省亏欠钱粮，李卫总督浙江，一面驰奏，请内臣督治，一面诈称生日开筵，受贺。浙中七十二州县无不麇至，事遂密成。即"李十儿现在打听节度衙门这几天有生日，别的府道老爷都上千上万的送了"（即各州县核实呈钱粮数也）。贾政作粮道。似指彭维新。彭为人勾考显密，民吏不堪。即李十儿说事提说贾政"想钱法子，州县害怕"也。"李十儿自己做起威福，勾连内外，一气哄着贾政事，反觉事事周到，件件随心"（即李卫勾通州县欺骗彭维新，一手遮天大，得奖励也）。

《索隐》但评"注意'恶奴老舅'四字"，极是。此回正写允祯即位。先除国舅隆科多、年羹尧一事。年为恶奴，多为老舅。

一百回，《索隐》但评谓是平西列传之一，亦甚确。宝玉说："这些姊姊妹妹，难道一个都不留在家里，单留我做什么？"（允祯摧残诸弟，独占宝位）宝钗道："若谓别人。或者还有别的想头"（写到三桂有叛心及皇帝思想）："打谅天下独是你一个人喜欢姊姊妹妹呢"（言下说允祯不喜诸弟），"让你把姊姊妹妹们都邀了来守着你"（言下正是不让一个兄弟守宝玉也。妙极）。

宝玉说"心里闹的慌"，宝钗教袭人给他定心丸（言允祯在位，大惧人谋己，时常不安。只有一身龙衣能定其心耳）。

一百一回，《索隐》以此回写豫王末路，但仍兼写允祯害诸弟事。允禛好蓄剑客，常使剑客杀允禟。野史载，允禟读书邸第私斋，兔影半窗鱼更三跃，猝闻帘际有落叶声，心异之。突一武人揭帘入，以匕首逼允禟服毒，立死。武装人翩然跃屋升树去。及允禛移入圆明园，住碧桐书院。一夕，月明如昼，剑客飞来，亦如允禟遇剑客状。冷光一射，允禛落头，剑客不知所往。此回写凤姐出门见月光照耀如水（写遇剑客之夕），"听见里面有人嘁嘁喳喳的，又是哭，又是笑，又是议论似的。凤姐知道又是家下婆子们又不知搬什么是非，心内大不受用（是允禛疑诸弟图己，是非横起，生心加害，凡诸弟哭笑言论，行动皆有密告，大似搬弄口舌），便命小红进去，装做无心样子，细细打听着，用话套出原委来"（年羹尧亦在内。才气与洪承畴相似，故用小红）。密探诸弟行动，用话套出原委。兼写到曾静张熙一案，岳锺琪用假话将原委套出。即所谓《大义觉迷录》一案也。

"刚欲往秋爽斋"（暗写碧桐书院），"只听唿唿的一声风过，吹的那树枝上落叶，满园中唰唰唰的作响，枝头上岐嘍嘍发哨"（即圆明园中剑客来的先声也）。"凤姐觉身发噤，那丰儿也把头一缩，说'好冷'。（剑光冷气逼人，允禛落头。以丰儿缩头写之，甚妙）凤姐也掌不住"（允禛亦善剑，术不及吕四娘之精，故曰"掌不住"也）。

凤姐"见黑油油一个东西，伸着鼻子闻他"，吓的魂不附体，却是一只大狗……狗跑上大土山方站住，"回身犹向凤姐拱爪。"此写允禛之死，不啻诸弟追魂。因允禛毒死诸弟，曾改允禩名为"阿其那"（满语猪），改允禟名为"塞思黑"（满语狗）。以"黑油油"三字形容"塞思黑"；以狗跑上大土山影允禟之死；狗向凤姐拱爪则又利用《左传》彭生"豕人立而啼"典故，连"阿其那"都写在内。兼用如意为犬意。妙笔也）

所谓猪狗之死，却从凤姐遇秦氏灵魂，道："呵呀！你是死了的啊，怎么跑到这里来"写出。足见允禛疑心生暗鬼，"毛发悚然，心中却也明白"（写允禵遇剑客毛发悚然，心中未尝不知）。不啻诸弟之索命，因果昭然，所以曰"犹如梦醒"。

"凤姐恐怕落人褒贬"，允禵与年羹尧、隆科多谋帝，甚惧人褒贬，故立意杀二人。所以"按"写王忠一本，参私带神枪火药出边事。头一名鲍音，口称系太师镇国公贾化家人。"此指隆科多，因其为国舅，故目太师。隆氏狱中有私带匕首及妄奏提督权大，一呼可聚二万兵。又曰作刺客之状，即私带神枪火药出边一案也。鲍音似'保人'二字，因隆氏实保允禵之人，且系太保。王忠似指田文镜密参隆氏；田在河南，故以云南影之。王忠亦有十字在内，从田字变成"。"又李孝一本，参劾纵放家奴，倚势凌辱军民。又因奸不遂，杀死节妇一家人命三口事。凶犯姓时名福，自称系世袭三等职衔贾范家人"。"此指年羹尧。年封三等公，故曰"三等职衔年时相连，福指其子年富；富福同音。年富不安本分处斩发边凶犯。年为口外巡抚将军所参"（李孝言里边孝子，即满洲奴才之谊。必将军首参年氏）。"罪状'有纵容家仆魏之耀等，朝服蟒衣与司道镇提同坐'，即纵放家奴，倚势凌辱军民之谓也。又'勒取蒙古贝勒七住之女为妾'，即因奸不遂之谓也。指年无疑"。

"三更半夜打人"，"似指年羹尧曾向其妾高吟'坐听元戎打五更'之句。因年命提督打更，其妾不悟，年立君则提督雇人代己，年大怒，夜中立斩提督一事"。

"省得我是你们眼里的刺是的"。年真是允禵眼中刺也。

"散花菩萨"，似指血滴子。允禵养刺客，用暗杀器名血滴子。向人首上一套，头即落地，血花飞溅，故曰血滴。以散花形容因其凶恶，故又曰"头长三角，眼横四目，身长三尺，两手拖地"（形容血滴之凶）。"山上有一个得道老猢狲出来打食（即允禵私出访剑客一事），看见菩萨头顶上白气冲天"（正写剑客白光）。"知道来历非常，便抱回洞中抚养"（允禵知剑客之可用，收到宫中抚养）。"与猁狲天天谈道参禅（与允禟密谋，参与机密），说的天花散缦缤纷"（血滴落地）。

"衣锦还乡"（反写年羹尧被祸南行，所以宝钗说"别有缘故"）。"蜂采百花成蜜后，为谁辛苦为谁甜"（功臣下场皆如此）。

一百二回，尤氏得病，仍写允禟疑心暗鬼。求毛半仙占得"未济"卦，言无终也。"兄弟劫财"，诸弟之争。"世爻上动出子孙来，倒是克鬼的"（《索隐》谓指世祖，非足。当指乾隆；故曰"世爻动出"）。"旧宅伏虎"（言剑客也）"魄化魂归"（是死兆）。"先忧后喜"（是反说）。"是不妨事的，只要小心些就是了"（剑客来刺杀，危险，不能不小心行事）。

"戌日就好"（仍写到塞思黑狗身上。"就好"亦反言）。

"亲见一个黄脸红发、绿衣青裳一个妖精，走到树林后头山窟窿去了"。秘史言剑客有虬髯老叟，为吕四娘师，故以"黄脸红须"（虬髯叟）、"绿衣青裳"（吕四娘）写之。

请法官驱邪一段，似指允禟赴天坛祭祀，闻坛顶所张黄幕陡作异声。卫士疑为刺客，纷趋救护，惟见允禟右手微动，一线光芒从手中射出（大以道士作法状），斯须幕裂处坠狐首。（即降妖之谓）允禟乃诏诸术士（诸道士也），曰"迩来逆党欲谋谋刺朕，密布刺客，朕故小试手段，使逆党知朕剑术高妙，虽有刺客其如朕何！"即"妖怪原是聚则成形，散则成气"（写剑术也）。又曰："无非把妖气收了，便不作祟，就是法力"（即小试剑术以警刺客之谓）。

贾政被参"失察属员，重征粮米"，又写到尚书彭维新清查负课一案。彭到浙见李卫，李卫主张分县而办，以拈阄定夺。小纸丸有微纪，彭不知。分拈后，亏者归李，无所亏者归彭。彭刻苦辜较无所获，而李密将脏罚各款、盐课盈余，私摊抵矣。故使人问彭曰："有亏否？"彭曰："无之。"李亦阳应曰："亦无有也。"遂同奏浙省无亏。所以说"失察属员，重征粮米"也。又曰"被属员蒙蔽"，即受李卫蒙蔽也。

一百三回；《索隐》以金桂之死拟三桂之亡，甚似。

"一人拼命，万夫莫当。"完全用战争语。正是三桂初起兵之声势；其锋不可当。

道人一段，因三桂之败想到明亡，又借以讥二臣。故曰"葫芦尚可安身，何必名山结舍"（言二臣借胡虏安身，犹有自命隐士者，因有"一队夷齐下首阳"之诮。而某君赞傅青主，所以有"文畏北山移"一语，与此暗合。此处甄士隐变为真隐士矣）。

"岂似那'玉在椟中求善价钗与奁内待时飞'之辈耶？"（当面骂人。当时二臣皆借"求善价"而沽，及"识时务者为俊杰"以自解。"岂似那"三字，大有彼哉彼哉的鄙弃）

一百四回，贾二是二臣，倪二也是二臣；乃二臣之互相倾轧者。宝玉瞧瞧里头，用手一指说："他是我本不愿意的"。言康熙本不愿以玉玺付允禵。"都是老太太他们捉弄的，好端端把一个林妹妹弄死了"（都是隆科多等捉弄成功，把允礽废黜至死）。

一百五回，查抄宁国府，固是写抄多尔衮家一案，兼写抄年羹尧家案，亦双管也。因年失败，所有家产抄没入官也。

此回张曾告过，将鲍二拿去，则又指博尔济氏一案也。

第一百六回，史侯家女人说湘云出阁，又说"姑爷长的很好，为人又和平……看来与这里宝二爷差不多"。野史载孙延龄好围棋鼓琴，临地摹帖，挟弹丸，张罾罟，取鱼鸟以为乐。诸将以延龄年少，无大材，略不屑为之下。可见延龄之风流，故以此数语写之。

"奴才还有奴才呢"，从《水浒》"与奴才做奴才的奴才"一句化出所骂者不在少数，二臣、逆臣、清臣俱在内。

第一百七回，贾母散财；《索隐》以孝庄节省银三万两，赈济灾民当之，甚是。因此两回皆是多氏失败后事。

一百八回，曲牌《商山四皓》，"临老入花丛"，"将谓偷闲学少年"，《索隐》谓讯逸民应聘者，极是。此辈皆"变于夷"，故从薛姨妈口中说出。又"二士入桃源"，"寻得桃源好避秦"（避秦即避清。点明初衷。秦字为清。指隐者，故用李纨说出，言完人也）。

"浪扫浮萍"，"秋鱼入菱窠"，"白萍吟尽楚江秋"（指三桂之失败，故曰"楚江秋"。又用鱼指三桂□时□□亦死。四贞复入清宫，深知此事，故从其口中说出。

"张敞画眉"（清宫之事有甚于画眉者，意在言下）。宝玉曰"无下家"，乃废后出家之兆。"江燕引雏"，"公领孙"（《索隐》批：委赘恐后，又使其子弟为卿，甚是）。李绮道"闲看儿童捉柳花"。也不过争些浮名虚名，使傍观冷眼。

贾母道："袭人，我素常知你明白，才把宝玉交给你。（某君以袭人拟允祯，此处恰是允祯自谓玉玺是交与他的。）怎么今儿带他园里去？他的病才好，倘若撞着什么，又闹起来，这便怎么处？"（说允祯入圆明园，倘或遇着刺客，将如之何。允祯正是病后入圆明园，的所以接写"凤姐在园内吃过大亏"，听了汗毛侧竖，说"宝兄弟胆子忒大了"。拍合的好）。

贾母："以后要逛，到底多带几个人好"（允祯于诸弟死后，时惧刺客，防备颇严）。

一百九回，"汉玉玦"，仍是点明玉玺。玉玺有缺，故曰缺也。贾母道："这是我祖爷爷给我的，我传了你罢"（言此玉玺是从历史传下来的，以表传统之意。三藩平后，史官遂以正统与清，故借此一露。又按此并暗用晋献公赐玦申生事，以示废太子之意，并用曹丕得玉玦事，以影康熙诸子之争。皆从历史来，故用史太君说。连康熙十四皇子远征都写在内）。

一百十回无甚深意。"咱们家这些，我看也是说不清的"一语甚妙。既写清宫之混乱，又写本书之隐约。

宝钗素服,宝玉见了,以为更有一番雅致,又曰"素白清香"。若以前半部"冷香丸"一案拟之,又恰是豫王见三秀素服时"何雅谈乃尔"一赞,也算一种写照。

一百十一回,鸳鸯之死;《索隐》以指贞妃,甚似。但亦兼写香妃在内。如鸳鸯魂道:"我是个最无情的,怎么算我是个有情的人呢?"(写香妃对乾隆冷面无情,且寓不是清人之意)"世人都把淫欲之事当作'情'字,所以作出伤风败化的事业"(言清初诸帝之淫乱,做出偷嫂纳姑,娶侄妇,淫子媳等事,如焦大所骂"爬灰的爬灰,偷小叔的偷小叔",真乃伤风败化),"还自谓风月多情,无关紧要"又将风月宝鉴一提。诸帝淫乱自觉无伤大体。

"只有宝玉听见此信,便吓的双眼直竖(正是乾隆闻香妃赐帛后震惊的状况)。袭人等慌忙扶着,说道:'你要哭就哭,别憋着气。'宝玉死命的才哭出来了"(写乾隆闻宫女报告,不能自忍,痛哭之状)。

"我们究竟是一件浊物",(对写香妃为清真教之女子)。

马四《稗编》胜国孤臣一则云:"无锡杜翁,隐居惠山。遇一客,长眉疎髯,洒然有出尘之概。预问之,则北来避兵者也。言北直,秦姓。与谈经史,淹贯赅洽上下古今;语及明季事,唏嘘流涕。知为明之故老,留课其子。十余日辄一出游,数日始返。一日出金付杜,嘱市羊豕酒馔等物。次夕,有三客来,杜偕其子伏窥之。一少年全真凤目,颜色美如冠玉(大似宝玉);一清癯白须仪壮甚伟;一燕颔虎须,气象威猛。秦跪迎。全真上座,余分东西,席地坐。少年泣谓诸人曰:某播迁数省,几无寸土可以立足。近又闻某王被执。观时度势,天意可知。诸卿闾阎万里相随,本欲延某一线祀耳。时事已去,何向而可(大拟妙玉临劫口气)?燕颔者跪启;今郑氏犹奉我朝正朔,不如且往投之。秦与白发曰:郑氏名虽眷明,志在自立。且台湾蕞尔,非用武之地。秦乃袖出一图，进曰：臣筹之六年，惟此一区可以暂时立国。昨海上诸将各有书来矣。向集精兵十万，若六龙亲临，勇气自当百倍。先取八邑以为根本，然后练兵积粟，视囊中华，大事可图也。燕颔者再拜曰：军师言是。臣已备海兵二百，明日即请启跸。于是各坐就席大啖，天将晓始罢去。秦亦不返。"此段和何三同伙下海数语有关。杜为无锡曹一士同乡，必亲闻此事，故借题发挥之也。

何三，有谓指吴三桂，也有几分相似。如同伙劝何三道："你的运气了！来我的朋友，还有海边上的呢，现在都在这里。看个风头，等个门路"（"海边上的"，指耿、尚二藩在福建、广东同时观望待机，故曰"看风头""等门路"），"不如大家下海去受用"（连郑成功也写在内）。

一百十二回；《索隐》先以妙玉拟圆圆，复以妙玉拟桂王，皆合情事。赵姨娘中邪，将魔魇一案重提。《索隐》以三桂死时"呼号不绝"拟之，亦是。因其写入周姨娘，以"周"字影三桂自定之国号也。

一百十三回，赵姨娘死，"周姨娘心里苦楚，想到做偏房侧室的下场头不过如此（写三桂偏安一隅，自称周朝的下场，不过"苦楚"二字）！况他还有儿子的，我将来死起来，还不知怎样呢。"（大似三桂谋反，其子应熊被诛，应熊之母与三桂大闹，说他害了他的儿子声口）。

宝玉和紫鹃一节，仍是故国之思。宝玉指玉玺，紫鹃是明帝之魂；所以听宝钗"接续祖宗遗绪"的话，便觉不投机，于是想起紫鹃，要表明自己的心。"别人不肯替我言诉（即"纱窗也没有红娘报"的意思。言南朝灭亡，消息究竟如何），难道你还不叫我说，教我憋死了不成！"（难道亡国遗恨都不教人讲，宁不闷死。写出心遗老些事）麝月在背后接言说："你叫谁说呢？谁是谁的什么？"写二臣变心，不自认为明民：谁是谁家的臣子？教谁替你家讲话？其意自显。麝月，射明也）。

"一个人站在房檐底下做什么"（写玉玺已寄入篱下，不能不低头矣。所以说），"今生今世也难剖白这个心了，惟有老天知道罢了！"（言我一块顽石，如何能表白此心，只有天知而已）。

麝月说："依我劝，你死了心罢"（即劝玉玺死了思明的心）。

紫鹃想："宝玉的事，明知他病中不能明白，所以众人弄鬼弄神的办成了"（这两句是找足允禛乘康熙病时弄的玉玺到手一事）。及想"人生缘分，都有一定"（天定胜人），"在那未到尽头时，大家都是痴心妄想"（故国尚有一线希望，未到尽头，大家恢复之念不绝），"及至无可如何"（国亡），"那糊涂的也就不理会了"（一般人不觉有亡国之痛），"那情深义深的，也不过吟风对月，洒泪悲啼"（言情殷故国、知种族大义的遗老，未免临着清风，对着明月，痛洒亡国之泪），"可怜那死的未必知道，那活的真真是苦恼，伤心无休了"（为殉国诸义士一叹，倒难为了后死者伤心无限）。"算来竟不如草木石头无知无觉"（写到木石姻缘。即指玉玺无知无觉）。

一百十四回写大舅子王仁任意胡为，"已闹得六亲不和"（仍是康熙诸子之争中有国舅胡闹）。

程日兴说："派一个心腹的人各处清查清查。该去的去，该留的留；有了亏空，着在经手的身上赔补"（即雍正初清查各省积欠一案，往往有添补亏空的官吏）。"那年老世翁不在家"（写年羹尧外放，允禛移入圆明园事。利用"年"字妙绝），"这些人就弄鬼弄神，闹的一个人不敢到园里"（又写到剑客一案）。

甄应嘉（言真应佳也），友忠者（有中土也）。《索隐》谓终有真应假一日，恐非。还不如说终有假应真之一日，完全倒转为合。

"应嘉属意宝玉"（其指玉玺可知）。

一百十五回，甄、贾宝玉相见，另是一番境界。因此回甄宝玉指永历。甄宝玉想："也是三生石上的旧精魂了"（点明玉玺实是顽石，又是旧物）。贾宝玉："弟至愚至浊，只不过一块顽石耳"，正点顽石以照应前文。

甄宝玉道："后来见过那些大人先生，尽都是显亲扬名的人（一都历史的人物俱在内）。便是著书立说，无非言忠言孝，自有一番立德立言的事业（一切圣贤俱在内），方不枉生在圣明之时"（方不枉为朱明之后世。的是永历亲贤下士、纳谏图功的心事，与福王不同）。

王夫人道："将来不但复旧，必是比先更要兴盛起来"（作者一片恢复故国之心毕露出来）。

宝玉见玉，曰"久违了"（仍是写明人久违玉玺，希望恢复的意思）。对贾政说"宝玉来了"（却是多尔衮得玉玺的情事）。

麝月说："真是宝贝，亏的当初没有砸破"（言玉玺真乃传国之宝，虽当日曾经汉后掷地成缺，幸未砸破，犹是故物。是关怀着真宝玉的假宝玉如何不变色耶）。

一百十六回，写宝玉重游幻境，完全照顾前文。却将太虚幻境改为真如福地（希望假之变真也），故将"假作真时真亦假，无为有处有还无"亦改为"假去真来真胜假，无原有是有非无"（从"胡去汉来"及"胡灭汉，留一半；汉灭胡，一人无"等古语化出）。

"福善祸淫"（善不与恶对写而与淫对写，纯言清人之淫乱，故特写于宫门）。"过去未来，莫谓智贤能打破（百世可知，贤智能识此机关，不能打破此局面）；前因后果，须知亲近不相逢"（因果报应到来，虽亲如父子夫妻兄弟，皆不相逢。观明清之亡国结局，可证斯言）。

"引觉情痴"（"情"指情僧，"痴"指黛玉；代表清明两代之人）。故曰"喜笑悲哀都是假（言清兴亡皆伪也），贪求思慕总因痴"（贪求宝位，思慕故国，皆一片痴心。指雍正及明末逸老）。

重看册字，皆敷衍前文。略加以注解而已。

"虽号为潇湘妃子，并不是娥皇，女英之辈"（点明妃子取号之由来，却用反笔，甚妙）。

"一群女子都变作鬼怪形像"（可知中书女子兼写所谓二臣逆臣）。

宝钗道："既又送来，就可解去"。既能断送江山，亦能恢复江山；特不宜由宝钗口中说出耳。

"病也是这块玉，好也是这块玉（不得玉玺，总以为缺点，"白版天子"说者病之；既得玉玺，便自称正统，以为大好），生也是这块玉……说到这里忽然住了"（自然死也是这块玉。得之则兴，失之则亡，历史之重视这块玉也是奇事）。

紫鹃想："女孩子们多半是痴心的，白操的了那时的心，看将来的怎样结局"（是讲贪求富贵的清臣，及恢复故国的遗老，都是一片痴情，将来结局如何，不得而知。真写到明裔不振而满族亦衰，二臣逆臣皆无下场头也）。

一百十七回，那僧笑道："也该还我了"（诵太平天国檄文，"相率中原豪杰，还我河山"与此语同一响亮）。

贾环等酒令，亦有寓意。贾蔷道："'月字流觞'，我先说月字"（便是此书滥觞于明季也）。"飞羽觞而醉月"（醉心明朝也）。"要个'桂'字"（要并三桂引入也）。"冷露无声湿桂花"（明亡于三桂；三桂沾了点清露）。"说个香字"（似圆圆）。"天香云外飘"（国色天香飘流云南矣）。邢大舅的笑话亦大有意。"元帝庙乃玄帝庙，相传玄帝像披发仗剑，大似崇祯死时情况。故玄帝庙普通联语曰：三三降生真天子，九九修成大圣人。首列三九，言三月十九死于煤山，成佛去也。作者利用以写明末情事。""玄帝庙被盗"（明末之内忧外患也），土地禀道："这地方没有贼的，必是神将不小心，被外贼偷了东西去"（内贼倒不要紧，外贼甚强强。辽东经略诸将大不小心，致招外寇）。"神庙的风水"（失败归过于地利）。"身子背后两扇红门"（北方的朱家、洪承畴的门户）。"就不谨慎"（失于防范，以致胡虏入关）。"以后老爷的背后也改了墙就好了"（筑万里长城以备胡）。众神叹道："如今香火一炷也没有，那里有砖灰人工来打墙?"（言明末时水旱连年，国库空虚）。龟将军愿用肚子垫住门口（指吴三桂助洪承畴当辽东之冲）。"难道当不得一堵墙么"（一堵墙倒作了一片石，使清兵从此深入矣）。众神问土地："你说砌了墙便不丢东西，怎么如今有了墙还要丢"（当时朝庭依赖洪、吴等为长城，以为可以御胡，而终不能御）。"土地摸了一摸，说：'我打谅是真墙，那里知道是个假墙"（袁崇焕被谗而死，乃明庭自坠万里长城，而吴、洪皆假长城，失我土地矣。并可点明龄官画蔷之为范丞谟之画墙。《索隐》未详注，甚怪）。

家人议论巧姐，陪酒的说："现在有个外藉王爷，最是有情的，要选一个妃子；若合了式，父母兄弟都跟了去。"数语甚突兀。细按之，则是写多尔衮女东莪。尝有蒙古某台吉曾向多尔衮求婚，多尔衮欲以纳内蒙之心，遂允婚。及多失败，某台吉乃自请离婚。故曰外藩王爷选妃。"父母兄弟都跟去"。所谓纳内蒙心也。

一百十八回，贾芸说："外藩化了钱买人，还想能和咱们走动么"（写某台吉先运动求婚，后自请退婚之始末）。

宝玉笑道"尧、舜不强巢、许，武王不强夷、齐"（明末真隐可以当此。从宝玉口中说出，甚异。恰似与公子、巢民、辟疆对照。巢民言巢、许；辟疆言夷齐避周之疆土也）。

宝钗说："伯夷、叔齐原是生殷商末世，有许多难处之事。所以绕有托而逃"（亦似说冒公子生于明末，亲遇圆圆、小宛被劫，无法处置，只得隐避，终不仕清）。

一百十九回，宝玉仰面大笑道："走了，走了，不用胡闹了，完了事了"（恰是顺治出家时口气。"胡闹"二字，所谓仆本胡人，因乱为众所推也）。

"那外藩听了，知是世代勋戚，便说：'了不得，此是有干例禁的！几乎误了大事！况我朝觐已过，便要择日起程。倘有人来再说，快快打发出去"（某台吉先慕东茝之美，故求婚；及多死事败，大惧。娶犯人女有干禁例，自请退婚，即回蒙古。"了不得"，"几乎误大事"，皆当时某台吉恐牵连自己的话）。

写周家"家财巨万，良田千顷"，周子"文雅清秀"，"新近科试中了秀才。那日他母亲看见了巧姐心里羡慕，自想：'我是庄家人家，那里能配得起这样世家小姐？'"是写陈某（周、陈双声）在护国寺见东茝仪态万方，羡慕之极。东茝唤其来前写字，战栗不能成字。东茝慰之曰：秀才休恐。是入黉门之证。东茝询其家世，甚注意之。乃招为记室；与东茝唱和。故曰'文雅清秀'。陈某初并未敢高攀，知齐大非吾偶也。及多事败，东茝为奴于信邸，陈成进士，摄政复封，乃遣人迎东茝（巧姐正于贾政复荣国世职后遣嫁），偕伉俪。而世家小姐遂嫁庄家人家矣。所以贾政说："莫说村居不好，只要人家清白，孩子肯念书，能够上进。朝里那些官，难道都是城里人么？"也有平民思想。

文妙真人，《索隐》谓清世祖章皇帝，不知"妙真"尚藏"女真"二字在内。

一百二十回，袭人之嫁蒋玉函，是讥二臣。吴梅村正有此痛。所谓"沉吟不断，草间偷活"。写出袭人出嫁前左思右想、实在难处的光景。

结到曹雪芹曰"果然有个悼红轩"（言真有悼朱明之人也）。

甄士隐说"太虚幻境即是真如福地"（言伪朝所占即真朝）。"两番阅册，原始要终之道"（自写前后照应之由，所谓胡运将终也）"仙草归真，焉有通灵不复原之理"（朱明复兴，玉玺焉往，皆是预言，故雨村不明白。知是仙机也）。

士隐道："情缘完结，都交割清楚了么?"（就是清朝将完毕，故物克复之意）那僧道说："情缘尚未全结"（清人尚据中土也）。

空空道人见石头"又历叙了多少收缘结果的话头"《索隐》谓是雪芹修补本书之原委，其实是讲清朝必有收结之一日）。

"尘梦劳人，聊倩鸟呼归去；山灵好客，更从石化飞来"（四句抵一篇《北山移文》，以讥仕清诸名士也）。

"遍寻了一番，不是建功立业的人（洪承畴、范文程之辈），即系糊口谋衣之辈（附清诸名士），那有闲情更去和石头饶舌"（那管国破家亡这些多余的事情）。

"士隐道：'宝玉'即'宝玉'也。点明宝玉是从《春秋》盗窃宝玉大弓而来。又曰："福善祸淫，古今定理"。抵得一篇《辨命论》。论中最显明者，如"彼戎狄者人面兽心，晏安鸩毒，以诛杀为道德，以蒸报为仁义（四语为本书之骨干）。虽天风立于青邱，凿齿奋于华野，比于狼戾，曾何足喻（女真之祸，甚于狼戾）。自金行不竞，大地板荡。左带沸口，乘间窃发（满人入主，何以异此）。遂覆瀍洛，倾五都（如满兵之躏齐鲁、屠杨嘉）。居先王之桑梓，窃名号于中县（据有燕京自称皇帝），与三皇竞其氓黎、五帝角其区宇。种落繁炽，充仞神州（满州驻防分布各省）。呜呼，福善祸淫，徒虚言耳（此本书作者结以"福善"四字之宗旨。"虚言"是"贾雨村言"另一解，与"荒唐言"字面亦同）！岂非否泰相倾，盈缩递运，而汩之以人"（盛衰兴亡，皆由洪、吴诸人汩乱其间，亦本书所痛恶者也）。

评邓——评邓氏《红楼梦释真》

邓氏作《释真》，颇知注重"真事隐"三字，而摘录清朝掌故亦较他人为详悉。惟疑原书为梅村所著。又谓曹氏增删兼述及乾嘉轶事，则不甚切合。但对于木石、林薛真意，仍未能道出。以及风月宝鉴、《大学》《中庸》之关合明清，皆甚疏忽。然较王、蔡索隐，颇有长处。如以刘老老拟钱牧斋，以平儿拟柳如是，以张春拟贾代儒，以张勇拟包勇，以朱舜水拟外国女子，以郑成功拟探春，以梅村拟宝琴，以香妃拟鸳鸯等，皆有独到之处，特列举于左方。

一回

论"真事隐"曰："以事论，固迫于不得不隐；以文论，则小说寓言，古今已成故套，从来善作者都不死煞句下，何必作此间文。著此三字，使人知于书中有字处、无字处求之也。"数语最精到，可以驳倒不索求真事之批著。而为鄙人一言蔽之曰。"真事隐"之注，则其曰"曹氏生于乾嘉"最谬。曹氏盖指雪芹，而个人实死于乾隆二十九年，不及见嘉庆朝事。据此。则《释真》中所引嘉庆事及乾隆末年事皆不真矣。不可不辨。或曰后四十回乃乾嘉时人高兰墅的增订，尚可牵合。待改。

其曰："一块未用弃在青埂峰下。青者清也。言生为汉族，历代君主所弃，屏诸四夷不与同中国也。"亦通。但不如谓宝玺在清，已更是一番天地，故用"埂"字表之。书中此例甚多，必须注意。

又曰："昌明隆盛之邦，诗书簪缨之族，花柳繁华之地，温柔富贵之乡，对大荒山无稽崖青埂峰，而言、一满一汉，夫复可疑。"甚是。但"昌明"二句指北方，"花柳"二句指南方，关合真假宝玉分居南北。

以"金陵"不从地名着想则为金家陵寝，颇合鄙意。

谓"删增五次"为曹氏之崇德顺治、康熙、雍正、乾隆五朝史也，虽牵强，尚可通。然批中又何拉扯嘉庆一朝也？

曰："甄士隐名费，明言费而隐，仍不失其为费遗老也，谋光复也。封者，封疆也。无儿便是灭国灭种、中原无男子之义。"可通。用费而隐句，亦书中《大学》《中庸》之谓。封为封疆者，则封肃可解为封士萧条矣。

谓"瑛字之左偏为王。相传顺治为山东人王呆之子。东省所传未祭帝陵先祭王陵者是。瑛字右偏为英。相传康熙为相城相国张英之子者是。"可谓别有会心，于种族上又增一异闻。

曰："甘露而曰情泉，曰愁水，彼族吸取吾民之脂膏，而吾民之困苦流离，幸而得生，而受辱忍耻者。即满清所谓深仁厚泽，浃肌沦髓，食毛践土，与有天良者也。"为种族主义痛语。然"情泉""愁水"一串言之，乃情人原为吾人仇家祸水之意耳。

曰："一声霹雳，山崩地裂，状明之亡，冀清之覆。烈日炎炎，朱明也；芭蕉冉冉，青，清也。作者于开首处用力，真是一字不苟。"数语甚精，然尚未将作者"一字不苟"处完全指出。

批吴三桂多□人齐杜□□□□□一发不可不知。

二回

谓"宝玉写顺治，则李纨即康熙生母佟氏。兰即康熙。其在朝臣，则李纨指李文贞光地。'文贞'二字即纨字也。"然贾兰亦指乾隆，不得拘泥，李光地之为李纨，甚似。

问气一段评中，"安胡山虽为胡人已入臣中土，反而终败；秦桧则汉人，卖国于金者。著此两人，甚三桂之罪。"甚是。又曰："忽加倪云林、唐伯虎视枝山等，直说到明中叶。"□□□□中引唐，实为唐人之前提。

按，贾雨村论天地之正气与天地之邪气应与三十一回湘云之论阴阳邪正相参。因其意旨皆取诸《宣和遗事》开章辞中"阳明用事的时节，中国奠安，君子在位，在天便有甘露庆云之瑞，在地便有醴泉芝草之祥，天下百姓享太平之治。阴浊用事的时节，夷狄陆梁，小人得志，在天便有彗字日蚀之灾，在地便有蝗虫饥馑之忧，天下百姓有流离之厄。这个阴阳都关系着皇帝一人之邪正是也"一段。所以说出甘露和风直至宋徽明贤正邪两路来。

曰："以宝玉指福王，未免过誉。以鄙人视之，已是汉武、唐明一辈人。善善从长，其思宗之于田妃乎？"此误于后半截之甄宝玉之从善，而不知前半截之甄宝玉纯宏光行径也。

评元妃姊妹，谓："元妃崇祯，言帝死国亡，乃生出迎春、探春、惜春三妹，为三藩写也。迎春为二木头，福王昏愚之象。写孙家以童妃表之。探春写唐王才也，又兼表郑成功。惜春写桂王出家走云南，兼表李定国之坚贞。又迎春表三桂，兼表吴应熊。探春表耿氏海疆之郑氏交涉也。惜春表尚氏可喜之为子所幽，出家亦幽字象也"。是为《释真》独得之言，与鄙人"元亨利贞表四春"之意亦合。福王之得为南朝，三桂之驱李成功，曾走一时享通之运，故曰亨耳。余自明。

谓贾琏为豫王，颇合。曰："曹氏之贾琏，则嘉庆与福康安。"略差。以其申言。"福康安有乾隆私生子之说，又其假也"，则又拍合，故曰略差。

曰："林黛玉以朝臣混之，混之以方苞。苞也，云皋也。绛珠仙草也，甘露也，泪也，一而二，二而一者也。"又曰："黛玉以'臭男人'斥北静王者，言方苞不为乐亲王所容，又即对履恭王，直言王之"有马渤味"者是也"。颇能拍合，亦《释真》独到处。

三回

曰："写林黛玉之出身曰：'汝父年已半百，再无续室之意。'言恢复之无功。冒辟疆伤心之辞也。曰'上无亲母教养，下无姊妹扶持'，此固小宛身世，然亦见故国之无人也。'外祖母'一'外'字最为著眼，谓彼族视我为外人也。"此鄙人所谓第一义谛。但不止彼视吾为外，吾亦视彼为外人。又曰"彼察后之身世，则亦有与此通者。后妃入宫，则断无复出之理。死者已矣，观其生者，亦无归宁之一日。而扶持之无人，则尤富察后之所谓'伤心惨目而不忍道者'也。秘记言，后父颇恶其女之强项，移书戒之。"此亦鄙人所讲第一义谛中之旁谛也。又曰："云皋之父与黄冈杜茶村先生兄弟游，沧桑之感深矣。或不愿云皋有此行为。"并谓其"为《南山集》作序时，不甘心臣满，因得罪而下狱。本心也作侍郎，而终革职，非本心也。满清初年，不准人不应试。'外祖母'、'必欲其往'语，活活写出专制君主只顾自己要人，不顾他人不愿情事。"此鄙人所谓第二义谛也。

曰："《西江月》调是写帝王耳，何须深解？然'贫夕'一句，绝非陪笔，承上句言谓富贵不念穷民也。"太浅乎？视此词矣。贫穷一注却合著者平民思想。或曰："第一句'无故寻愁，'觅恨以恨为七恨，固是；而愁之为仇，终涉附会。"是不然满人仇明久矣"《努尔哈赤实录》载其奋志复仇伐明，又《与蒙古王书》有："来书宜云明吾深仇也。愿合谋以伐深仇之明。如是立言，岂不甚善软？"足证可谓寻仇至蒙古矣。

四回

评薛蟠争香菱，谓"冯渊即为李自成。拐子卖了两家，为田宏运奉承三佳及降贼罪。打了冯公子，'夺了丫头'，即是赶走自成，复得之圆圆也。下文以葫芦僧判此案，得胡虏力。'也便如没事人一般，只管带了家眷走他的路。'是何路降清也。兄弟奴仆料理，反映全家被诛，以及与家人问陈夫人无恙等语也。'胭脂痣'为朱明，圆圆曾入明宫也。"写来恰合。以葫芦影胡虏，与鄙意不约而同。

五回

谓"宝钗为顺治继后。博尔济锦氏即为乾隆继后，被废之那拉氏盖顺治元后；为摄政王亲戚，故强以与顺治，后废之。（颇合全书宝钗之始末）是与小宛角逐。而一得一失者，汉族与蒙族之界为之也。案后为科尔沁族，亦系蒙古，与孝庄同族，故谓之曰王夫人之姨侄女。其与薛蟠为兄妹者，蒙古诸王原亦呆伯王类。"此不失鄙人第一义谛，而比拟极是。

　　拟尤氏于萧王福晋，拟可卿于李国翰女。盖顺治五年，公子屯齐等告讦郑王。其狱辞有曰："屯齐诘曰：我欲取墨尔根侍卫李国翰之女与我子，使莽加问王。莽加久之始曰：我闻王之子勒度，阿格要娶，若明知而必欲往问，则试问之。王云：曾将李国翰之女启奏以配我子，我子叔也。谓子侄也欲娶，与我子之言，是可增一异闻。故曰"又一睿王占其侄。肃王豪格福晋事也"。

　　谓晴雯当指董年并姜西溟，并指《南巡秘记》之三姑娘，皆不如指李雯之确切。

　　谓巧姐指刘媪女阿珍及豫王子，不如指多尔衮之女东莪切合。

　　谓"宝鼎已历百年，'已'字着重；是偏重乾隆语"。不知注意在"百年"两字。谓胡无百年之运也，故曰"运终数尽不可挽回"。

六回

　　谓袭人为高士奇，不如以宝钗拟之。因作者写宝钗多大似袭人，故《释真》者为所惑耳。

　　谓刘老老为钱牧斋曰"牧斋与刘媪之婿钱炳塈连宗，其交结刘媪，盖以通海之案。故今坊间有《投笔集》一卷。其诗大半为桂王惨死并及于私通郑成功。其稿为清军所获，牧斋得由钱郎交通刘媪以免。故叙其宗世无一非钱郎宗世，可为对照。以老老为岳母者，亦联宗之代名词也。久经世代的老妇，代武臣也。牧斋少作奸佞，老而不死，比诸失节之妇，固宜'只是两亩薄田度日'。牧斋晚年积累丛集也，对凤姐云'你那侄儿联宗时'。牧斋本为长辈，尝与刘姆一辈也。其余皆写官掖不易交通之惨状。"此亦《释真》独到处。然刘老老乃兼写刘姆，所谓双管齐下也。

七回

曰："平儿指柳如是，为其才之相似也如是。如是不过如是，亦'平字'之义也（解释巧合）。牧斋之交通刘姆，固以钱郎，然宫掖岂易于往来之地？非河东君之力，其谁力乎？"想当然语。亦甚合情事，可取也。

曰："一根毫毛比腰还。壮失节武臣之价值，比失节嫠妇差的远，比王妃更差的远。垂老尚书不如淫妇写的刻骨。"固是。然拔毛仍取杨子"为我是无君"之意。

曰："此回写宝钗似病非病情状，即在顺治与废后定婚三年不协期间。周瑞家忽笑道：'嗳哟这样说来，这就得三年工夫'，已经道破。宝钗说：'只好再等罢了'，'再'字中寓觊觎后位之意，何等细密明确。周瑞家又谈，'阿弥陀佛，真巧死了人，等十年都未必这样巧。'废后非常事，诏旨所谓'遗议后世，朕所深悉，而诸臣所谓屡谏者'也。又兼伏出家一笔，巧极。况后即被废，继之者又有别人觊觎，如何不病？药品要雨露霜雪，自是求为后意思。黄柏亦喻其苦心，且以'柏舟'伏后日守寡张本；为钗。写刘姆不过旁衬。'一丸便好'。戏语亦谶语，出家影子也。"此段似较王萝阮《索隐》为长，因"三年"二字在刘姆庶无着落。诚如《释真》所言故也。

八回

曰："此一回本体全写顺治继后私通，与乾隆那拉后由宫婢得幸"。又曰："李嬷嬷拦阻宝玉吃酒一段，是说顺治私通继后，不知其为孝庄手段，方且恐其知道了见罪。'如在醉梦中'，是说乾隆要逼死皇后太后，又使之为尼，还要谥为'孝贤'，视天下后世如在醉梦中，实则自己真在醉梦中。"以顺治私通继后为长。

于标目中"奇缘巧合"四字露其消息；于文中宝钗认通灵之情形凑合之，一毫不露。又指出宝玉为玉玺，金锁上词句为蒙古诸藩世勋铭辞，皆同鄙意。

又曰："此段兼拟云皋。李文贞以直抚入相，云皋谓文贞曰：'国朝以科目跻兹位者凡几？'文贞屈指，'若得五十余人'。云皋曰：'甫二十年而已得五十余人，其不足重明矣。愿公更求其可重者。'时魏廷珍在座，退而曰：'斯人吾前未见，无怪人多不乐闻其言也'。座师高廷尉初度云皋寿以文，引老泉《上言郑公书》'以循致高位，而碌碌无所成为惧'，观者大骇。所谓'林姐儿口比刀还利害'也。"维有几分相似，惜未能完全拍合耳。

九回

谓"写袭人为正后形影；挟有后援，以强迫皇帝者"（形容到家，又能逐句拍合，的是合作。惜全体未能皆如此耳）。

"茗烟者，明烟也，亦泯燕也。改名焙茗者，焙明也。焙茗原名茗烟者，谓其焙明之燕，又将焙清之燕，此辈人于武臣传中，指不胜屈"（焙茗仍须兼背明意，可合下文宝玉骂为'反叛王八肏的'也）。

"以张春拟贾代儒，谓其居萧寺中。紧结授课一时，开创名臣若范忠贞、宁文成辈，皆曾执经受业者。时人比之文中子教授河汾诸徒，理唐之业。满大臣某人都告明臣某曰：'汝国有一张夫子而不知用，反为我国教育英才。明臣奏疏，毁公为李陵、卫律，颠倒黑白'云云"（颇合情理。且知宝玉再入家塾，则不在此例。甚得活看本书之法）。

评"皆有窃慕之意，将有不利于孺子之心一段"，谓："当时主少国短，有推理王为帝者矣，有推郑王为帝者矣，并有欲推萧王、英王者矣，其最要者则睿王已曾被推（应加一语以拍合'皆有窃慕'）。而孝庄以身笼络之，顺治乃得立，威权日重。至于帝之后，可以未经选择而强纳。与皇帝之母私通，犹以为未足，必求下嫁而后已。此其为辱。较龙阳奚若公'将有不利于孺子之心'？正指是也。'只惧薛蟠'，以睿王之不敢轻动，是畏汉人。汉人据有兵权者，莫如三桂。三桂后来之败，败于其名之不正者，亦惟其独一无二之大原因。设使清廷有废主之事，诸王分崩离析，篡位者独无惧乎？畏薛蟠者，畏其乘间而起。而顺治赖以不废者，反若三桂之力，以延残喘。"此节甚精到。惟应增睿王自命为周公辅成王，故利用《金滕篇》中语，并畏三桂反而密通圆圆以制之，始能拍合惧薛蟠威势不敢谋篡之言。

又曰："本回李贵骂茗烟等，略指冯铨、金之俊、陈之遴三人内。三院学士也，后有'三个小子'之称，亦是此义。"甚是。

十回

谓"标题中'权受辱'，'权'字骂得金之俊死却又不没其功。因之俊为满人制作，颇有阴为汉人地者（即俗传"十不从"之议），故其下标题曰'细'，文中曰'心性高强，聪明不过的人'，但'聪明太过，则不如意事常有'（利用"不如意事常八九"照应"十不从"甚巧），'思虑大过'，相形之辞也。'终非一朝一夕的症侯'，'总过了春分'，情见乎词矣（颇合金之俊心理）谓于失望之中有希望。

十一回

谓"此篇以凤姐代表豫妃及孝庄，以王夫人代表睿妃，以宝玉代表睿王，以李国翰女代表肃妃。看他微文处处凑笋：'好妹妹'，豫、萧二妃之比也。'媳妇听你的话'，即言此意。'开导开导'，即豫王夫妇有不得不调停于睿、肃之间者也。王夫人云'侄儿媳妇'，丑语也。此等事是刘姆最为难处"（亦是活看一法可采）。

十二回

谓曹氏借贾天祥戏凤姐一事，放笔写假青天，虽能拍合"官场献媚，百般丑态，写降臣与污吏之巴结长官，如嫖客之巴结妓女"，然终不如专写降臣之称"假天祥"三字也。

十三回

谓"此回正文为顺治六年，摄政王以宝玺进封其福晋博尔济锦氏为正宫元妃，及乾隆进封其次子永琏为太子，谥'端慧太子'写也"。考《东华录》，"顺治二年十二月，摄政王元妃薨，令两白旗牛录京以上官吏妻皆衣缟，牛录章京以上官皆吊"。按，是时孝端已死，睿王对孝庄实无所忌，故为此事（亦颇相似）。又录《东华录》"乾隆三年冬十月辛卯，上寿皇太后，幸宁寿宫，视皇子永琏疾。是日皇次子永琏薨，辍朝五日。以及十月王大臣等议覆履亲王允祹等奏，定慧端太子安葬茔地、一切典礼。端慧太子吉兆，应尊号园寝。造京殿五间、两庑各间、大门五间、玻璃花门三座、瞭灯一座，复以绿瓦题主。时礼节敬拟特牛一、羊二，奠帛爵读文致祭。嗣后祭祀仪与妃园寝同。事迹与此段恰合。（果尔，则此回写秦锺亦可云端慧影子。因乾隆谕中有"永琏为人聪明贵重，气宇不凡"，以及"恐年幼，志气未定，恃贵骄矜，左右谄媚逢迎至于失德，甚且有窥伺动摇之者"，皆能与秦锺与宝玉对面一段见之。且曰"虽未册立，已命为皇太子"，即下回秦锺死时口提宝玉言论。岂端慧已得宝玉册封，故鬼不敢召之去。如此方能打照。

十四回

谓"'威重令行'是写豫王夫妇、傅恒夫妇专权事。而前回所云'从小儿大妹妹顽笑时就有杀伐决断'，'杀伐决断'，恒父子之地位、行事，与其妇夫之专权宫中行事，历历如绘。满清亲贵妇女与皇帝皆系中表亲戚，故曰'大妹妹'。贾珍'求大妹妹允诺'，是何等说。诚乾隆与富察氏妇合而为一矣"（写来极似，自较刘媚一面为有力）。

十五回

评"'这一年来的光景，他为香菱不能到手，合姨妈打了多少饥荒'。是说三桂不知有父，只知有圆圆。"但尚须加一句因之和东夷兵马打了多少饥荒，才完满。

十六回

评"凤姐笑道：'国舅老爷大喜'，谓豫王因小宛而甘居于国舅之列，此一说也。又谓傅恒为嫡嫡亲亲正理国舅，乃以裙带事，故失其国舅价值，故以此段文字诛富氏，此又一说也。又谓富察氏明知天子之尊，仍有此等情事，自己男子，绝无有过问之能力，因不妨于吞吞吐吐之中作明明白白之答覆。其意若曰：天子要我如此便是，依旧被我闹了个人翻马仰，更不成个体统，而国舅老爷之威力，谅亦无如我何也。"确是诛心之论。'不成体统'正可以评君戏臣妻也。

十七回

"以万斯同拟初入大观园之妙玉。因斯同字季野，为梨洲高足，为徐元文延至京师。谓以布衣参史局，不署衔，不支俸，与人往还，自署曰万斯同。其曰：父母相继已亡，故是指祖国已亡。故'身边只有两个老嬷嬷、一个小丫头伏侍'。指其携子并入史局也。文墨经典好，史学极好也，模样儿也极好。师为黄黎洲。黎洲子百家，亦与史局一'随师父上来'之说也。侯门公府必不肯去下个请帖。以'槛外人'自居，是何等身分？书中指射士人，惟此一丝不漏"云。亦《释真》独见。但两老嬷嬷欠考据，或指先生以"班、马老史家"自命欤？

十八回

疑元春归省为孝庄下嫁，甚合。根据蒋良骐手写《东华录》

稿本载，"顺治五年，和硕礼亲王代善薨。八月，加皇叔父摄政王为皇父摄政王，凡进皇本章旨意，俱书皇父摄政王"一则以断定（惟无下嫁诏旨。然改称皇父，绝非偶然。故作者特借"相约""相骂"剧中侯皇甫以写之。且假皇父正为代友戏其妻，而后下嫁之说始无可隐。惜《释真》及诸家均未能抉出之也）。

十九回

谓"袭人为顺治废后顺治初虽不愿聘，而情窦初开，则自易引逗。篇中言"两姨妹子"、"外甥女儿"，盖王聚其私党，女子狐群挑逗。袭人之哭，是狐媚变相，乘轿车又不乘了是私合明征。李嬷嬷之闹事是宫中不服。《东华录》载，传废后之旨者为冯铨。或亦连上文面拉杂书之耶？若'花自芳'，亦一薛姨妈耳。"（甚合情事。"两姨妹子"仍谓蒙古、满洲两夷之女子；"外甥女儿"言外藩所生，仍指废后之为科尔沁图卓礼克图亲王吴克善之女耳）

评焙茗与万儿一段，曰"明之焙谁，焙之天启之童昏，焙之天启之焙以客、魏为祸首。'约十七岁'者，十七年之崇祯也。书中之景象，非客、魏之景象而何？犹恐未尽，乃曰'万儿'。天启非万历子孙乎？明之亡，史臣谓万历实基之。天启内魏忠贤、客氏，固是'万儿'之一解。然这原祸者，实不得为万历恕"（此亦《释真》独见，而颇有深心）。

二十回

以李嬷嬷拟冯铨，虽觉牵强，而补出冯不附合顺治、废大婚，并傅废后旨，亦有可取。以晴雯拟董年与三姑娘，皆有几分相似。

"湘云拟四贞与鄙意合——'疏不间亲'，可以为乾隆私通富察氏，对富察后敷衍之语，'后不僭先'，可以为乾隆宠幸那拉氏，对后敷衍之语"（写来恰合情事）。

二十一回

评袭人"我们这起东西，可是'玷辱好名好姓'的"话，以为是废后自矜其家世以压董妃与四贞等。东满也，西蒙也。'好名好姓'，废后为蒙古亲王女，且为孝庄女，固伦公主，下嫁吴克善子弼尔答噶尔。妃之，小姑也。在作者则借以直骂旗人为蛮族，不是东西，及其姓名与汉人不同而已"（是为第一义议）。评《庄子》外篇《盗箧》一则，谓"庄周胸中无君臣；且谓皆主人之物，其所以为君臣束缚者，由于肉欲而起。而君主以肉欲之故，酿成种种罪恶。即黄黎洲所谓'人君以天下为淫乐之具'而目之为大盗者以此"（可以补入鄙评之"著者之思想"。然作者引《庄子》并有大盗盗国之意）。

拟多姑娘于富察氏妇，甚合。但于"你就是娘娘"、"谁是娘娘"之言，何以未指出？

评平儿为贾琏遮盖，拟诸柳如是为牧斋运动遮盖，诗集虽不能恰合，亦有意味。

二十二回

评湘、黛主子、小姐、丫头、奴才、公侯、平民诸语，界限分明有感于平民政治，亦合于著者思想。看《南华经》，谓南华为汉土，对东夷言，甚合躲，亦合鄙说。

批"你证我证"诸语，谓"即郑所南《大无空真经》之义；你说我证，知己中间，可语种族大义。""心证意证"，知己谁得吾心，自喻。"是无有证"，历史已亡，不足征也。"斯可云证，毁我历史，亦不可意之证据。但评"无立足证，方是乾净"，愿我汉族牺牲一切而后有乾净之一日（甚能道出作者一片苦心）。

二十三回

批宝黛同看淫书一段，知淫书为谤书，而不知《大学》《中庸》之隐清明两代秘史，与《西厢记》之包含清宫秘史，同一深刻之笔。

二十四回

拟贾芸与范文程，隐用舍己田芸人田意。甚是。批"俗语说的好"数语曰："文程自归清太祖首先投旗，三世老臣仍为下辈，'爷爷''孙子'之义也。'山高遮不住太阳'，太阳君像，山高极品，'只有天在上，更无山与齐'之义也"。（写来无不拍合）。

评小红为贾芸出力为洪承畴输心改节于范文程义，亦较他索隐为长

二十五回

评魇魔法，"注重'叔嫂'两字，仍归罪于孝庄、睿王。"又言"顺治与刘婵亦是叔嫂。刘婵原为节妇，一旦变操，不啻受五鬼播弄"（亦是一解）。

又曰："此篇以康熙废太子例之，则赵姨妈当指慧妃与允禩之母，贾环当指允禔。允禔母贱，不得立；允禩母亦甚微贱，康熙定有'彼身者库贱妇之子'语"（皆能关照本事）。

二十六回

曰："前回和尚道士，是承畴看喇嘛淫秽塑像绘画影子。"亦通。又以佳茗拟张存仁，因存仁曾力劝洪降，极是。

评晴雯、绮霞"使老子娘的脸面"，谓"拟董年。晴雯无'老子娘脸面'可仗"（不知作者以李雯拟晴雯，而李因守父母棺未离京，而为睿王所强聘，非仗"老子娘脸面"而何）。以绮霞为"晚朱"，拟长公主仗崇祯帝后面子，甚合。评"小红蒸下馒头等你"的话，以影御祭九坛，颇见巧思。

以冯紫英拟希福不如拟冯铨之子为合情事。详《真谛》。

二十七回

探春与宝玉说话评以戴名世《南山》诗，写康熙之纳妹事。

"宝玉道：我那里敢提'三妹妹'三个字"。"此事大不好看，对上人如何说得？"赵姨妈气的抱怨了不得，"此等事叫他母如何气得过？""'正经'二字，对不正经言"（此段亦《释真》别有会心处）。

二十八回

评两个冤家一曲谓"移之二臣情势，确切已极。'两个冤家'，家新旧主之谓偷情者降清也（曰投清更合）。'寻拿者'，明人诛之也。'滴不尽相思血泪'，移作故国之感。'你是个可人'，指三桂撤藩将反时怨望清廷语。可喜你一曲，亦是废后大婚时情状。'真也巧'三字最好，'青春'二字属结发，亦较切。而三桂之迎来战场，亦关合得巧"（不失鄙人所谓第一义谛，尚嫌粗略）。

二十九回

评清虚观清醮，"清虚者，清屋空虚（并虚为）。清醮者，清廷之改醮妇也。"谓"写孝庄晚年诏喇嘛入宫谈佛事"（有相似处，然其中尚含东我一段情史）。

又曰："第二义写睿王之葬事，由《白蛇记》《满床笏》《南柯梦》写出。又用'串表'、'焚钱楮'、'开戏'、'不在话下'字样以拍合"（开戏于焚楮葬死之后另打锣鼓另开台）。道士看玉与徒子徒孙同看，谓"睿王在日掌玉玺，皇帝从未见天日，此次拿出来看，便是要亲政。道士贺礼即群臣上表请皇帝亲政"（皆第一义谛。而宝玉不喜道士提亲，寓不乐废后一案）。

三十回

评凤姐进来一段，"就顺治论到刘婳，与董妃同为汉人，其逢迎孝庄也最甚。始未尝不与董妃合，既而体案情形，知其事不可，遂则转而伺察。"宝黛两个吓了一跳，"伺察之说也顺治和妃不欢，孝庄安得不令人劝和，则安得不用与妃近之汉人"（虽亦想当然语，情节自合）。

三十一回

谓金钏、玉钏指希福与索尼，颇费解。《释真》此类甚多，鄙意决不谓然，故仅摘稍近情理者录而详之。

谓脚踢袭人是顺治与废后志意不协实证，此说可通。

既知湘云拟四贞，对于阴阳一段话却不发挥。"孔有德反明归清，称奴才于满人，正是昧于顺逆正反而甘为臣妾者。"也按此段尚应引《宣和遗事》开卷辞为记，因翠缕说："从古至今，开天辟地，都是此阴阳了"。恰与《遗事》所云"茫茫往古，继继来今，上下三千余年，兴废百千万事……看破治乱两途，不出阴阳一理。中国也，君子也，天理也，皆是阳数；夷狄也，小人也，人欲也，皆是阴数"诸语恰合。所以接着"理还是一样"云云。

田妃犯后忤君一段，引证亦太远。

三十二回

谓肺腑一段指董妃，"开口便说丢下了什么金什么金麒麟（以指汉军或即金旗之邻近者耳），邀求为后之意，见于言表。然曰金曰金麒麟者，董妃已明知卧榻之侧虎视耽耽，而自问身世，更复间以种族，其情甚危，其势甚迫，不得不以直捷了当之说，面诉皇帝；而且欲以感情哀苦之词，求得一当，难矣哉"（不失第一义谛之旁义。而仍以金玉木石关合明清之说为长。所谓"不放心"，谓玉玺在金，毕竟使恢复汉业者不放心也）。

三十三回

批本回谓"将定睿王之罪，而追原祸始，直纪太视之高皇后与其所出子太宗，构陷太祖嫡长褚英致死一事，并及乾隆责两阿哥事"（却略去中间康熙诸子争立，康熙责废太子之不孝，几昏倒一案，可谓酱灸鲤鱼首尾好笑然。乾隆一谕，责"大阿哥昏庸不孝，三阿哥亦不满人意"，并"有必至弟兄相杀，不如朕为父者杀之"等语，与此回情事亦略符合）。

三十四回

评错里错一段，谓"以三桂与继后为兄妹，不过以同系外藩，同系叛服不常，随手凑成（如"鲁卫之政兄弟也"之凑合），以便于文字间架"（颇能自圆其说）。而对薛蟠揭破宝钗心事，拟以三桂揭破顺治宫中秘史，尚差一间。按此段应就三桂有白版天子之意，不重玉玺，所以说"打死了宝玉"。既寓反清意，亦轻玉玺。至曰"好妹妹，你不用和我闹"数语，"是讲你们满人自称后金，道为金玉因缘，以夺明家宝位，自然行动凭着玉玺，不能不爱护他。我则期期不奉诏，视玉黛如无物。直写到清康熙诏三桂北上，诏书被三桂部下毁却，并杀来使，而后决意谋反。如戏曲中李克用，将程敬思捧出圣旨接过来掷地一段地不爱护。

三十五回

以莺儿为宫婢，与顺治继后同党，"巧结梅花"络以笼络顺治。然只能得之一时，而终不以易其爱董妃之心。亦《释真》独见。其引顺治停皇后应进中宫笺奏，与责内监并良辅交通内外官员，作弊纳贿，请托营私，颇有踪迹可寻。

三十六回

评"朝廷受命于天；非圣人则天不与以万机"，曰："神权与君权合而世无公理，此等言论，虽大权臣尚不敢出之曰吻，而惟君主能之。如此明白浅易、宣布宗旨，而闻者乃欲以明珠、傅恒辈当之？"颇是。但两语明露天命朝，并隐写"圣人则天"四字，以拟孝庄之如武后能秉万机，以与顺治而夺多尔衮之权，惜无能指出者。

评梨香院，谓"书中雀儿唱戏，是'旗下'二字代表，以讥范承谟。谓'自浙移闽，即归入雀笼'，不待画壁而已。知其必囚，御医诊视赐漠薯，趣赴新任，亦于本回中详致意"（甚合书旨）。

又以龄官拟李绂倔强，颇牵强

三十七回

评贾政放学差，谓"太后下嫁，特开一科，刘子庄即为是科状元。刘与杜茶村兄弟。同乡同学同不出山。乃以明朝举人，应此下嫁覃恩特科，茶村愤恨达于极点。'我是那多愁多病身，怎当你这倾城倾国帽'。非特帽与貌同音，而'多愁多病''倾城倾国'，其意亦特别，有所专属。黄鹤楼头之一饭，清水无鱼，大雪纷纷，不是将子壮冻死饿死，直是将子壮羞死矣"（的是真谛。杜茶村之多愁多病，正是与满有许多仇恨之病；倾城倾国，此指亡国。又作本书"愁"字每作"仇"字解一证）。

评探春启开诗社，为"正结《南山诗》一案。谓妹不就卧，何必告乃兄？'亲劳抚嘱'四字最恶毒。兄妹何人，而堪作此语？"又谓"鲁公黑迹，指《南山集》，将康熙所见真本而举以告其妹者，见赐即灭迹之。谓为其已取而焚之。惠爱之深，何以逾此？"（此节亦独。到鲁公墨迹，似寓"争坐位"三字，写康熙纳妹，必有与争此位者，而诗社之争前后亦似从此写来）

评蕉下客梦鹿得失，"'菱洲'，'菱'为破镜；'洲'在水中。'藕榭'，'榭'为旁屋；'藕'为清白。指后三藩。谓假兄妹之体，以避臣从之迹而发其凡"（甚是。惟"菱"并寓背月，即背明意）。

评探春海棠，"直是孤臣孽子去国愁愤之词。自然与唐王、郑成功一辈人相合。"又谓"耿氏举事，念其祖死状，因以思念故国，亦当如此"（皆不失第一义谛）。

三十八回

评贾母碰破了头一段，谓"讥孝庄之屡次失身。"（以失脚掉下去要淹死语拍合甚巧）又谓多吃两个螃蟹，此语更虐。彼本德尔格勒之妇，改事太宗，已经多吃一个，再下嫁摄政，便是多吃了两个。”（鄙人曾解螃蟹为旁行邂逅，以喻寡妇旁走，甚合。因古者寡妇再嫁不为直行故也）解“枕霞阁为依明，以影孝庄前夫家叶赫为明之属国。又四贞父去明投满，与孝庄去叶赫入建州等，故亦曰‘枕霞旧友’”（自是第一义谛）。

评凤姐吃螃蟹摘出“腥手抹脸”，“以讥如是与刘孀”。又摘“小腿子、脐”及鸳鸯“满桌的腿子，二奶奶只管吃”为“太秽”语（皆合“满”字，仍当注意）。

评“簪菊”诗，“以拟赐姓忠孝之志，傲骨凌霜。残菊，则写其国破家亡，残局莫挽。崎岖海岛，飘零异域，结局到恢复旧疆，特深希望”（自是第一义论）。

三十九回

以刘老老送枣子倭瓜野菜，“写牧斋献豫王之礼，当时以为最薄。”甚是。仍寓刘孀早生阿哥为野种之意。

谓“刘老老兼写刘镛”，亦有几分相似，不及牧斋为长。谓“牧斋‘开筵宴客，无病而逝’，与健食合”。（自是胜义。然观《两般秋雨庵随笔》，载“刘镛食量倍常，蓄一巨盎，大容数升，每晨以半盎白米饭、半盎肉脍搅均食之”一则，岂不更与“老刘老刘，食量大如牛”符合哉）谓“刘镛也好之对，为信口开河之尤，而牧斋尤甚”。又引《秘记》，载济南妓标榜富察后，而乾隆有“何所闻而去，子无得信口开河乎”语（虽牵强，亦有巧合处。予谓抽柴引火便是绛云楼之焚。而茗烟所访瘟神，直是柳河东“君死变厉鬼，所谓美人不过如是”，亦巧谛也）。

评“信口开河”、“寻根究底”，“写当时文字狱影响于牧斋诗集、《野叟曝言》”（甚合情事）。

四十回

评此回为“指钱主张下嫁事，以‘笑话’二字点题”。又

"刘老老令，'庄家人'，指孝庄亦算是人耳。'大火烧了毛毛虫'，塞外烧荒之状。三曰绿红，再著红衣，王冠亦变色。（即俗语早间死了穿红的晚间便有穿绿男以为配也）'凑成便是一枝花'，不宜凑成，即拼头代名词。'花儿落了结个大倭瓜'，于义则指顺治，于文则指朝鲜福晋"（大倭瓜音同大阿哥，颇合清室世子称谓，仍寓刘媪老而生子意也）。

"此一牛影牧斋"牧"字旁（甚巧）。

千叟宴事，原著者及曹氏皆不及见，恐非书中，引乾隆末年与嘉庆事，皆可抹去。

四十一回

评品茶为品题调查，《史稿》仍以妙玉为万季野，以姥姥为牧斋，谓牧斋曾为修明史副总裁（陈卧子曾作"清史何曾借蔡邕"以调之，可证）。谓托黛、钗的福，为一满一蒙（不如言明清两家为正）。

评"要了两张草纸，便解衣"，以"两张草纸为下嫁诏旨及仪注注脚"（亦是妙悟）。

"写姥姥醉卧红怡院一路情形，为失节老奸走头无路，不顾死活，只图戴满头花"。谓"'满'字着眼"，极是。然亦写刘媪之丑态。

四十二回

评"蝗"字"为皇家毒虫吸民膏血之禾稼"。甚是。

谓"后段入惜春，正传江山如画而土地人民之财产附焉。买物之单，即是此桂王之残疆，和珅之相府，作如是观可矣。桂王走而地归于清，与嫁妆固无以异。乾隆宠而公主下降，听其贪黩，其为嫁妆也更奇"（桂王是，和珅非，因著者评者均不见和珅之后半生也）。

四十三回

评撮土为香，为希福等写照，不如影射乾隆为太子时戏某妃之的确。

评攒金庆寿，为豫王蒙恩及送傅恒，仍嫌空泛。空泛乃《释真》通病魔。

四十四回

评平儿理装，以"曹氏心目中在尹继善之生母徐氏。徐氏乃尹泰妻之婢，生子已为两江总督。夫人待之无加礼，犹以青衣侍。继善入觐，乾隆问之曰，'尔母受封耶'？继善免冠叩首不敢言。乾隆曰朕知之。汝庶出也，嫡母封，生母未封。朕即有旨，退朝归家，泰怒曰：'汝以皇上压父耶？'以杖击之，孔雀翎堕地。忽报有旨，令尹泰与徐氏跪。诏曰：'大学士尹泰非以其子继善之贤不得入相，然非其母徐氏则继善无由生。着行合卺礼。'即以宫奴拥徐氏坐，令尹泰拜跪之，复交拜对食"（虽不相符合，亦一异闻。可参观也）。

四十五回

评此回载家奴事最多。举《啸亭杂录》"余邸包衣（大太太的陪房）有太医张凤阳，交接戚里言路，专擅六部权势。谚有曰：'要做官，问素三（索额图）；要讲情，问老明（明珠）；其任之暂与长，问张凤阳。'盖谓伊与明、索二相也。张当憩于郊，有某中丞驺卒至，呵张起立。张睨曰：'是何龌龊官，乃敢威熠若是？'未逾月，中丞即遭白简。一时势熠，人莫之及。纳兰太傅、高江村等款待宾客，凤阳裼裘露顶，恭居上位。其交结也如此。先良王夙知其行，会先外祖董鄂公见罪于凤阳，凤阳即率其徒入外祖宅，拆毁堂庑。外祖奔告王。王燕，见仁皇帝时遂免冠奏。上曰：'汝家人，可自治之。'王归，呼凤阳，立毙杖下。未逾时而孝惠帝皇后懿旨至（此书中老太太），命免凤阳罪，已无及。都人大悦。又引《客寓闲话》载和珅家人刘全，已得四品题衔，为其母之侄沈某尝谋入仕，得太守；颇贤。又谓全母甚贤（是赖嬷嬷口中语），卒以令终（刘全事恐年代不合，再考）。

评《秋窗风雨夕》，谓"《春江花月夜》之格，变而为'秋窗风雨夕'。在作者因直操《春秋》之笔，而春变秋。繁花梦短，如此良夜何凄怆。景状故国由河，北风其凉。霏霏雨雪，非惟当局者之所不能堪抑，亦有心人所不忍读。宝玉听此一词，所听者其禁书耶？抑狱辞耶？鄙人以为，吾汉族之文明历史耳，安得点灯笼而遍照此形状，俾往来于狂风暴雨中，而不至失脚滑倒人也"（慨乎其言，自是第一义谛，仍嫌离却词语）。

四十六回

谓"曹氏书中鸳鸯（《释真》凡关系嘉庆事者，概归之曹氏，不知原作者至乾隆三十年始卒，乾隆为太子，即初年事，固及见也），以回部香妃为主"（与鄙说合。但又牵及十三妹，太不相似，不可从）。

四十七回

评薛蟠遭打，为"三桂与李自成之交涉"，以龙王爷为"顺治招附马，应熊尚主，碰到龙椅上去。封王也，称帝也，皆肮脏东西也。"（自是胜义。惟以李岩代柳湘莲，不如柳似烟之确切。但李、柳性质颇相似；而绳妓红娘子劫李委禽，岩私逃，与柳恋绳妓霍三娘，相偕私逃，亦大略相同。天下事无独有偶，若此何怪？作者双管齐下耶）。

又引《夜谈随录》，载：有某宗室浪游茶肆，遇恶少三人，遭苦打。其首恶为美少年，后从军阵亡。以为与此篇相似（此美少年不知名姓，而后从军阵亡，与柳后半生从军立功亦颇有合，或即是柳欤）。

四十八回

评石呆子，以为与聊斋"石清虚"一条有关。悟得"清虚"二字为清室虚（即伪为清，而书中借秦太虚亦然）。以及言石能吐云，变化不测，爱之若性命。势家夺之，几濒于死。而石有神灵，终不可毁。神怪之辞，希冀长存（与石呆子保存古扇极似）。又谓"二十把扇子为洪武至崇祯十六帝，益以福王、唐王、桂王、鲁王，共为二十"（意指《明史稿》，不知石呆子仍藏"木"与"石"头之为朱，朱八戒亦讳呆子，皆藏朱字在内也。不可不知）。

又引《南巡秘记》"青芝岫九峰园"一则，略谓黄俊斋贿内监，致乾隆幸九峰圆，遂运二石人都，即青芝岫也。盐商汪受累破家，汪妻江氏芝娘（江达甫女江为，园主高氏甥）以此报黄，籍其家。高东井诗云"名园九个丈人尊，两叟黄颜独受恩。也似山王通籍后，竹林非有五君存。"又言"青芝岫铸刻名人诗词尤，多，因此石由南入北，累及运石之人，可影石呆子"。但以为不及他事，关系国家种族，此《释真》能求第一义谛处，可取也。

四十九回

谓李纹、李绮、邢岫烟、薛宝琴，为乾隆开四库全书馆所征四布衣邵晋涵、余集、周永年、戴东原（疑有未合）。又以原本宝琴指吴梅村，谓"宝琴先已许人，即梅村先不肯出。'宝琴'二字，从琴河感旧诗来"，以"金碧辉煌，不知何物，直是梅村自赞其诗。"'黛玉不悦'云者，集中董琬诸什，当然非其所喜"（皆不失胜谛）。

评白雪映红梅以"梅尚色，是以红朱明之义也。'枞翠'云者。青山绿水，无非故国山河"（即鄙人第一义谛。但其中尚藏有煤山与梅花岭在，不可不知）。

五十回

评雪诗连句，颇合各女子身分，惟首句"一夜北风紧"属之刘媪，不如言朔风兴起于幽暗之地为胜。李纨开门雪尚飘，暗藏"开门雪满山"之"满"字。"'入泥怜絮白'，拟佟氏，本汉族，首先入清，辱矣"。又拟李光地，甚似。湘云"难堪破叶蕉，覆巢无完卵"，孔氏父女现象，实即明亡现象。探春"色岂畏霜凋"，成功高节，是种族伟人。宝琴"狂游客许招"，是应诏出山语。黛玉"寂寞封台榭"，水绘园回头安在？又"沁梅香可嚼"，《影梅庵忆语》不堪卒读。皆不失胜义。

评宝玉借梅，"'二尺来高'，二三尺长，有明三百年历史代名词也。'其间小支纷歧'，宗室诸王三藩及鲁王代名词也。'或如蟠螭，或为僵蚓，或孤削如笔，或密聚如林'，功名、直节、忠义、隐逸，学士文人孝义节烈一举而悉包之；笔为《春秋》之笔，林为史科（翰墨）之林。'花吐胭脂，香欺兰蕙'，上语指明史，下句'欺'字欺清庭只剩得这一枝花。指万季野。接写凤姐说两三个姑子来送年疏或要年例银子一事，'年'者，历史纪年；'两三个姑子'，纂修官自称布衣者。"（古国之子）皆第一义谛，可取。

以宝琴红梅诗影梅村，鄙意则单指煤山亡帝之色相，另详。

评"一个挂金麒麟的姐儿"云，"挂麒即挂旗"（不如挂金旗连想更足明白为汉军旗。以汉人而挂金家旗，岂非孔有德辈乎）。"吃生肉"自是满蒙胡俗，不须注。

五十一回

评前回三谜、此回十首怀古诗，依大某山氏所指透则宝钗一个是松塔，宝玉一个是火筒，黛玉一个是走马灯，宝琴第一是法船；第二是洋琴，第三是耍猴，第四是送丧棒，第五是拨灯棍，第六是雪柳，第七墨斗，第八是胰皂，第九是鞋拔，第十是月光马、即泥塑兔儿爷。谓"作者微意，盖于笑骂之中寓有不使人知却又不使人不知之意"（两语甚是。即本书"真事隐"之本旨也。其事惟恐人知，又惟恐人不知。善读本书均知之）。

评"只当两本戏看而已，三岁的小孩子也知道"，谓"作者期望之深，必要他至于如此而后快"（故有"为人不看《红楼梦》，读尽四书五经不中用"之鼓吹也）。

评"胡庸医用药，言满人不知体恤人情。'肝火盛'者，压力太重，终有反抗时"（甚是"虎狼药"之讥诮显然）。

五十二回

评送黛玉水仙，"水性无定，阳台神女"（仍影江妃一事）。腊梅非梅，强以为号；赠之湘云，是为汉军；将转送于宝玉者，两人皆为顺治所有也。

评外国美人，谓指朱舜水，不如郑成功之确切。朱、郑固一气者，可通用。

评病补翠云裘为董年补之，不如李雯为多尔衮修书致史可法为长。且孔雀文彩而有毒，正谓雯书虽美终害大义也。

五十三回

评黑山村，为"白水黑水，乃东三省之代名词"。与鄙意合。惟不知乌进孝及老坎头的从吉林庄头名"木头老鸦"来，太疏。而于吉林贡单、贡表，均未指实；牵扯诸藩，离题较远，不可从。

五十四回

评"跟主子却讲不起这孝与不孝"，谓"满蒙恒言'主子'之称，从'奴才'二字来。'讲不起孝与不孝'，是讥忠君旧说，不问种族界限。降臣忘旧君而勉事新主，忘其本种之君而腼事异族，不知有孝，安知有忠？"（极是）

评袭人"不是家根生土长的奴才"，谓"废后本为蒙古则，奴才而非家根矣。”

评残唐五代为东胡强盛时代，以作者着眼在辽，亦东胡种族。“王忠即忘忠；王熙凤即王戏凤。孝庄与刘媪等同姓同名，寓言得巧。‘比一个男人家之才子’调侃贰臣不少”（亦是胜义）。

评《辨诬记》，谓“清代诬记之最奇者，莫若雍正《大义觉迷录》，彼所颁行天下者也。吾人读之，知‘辨诬’者之为大诬亦是。”

评听琴，“琴挑‘胡笳十八拍’如替孝庄算历史总帐，而‘他爷爷有一班小戏’，追溯未嫁太宗之历史，而正面作一篇补脑文字也，均是评猴者猢狲也。‘吃猴儿尿’谓刘媪改嫁豫王也。‘蜂’者，蜂蝶采花，不正当行为。前骂失节，后骂乱伦”（认刘媪与孝庄，甚合情理）。

谓“‘滴沥搭拉’四字须着眼。盖其中有本非眷属者，有本非眷属而不得不谓之眷属者。‘你们紧着混’，因清廷之混闹，作书人因而不好说也”（意自显豁的当。不但混闹而且混帐，紧着混。包含太多，所以接言“更无他话”。可说而评以“中冓之言不可道也”，拍合甚巧，可从）。

评“炮杖擀的不结实”，“实禁书不能禁也，民口不可防也。湘云道：‘难道本人没听见？’四贞亦不更自见者也。而孝庄与刘媪则直截装聋者矣”（确切不移）。

五十五回

以郑成功拟探春，谓“郑芝龙仆尹士英首郑家父子交通状，为刁奴欺主子一证。饬芝龙自狱中以手书招成功部将黄梧降清，又荐降将施琅竟灭台。琅、梧皆郑部将，又为刁奴欺主一证。曰‘真真一个娘肚子里跑出天悬地隔的人来！我想到那里就不服’。谓芝龙诸子世忠、世恩、世藩、世慈、世默，皆豚犬耳（特用

"真真"两字与真真国女子一打照,奇极)。'林丫头、宝姑娘',林为汉人,则丫头之宝为蒙古。则姑娘之'一个是美人灯儿,风吹吹就坏了',状汉人之腐败(衰弱)'一个是拿定了主意,不关己事不张口,一问摇头三不知。也难十分去问他'。蒙古之对于清廷,亦不能十分作主。"

五十六回

评李纨、宝钗:"皆顺治之后妃。宫中之事,自当料理。顾佟氏之无才,佟氏之福,继后之有才,继后之罪。曰'贤'曰'小惠',全大体收买人心,争后之手段颇强。探春以才见,而仍不失其为贤德;宝钗以德见,而实成其为小有才。中间谈学问一段,更有深意。下文便接写宝钗与平儿狼狈为奸,任用私人,而又不居其名,一样好事,动手便坏。吾恐成功果入清廷,亦当如此吃亏"(尚有几分相似。至以指赵勇、亲王凌策事兼,及傅霈皆不相干。繁引无合,白费抄录耳)。

五十七回

评"我只打你,为甚招出姨妈这些老没正经的话来","'打你'者,打其险谋争后也;'老没正经',言孝庄欺人,以写董妃与继后之争"(颇得要窍)。又谓"'当票'可作为立后之券,一死了无用,不知是那年勾了帐,哄他们顽"(皇帝之誓言果安在耶?皆得微旨)。

五十八回

评"假凤泣虚凰",引清太宗《哀宸妃》,未能尽合。但记崇德八年,因先是甲喇京章席尔丹等首称贝勒,罗洛宏当"敏惠恭和元妃"死时,在锦州令雅尔代吹弹为乐,竟得削爵罚银,夺所服人员罪,与不得筵宴音乐合(是为一得)。

辩小琬入宫事,引龚芝麓书中"与文士平分鹦鹉之恨"为证,(余谓:龚书中道:"翁姑念其琉璃易碎,能少解黄麝碧海之郁陶"句。暗用"嫦娥应悔偷灵药，碧海青天夜夜心"语意，以影小琬入宫。故本书又以嫦娥拟黛玉也）。

评真情揆痴理一段，以《影梅庵忆语》亦当为顺治所闻，良然。

五十九回

评此篇"为汉族被掠诸女作一总帐"，极是。

评女孩未出嫁一段，"以讥武臣中堕节诸人"（自是胜义。可参观毛西河《不放嫁》之曲子一事）。

评"亲的管不得"，以为"子女得宠于人主，父母不敢过问。丧失人格"，有慨乎其言之矣。

六十回

评此回"为满清大狱算一总帐"，于义固通，于文仍嫌宽泛。惟"老鸦巢中出凤凰"以"赞成功"，颇似。

六十一回

评"投鼠忌器"谓"冤人者君主，庇人者亦君主。除文字国事之狱冤多而庇少以外，其余皆始于宽纵，后乃严辨。且用人由君，参劾未见即准，故宝玉瞒赃，诸幕之总代表也"（即以玉玺代帝王之意）。

评平儿行权，谓"豫王交通孝庄，必赖刘媚。豫王与刘媚严厉，必待牧斋与柳如是之纳贿运动。书中所言凤姐严而平儿宽是矣"（此亦想当然耳，但亦《释真》独到处）。

六十二回

评柳家的照应当差，谓"睿王曾谕责张若麒曰：'大小臣工，只应办本等职业，不宜谄上凌下。今察知顺天府差人，取鱼向各王府投送，恐各官效尤，谄佞成风。自后不得劳民献谀，有乖政体。'若麒答辨，睿王仍以'事岂无因，姑不究既往'复之"

（与本段事迹相似）。

评湘云眠裀、香菱解裙，为"一幅深宫行乐图,"亦胜义也。

评贾环与彩云口角，以拟郑彩鸿与芝龙拼命，待考。

六十三回

评探春一令，曰"'瑶池仙品'，曰'日边红杏倚云栽'，成功之国姓也，精忠之袭藩也（皆有合处）。《南山》之诗又于此中一露。曰：'我们家已有了皇妃，难道又有皇妃不成'，贵婿注脚，不可言思。杏花陪桃花一杯，何神妙乃尔。指而目之曰'大嫂子'，难乎其为小姑矣。'这是什么话'，'中冓之言，不可道'也"（自是独到之评注）。

评"独治理"，"亲长为写礼亲王葬事"，亦是特见。

评"脏唐臭汉"，'阅者自能明之。然发于此次丧礼之中，尽指礼王于孝端死后乃下嫁也。"甚合。

六十四回

评"五美吟"，"专重富察后"，太隘。且《红拂》一绝，明用圆圆对三桂语，何能他移？

评"贾蓉说道"：'都无妨，我二姨儿、三姨儿，都不是我老爷的，原是我老娘带了来的"。谓"随娘子之指汉军，欲以豫王谋夺范文程继妻一案，拟贾琏之娶尤三姐也。"谓张华"取中华意，自是汉人；充当皇粮庄头，当然为投旗汉人"（均以拟范，亦《释真》独得之见。乃仍夹写博尔济氏，不可不知）。

举清初丧中演戏娶亲，有"睿王丧中吴王纳万丹女一事。孝端之丧，太后下嫁；豫王南征渔色，亦在太宗丧中。书中写'国孝''家孝'；特别注意之，乃为此也"（可供参究）。

六十五回

以尤二姐拟范妻，尚似；以尤三姐拟陈卧子某姬，不相似。

六十六回

评薛蟠平安州遇盗一段，为三桂叙州之败，不如征蒙得柳似烟力之确切。

又谓"曹氏之尤三姐指吕四娘"，大非。不知是写绳妓霍三娘，以拟红娘子尚可。

六十七回

评薛蟠常州泥捏小像，谓"泥土，视三桂"（应引某君《咏泥罗汉》以讽三桂曰："你说你是硬汉子，你敢和我洗澡去"一事，恰合本旨）。

评凤姐秘讯，谓"刘媪私通家奴之嫌疑"，亦具别见。

六十八回

考范妻为耿王祖仲明之妹一段，似嫌赘繁。

谓"秋桐指睿王收肃王一妃，又将一妃私与伊儿英王，以影贾赦所赐。"近是。

六十九回

评曹氏对于尤二姐感想为柴大妃诉冤，绝对不是。白费气力，可惜。

七十回

评《桃花诗》《柳絮词》以为"皆轻薄之物，然桃红絮白，朱明与长白之辨"（自是胜义。桃花诗社并借唐寅桃花庵以明黛玉之代表唐人，不可不知）。

《柳絮词》解与鄙意合，但尚嫌疏略耳。且评宝钗词为"争后注解"，不如言写满人得意为长也。

七十一回

评仆妇得罪尤氏一段，为肃王得罪委曲而发，仍嫌辞费余文，皆不足取。

七十二回

评"倚势霸成亲",谓"豫王南下,自为渔色之首。同刘姍被掳,女子为其部下逼迫者,何可胜道?而投旗之人,亦多乘势打劫"。言来旺者,"'来'者,来投之意。谓之曰吃酒入浑水也,谓之曰不成人,屏之汉族以外矣"(此段可通。凤姐言"王家人",其意自明,不须深说)。

七十三回

以傻大姐拟张煊,终不相似。

录"懦小姐不问累金凤"一节,谓"南都君臣,岂有纲纪?摘发之任属于探春,盖谓使唐王与成功处此,必不肯含糊了事者。"又谓"用兵最精,默以拟张苍水",又评"先制服二姐姐,然后就要治我和四姑娘"。"以拟前三藩"(自是第一义谛。惟以侍书拟苍水大得唐突)。

七十四回

评大观之抄,为"满人自相鱼肉,"仍以探春拟唐王、成功,"实身受骨肉之祸,而不忍言、不忍不言"(明室因内争亡国,皆写于探春口中,不可不知)。

评私自传递,引"李定国伏兵磨盘山三支以待清兵,降官声桂生泄其计,遂至失败,明因之结局。卢桂生之私自传递,罪大恶极,而定国之才亦为白文选所累。书中惜春孤僻,本以定国,为桂王代表。而文选终至降清,故仍随尤氏以去,盖深罪文选而例之以桂生也。入画之名尤与文选映合。此篇是三春本传云"(是第一义谛)。

七十五回

评尤氏"'碰到你姨妹气头上'。探春道:'谁叫你趁热钻火来了'"以为"清初诸王之行为,乌可以入成功、定国之眼哉"

（亦可通）。

"以尤氏拟肃王妃，因写惜春一骂，以小姑责嫂（此处似写满人之重姑奶奶，非写惜春之才胜人也）。以傻大舅拟宁完我，因宁生平以告讦为能，"然亦少拍合指之辞，俟考。

谓异兆、悲音，暗指肃王被幽，甚合。

七十六回

谓"贾赦歪腿为英王求为叔王之结果"。因前回贾母偏心一层，《释真》以顺治六年英亲王阿满格攻击辅政豫亲王，诏令二子不应优异于众。又谓"郑亲王乃叔父子，渠乃太祖子、皇上叔；可以渠为叔王，而不应以郑亲王为叔王"（以写偏袒，甚合）。"摄政让之诸王大臣议削英王爵，睿王仅免其罪，但令以后勿预部务"（故曰"歪腿"，亦合。但康熙诸子争储，亦有偏袒情形，而允裸装病不离杖，尤与歪腿合，可同参。）

评"卧榻之侧岂容他人鼾睡"，曰"汉军与汉人从何驻足？出之女子之口，争后不得决矣"（仍以满人南征为第一义谛）。

评"凸碧"为"清"字影子；"日月落时江海碧"，黄蘗山人之痛也。

"凹晶"者明也，以光明之物处凹下之地位，安得不悲寂寞？"自是胜义。

评"清游拟上元"谓"'上元'，甲子开国之象，以拟洪武（不如拟元朝为切题）。'分瓜笑绿媛'，破瓜之义，四贞宜妒继后（按，此似谓睿王纳朝鲜女鲜女衣绿，故云）。'酒尽情犹在'，三吾水绘，又乌能忘？'这时候一步难一步'，非作诗之难，乃处境之难"（甚合小宛心事。其他解释亦多有意，与鄙人注可参观）。

评妙玉续诗，以拟万季野收辑历史，故寓兴亡之感，亦合。

又拟妙玉于蔡琬，因"其父蔡毓荣曾咏白燕第五句云'有色何曾相假借'，沉思未对。琬代续云：'不群仍恐太分明'，以拟妙玉狷介"（甚似）。又"考三桂卒于康熙二十年，毓荣得罪于二十六年，琬当已前死，其父亦得罪，是固生而孤落者；身世与妙玉等"（殊非泛指）。

七十七回

评人参"过百年而日已成了灰"，以"为清廷之运代表"（应明"胡无百年之运"）。

评晴雯之死，以为贞妃殉葬即董年也，其中仍有一李雯在，不可不知。

评吴贵姐妇一段，"以讥前清官场之卑污"，又评女子"嫁了汉子"数语，"以讥二臣之不堪"，皆有慨乎其言之矣。

七十八回

评林四娘以为"与《聊斋》《池北偶谈》所载不同，"以"作者别有传闻"（其实林四娘与《聊斋》《虞初新志》虽殊，而大致相同。因其为青州衡宫宫人既相同，且为雄鬼亦相似，惟《聊斋》无林四娘战死历史耳。则《红楼》正可补其遗缺，何云传闻异辞耶）。

评《芙蓉诔》用典不及仙女而转用叶德善摄魂撰碑，李长告被诏为记，亦不类（不如正写李雯也）。

又拟姜西溟之与容若，失之远矣。

七十九回

评夏金桂之于薛蟠，为代表三桂之继妻张氏，对于清廷代表三桂与王《索隐》无二，不引。

评迎春为应熊尚主而发（亦连类而及之义也）。

八十回

评香菱受棒仍指圆圆，于义为长。

八十一回

评探春先得鱼，为"希望唐王与成功之独立"（可算一竿到底）。

以李纹为李雯，不如晴雯之恰当。《红梅》诗注亦有未合，另评之。

以邢岫烟拟毛奇龄，以李绮拟朱竹垞，又谓竹垞补修红楼，皆无确据。

八十二回

评老学究为清初讲官，亦嫌浮泛。

拟袭人于"废后降为静妃，则是偏房。未降以前本由睿王之私人强迫而来，则原是偏房"之说亦通（可从）。

八十三回

评"夏家门子里没见过这样规矩"，"以三桂之家言之，则无种无国、无父无母，而又无妻无子。且曰以淫杀为事，真真是个混帐世界"（甚合）。

评宝钗吞声一段，仍嫌太泛。

八十四回

评"提亲"二字，对顺治为语无泛设，因大婚年犹未满十五。十五为圣人志学之始，盖即为普通人入大学之时代"（即言入大明朝之时代）。"'不愠'一题为不愠孝庄下嫁。'归墨'，指无父"（不如用夷子二本以讥多尔衮之假称皇父为确切，且使人失笑）。

评"倒给人家当家"，为"本非其家而据有之，故曰替人当家。本不认可而称皇帝。故曰'不能替人当家'，言顺治未亲政，权在摄政王；既亲政之后，办得稀糟，何曾能当家？"甚是。

评贾环结怨，以《过墟志》刘七拟之，仍嫌不显豁。

八十五回

评"此回北静王当指郑亲王"（甚是）。

又评宝玉道"你瞧芸儿这样冒失鬼"一语，忽止住，"以拟废后立后际，范文程、洪承畴与有力焉"（颇见巧思）。

评"薛文起复惹放流刑"，谓"打死张三，即三桂之逼死桂王；驻云南，即不异放流"（亦合情事）。

评李家店，"犹是唐人土地；'当糟'当朝之谓。十八年前之张大，即崇祯大儿子二儿子也都死了，福王唐王安在？'小杂种'写得毒，不认为汉人矣"（皆第一义谛）。

评老官翻案牍为"三桂几翻前案而不自以为丑"（亦合）。

八十六回

评于薛蟠打死张三之后，忽提宝玉想起蒋玉函的汗巾，"明其为宝位而争也"（极是。改朱为张，即演戏改朱木匠为张木匠之意）。

八十七回

评黛玉想父母，谓"父母为祖国"（自是第一义谛）。

评妙玉听琴为"卞玉京弹琴"，亦有合处。

评惜春输棋为"桂王李定国之倾覆"（极是）。

评走火入邪魔，谓"不免唐突季野。"（按不如王《索隐》之拟桂王为优）。

八十八回

评"赞孤儿"之"孤"字，"可作少孤解亦可作称孤道寡'寡'孤字解"（极是）。

评鬼话一段，"即《聊斋》以狐当胡，以汉人当鬼之义"。又谓"汉人之死者，当作厉鬼以报豫王"（不知尚有满洲冤鬼在）。

八十九回

评"公子填词"，"将顺治对董妃、乾隆对富察后之追忆一并写出"，固合，然其中尚有雍正篡位历史在。

九十回

拟薛蝌为三桂大学士方光琛，不甚切合。惟求之于三桂方面则无过；于光琛者，俟考。

九十一回

评谈禅为董妃要宠之词，固是，而与济南妓为富察后标榜与乾隆打禅语，亦有合处。

九十二回

评宝玉评《列女传》，至以卓文君红拂为豪杰，正是影照睿王女东莪私通某生事，不得专以清皇训女为证。

拟潘又安于讷亲，司棋于阿扣，不相似；乃《释真》通病也。

九十三回

拟包勇为张勇，不知尚有赵良栋在内。

"水月庵"一案，以指豫王部下之淫乱，亦不尽然。

九十四回

以贾母拟孝庄又拟乾隆，不免牵强。

评"丢了这个，比丢了宝二爷还利害"，以为"满人宁可亡君不可亡朝"，以宝玉为玉玺，自是第一义谛。

评"除了宝玉都是女人"，以"园中为国中，女人为汉人，即普天臣妾之义。篇中怕女人为贼，则是防备家贼"。诚然。

解"当"字为"玉玺暂寄于满人，当然物归原主"，是作者本意。

九十五回

评邢岫烟求妙玉扶乩，为奇龄与季野修史。以"词曰'噫'故国之泪也。'青埂'者，清之代名词（清更代之土也）'古松'，数千年之古国。'来无影去无踪'，国亡于满洲之谓（汉去胡来几无踪影言历史已亡也）。'欲追寻'而由万重河山，统一完全，无一块干净土（追寻历史河山依旧）'入我门来一笑逢'，苟能自主，玉玺仍归汉族"（皆胜义也）。

九十六回

仍以黛玉为小宛；以此回写谋后不成而失本性（有未尽意），驳王《索隐》谓允礽二次再储全系孝庄及冯铨之力为伪造历史。因孝庄死于康熙二十二年，年七十五。再储二十余年。冯铨已死于康熙十一年（自是精确。但两曹氏均死于乾隆三十年前，而《释真》以为乾嘉间人，其误正相等）。

九十七回

评"焚稿"为灵皋作传，即以为烧书代表。（颇有关合处）

以掉包拟雍正篡位，甚是。但以嘉庆即位亦未必脱去掉包之惯例，自蹈伪造历史之嫌。且非两曹氏所及见也。

九十八回

评李纨料理黛玉之死，拟佟氏对小宛以及李文贞救灵皋之狱，皆有合处。

九十九回

评"破例"一段文字，为"痛写官僚政治情形"（惜不知其中有李卫与田文镜在）。

一百回

评"帮着人家挤我们的讹头"，为"自家人杀自家人"，所引事实，仍觉浮泛。

评宝钗"独你喜姊姊妹妹"，暗指康熙纳妹事，亦合。

一百一回

写凤姐见鬼为狗，"乃狐畏狗之意"（不知其中尚有"阿其那"、"塞思黑"两鬼在）。

写"散花菩萨以影满洲天女",甚似。

评王熙凤衣锦还乡,仍以《过墟志》关合,较为确切。

一百二回

评卜卦"'兄弟劫财',为肃王被幽之兆。"世爻上动出一个子孙,倒是克鬼的",以拟顺治,恰合(阴用世祖之世字极巧)。评"园里撞着"为秘密之事;"出了汗",为风流汗。总不离肃王妃辱于睿王一案(自是胜义)。

评大观园凄凉以"龚定庵《正大光明殿赋》以'丰草长林,鸟兽居之'为韵,而痛骂满族。"固是(但其中主要在雍正遇刺客,不可不知)。

"大公野鸡",评为"禽兽而被文明毛羽"(不知其中有一"吕"字)。

一百三回

评金桂之死为三桂之死,皆有关合处。

一百四回

以雪雁指赵良栋,紫鹃指孙思克,皆觉不切。

一百五回

评查抄至引和珅,大错特错,不足取也。

一百六回

以凤姐拟刘鹏"以讥武臣致祸丁祖国"(其意为合)。

评带"累二老爷",引英王狱词,仍不免浮泛。

一百七回

评贾政"伦常上也讲究","'也'字下得恶极。下嫁而以为孝,杀亲王而以为忠,摄政专横而以为守臣节"(写最循规矩,可笑)。

以包勇拟张勇,仍不及赵良栋之切当。

一百八回

写湘云出嫁，引《东华录》"顺治十三年六月癸卯，谕礼部'奉圣母皇太后谕，定南武庄王女孔氏，忠勋嫡裔，淑昭端庄，堪诏壶范，宜立为东宫皇妃。尔部即照例备办仪物，候旨行册封礼'，为孔四贞立妃已经宣布"（此谕甚关紧要，如此则书"白首双星"之言非虚造矣）。

评"'刘阮入天台'，仍是李雯仕清注脚；'闲看儿童捉柳花'，仍是竹垞告归"（颇有关合）。

一百九回

以"柳五儿为悼妃，乃科尔沁巴图鲁王之女，未及册封而逝，遂追封悼妃"（亦一异闻）。

评"汉玉缺"一段，颇合鄙意。谓"这块玉还是祖爷爷给我们老太爷"数语，"为叶赫世代明藩，袭受封爵之代表"。"这玉是汉时所佩"两语，为"汉族封爵典章，足以夸耀邻邦""你拿着就像见了我一样"，"非世袭爵禄，后嗣即与前代等乎？""我那时还小，撂在箱子里"，"弃此命妇之地位"。"我见咱们家东西多从没带过"，"改嫁后不复顾旧封，一撂便撂了六十多年。孝庄死时年七十五，去嫁叶赫时年代差似今日给与宝玉，是以汉人所有给之故，仍提系我祖上给我的意思"（语不落空，是为上乘。但尚有曹丕得玦意在）。

评惜春"久不画了"，为"祖国难于恢复，由是以后无可如何之词"，亦是。

评"史姑爷痨病"，谓"延龄于康熙十三年叛，十七年被吴世琮所执，杀之，恰是四年"（颇合）。

一百十回

评贾母"心实吃亏"，"四字以影孝庄失节下嫁，甘心自污"（极是）。

一百十一回

以鸳鸯拟马湘兰，终觉不合。

一百十二回

评妙玉被劫案，"指蔡毓荣爱吴氏之色而辱其人，因吴氏为三桂之嫡孙女，恶三桂者固快心于其孙女之为人所污，而污之者之罪终不可以少贷"。但终觉牵强。

拟赵姨妈暴病为郑芝龙弃市，亦一笔到底之意也。

一百十三回

评冤魂缠扰，为"汉族无数生灵向豫王索命之辞"甚切。以年羹尧拟紫鹃，亦太牵强。

一百十四回

评凤姐丧事草草，因为夺豫王，亦写牧斋丧事，仍以平儿拟如是，但情事不甚切合。

评甄永嘉蒙恩遂至阙，"有明裔丑受清人封爵，及希望明朝恢复、还我河山两义"（实为上乘）。

一百十五回

评曹氏以惜春指丰绅殷德家事，以及朱珪稚存，远及嘉庆四年（未能切合，不可取）。

评甄宝玉为禄蠹，不如指永历之切合。

一百十六回

评宝玉入梦先见尤三姐，"因书中所记诸人，固大多数因皇帝而受害；受害之极则必当有以报复之；报复之人必假诸受害最烈者之手，故以三姐为代表。而曰'你们兄弟没有一个好人，败人名节，破人婚姻，今日到这里是不饶你的了！'痛快已极"（此等皆作者故意泄漏，乃胡适辈尚认为曹雪芹自叙，而曹家兄弟何曾有此等败德耶）。

一百十七回

评要玉要人为光复之义。与鄙意甚合。

"假墙"笑话，评为"作者提醒吾人之深心"（而不知将吴、洪诸人都写在里面，且有蔡某一段历史也）。

一百十八回

"欺孤女"评为刘媪事，无据（因其写东莪也）。

以此回惜春拟桂王，以紫鹃拟定国（较为确实）。

评"不失其赤子之心"，以合于顺治出家心理，颇得要领。

评赖尚荣设法告假，以为清廷之部曲离心，亦合。

一百十九回

评探春随镇海都统回京，谓"郡主之翁实为耿继茂"，颇是。

巧姐住在村里，谓"曹氏指郑家庄王孙事"（不知其为东莪）。

一百二十回

香菱扶正与难产，谓"兼指顾眉生"，亦一异闻。

论雪芹生世，不甚明了，当据近人曹氏年谱正之。

（终）

附　　录

景梅九《石头记真谛》概述

郭豫适

  《石头记真谛》又名《红楼梦真谛》，此书民国二十三年（1934）西京出版社印行。

  《石头记真谛》不但是三十年代，而且也是整个后期索隐派一部比较重要的评著。在索隐派著作中，《石头记真谛》搞的是大杂烩式的索隐，或可以说是索隐式的大杂烩。全书分上下两卷，共二百余页（每页两面），约十万言。

  上卷有张继序、王婆楞序及作者的《代序》，此外即为《石头记真谛纲要》和《叙论》《先论命名》《次论薛林取姓》《次论汉满明清》《再专论宝玉》《论书中诗词》《论著者思想》，又有《附录》《别录》《杂评》《杂录》。下卷包括《评王梦阮沈瓶庵＜红楼梦索隐＞》和《评邓狂言＜红楼梦释真＞》。以重要性论，上卷比下卷重要，其中《石头记真谛纲要》十余页，仿《红楼梦索隐提要》，概述本书主要思想内容。从篇幅看，下卷多于上卷，其中评王著多于评邓著。我们这里着重评介的是上卷。

  卷首张继《红楼梦真谛序》，举出本书要义，给予高度评价，称本书作者"知人论世之功，更不在原作者之下"。其中说：

    章回小说原由宋时平话演变而来，平话最著者为

《宣和遗事》，乃宋金之际，有心人借当时比较通俗之文言，以写亡国之惨痛与恢复之意志，而昭示于天下后世者也。今观吾友景梅九君所著《红楼梦真谛》，乃知《红》书亦《遗事》之流亚。惟《遗事》乃明写南宋时忘仇避狄之情势，而《红》书则隐写明清间兴亡真伪之痕迹，又假借儿女闺房之私，以发挥伤时感世之深心。篇中表示眷念祖国、鄙弃伪廷之处，均可忖度而得，故《真谛》一名《忖真》云。（着重点引者所加）

所谓"隐写明清间兴亡真伪之痕迹，又假借儿女闺房之私，以发挥伤时感世之深心"，所谓"眷念祖国"、"鄙弃伪廷"，正是景梅九此书对于《红楼梦》的基本观点。由于张继接受了这样的观点，所以在追溯章回小说"由宋时话本演变而来"时，宋代其他平话都被撇在一旁，偏偏提出了《宣和遗事》，并且誉之为"最著名"的平话，这是先入之见所造成的不恰当的评论。张序又进一步说，《红楼梦》是《宣和遗事》之"流亚"，这更是极其牵强的说法。《宣和遗事》和《红楼梦》，两者的题材、内容和艺术风格根本不同，是两种类型的作品。《宣和遗事》写的是宋金时期的历史故事，《红楼梦》的内容则是通过贾府等四大家族的兴衰和贾宝玉、林黛玉等爱情悲剧的叙写，揭露和批判了腐朽的封建社会，两者怎么能够相提并论呢？

张继序中又说："考近年来《红》书索隐、释真诸作，较之专以文字评注者为长，而仍不免失于之疏略浮泛，都不逮《真谛》之精详确切，洋洋十万言，独为警彻绝伦也。"所谓他人诸作均为"疏略浮泛"，唯独"吾友"所作为"精详确切"、"警彻绝伦"，不过是抑彼扬此、夸大溢美之词。至于说什么"《红》书著者乃能窃取《春秋》之义，先写满清用夷变夏之谬举，终标福善祸淫之正论，虽以史湘云获小麒麟，自拟为小《春秋》，然亦自负不浅矣"云云，则更是径直以孔子著《春秋》来比拟曹雪芹著《红楼梦》，不伦不类，实在酸腐之至。

王婆楞的《石头记真谛序》较短。其中称扬"予师梅九"，处"满胡淫威"之下，"假优孟之衣冠，照燃犀之鬼魅"，把《石头记真谛》和"龙门一记"（司马迁《史记》）相比。

继张、王两序后，作者又有《答友人询＜红楼梦真谛＞书》，作为《代序》列于卷首。《答友人书》云，"最近欧风东渐，始有人提高说部之价值"，许多评论家都重视《红楼梦》，因而出现了许多索隐、考证、辨证、释真、抉隐的著作，但在这些评著之中，"求一足曝露原书真谛而无余蕴者终未有见也，此鄙人所以不揣颛蒙，而思一揭其奥秘，以快阅者之心目"。这就是他写此书的"最初意旨"。紧接着说：

> 及追寻著者之思想，又发见原书关系平民思想之点，觉其符合最新社会学说，能超过马格斯一派议论，不禁通身快活，为之发挥略尽。……乃不意迩来强寇侵凌，祸迫亡国，种族隐痛，突激心潮，迥诵"满纸荒唐言，一把辛酸泪。都云作者痴，难解其中味"，以及"说到酸辛处，荒唐愈可悲，由来同一梦，休笑世人痴"两绝句，颇觉原著者亡国悲恨难堪，而一腔红泪倾出双眸矣。盖荒者，亡也；唐者，中国也。荒唐者，即亡国之谓。人世之酸辛，莫甚于亡国。（着重点引者所加）

《答友人书》提及《红楼梦》作者的思想，具有"平民精神"，还说《红楼梦》这种"平民精神之点"，"符合最新社会学说，能超过马格斯一派议论"，这在《红楼梦》评论史上倒是一

种新的提法。我们说，《红楼梦》产生于十八世纪中国封建时代
清朝初期，小说表现了当时的先进思想，这是无可置疑的，然而
说它"超过"了马克思的学说，自然是谬误的。从某个角度来
看，这种情况客观上反映了这样一个事实，即俄国十月革命以
后，马克思主义传播到中国，至此已在社会上广泛流传。但必须
说清楚的是，景梅九认为《红楼梦》里有马克思主义，这只是他
的一种猜想，并不是《石头记索隐》的基本内容，更不等于说他
用马克思主义观点评析《红楼梦》。

　　景梅九《答友人书》也明白表示，他认为《红楼梦》作者有
"平民精神"，但只是一种感觉。事实上，景梅九并没有把这看法
作为评析《红楼梦》的指导思想；《石头记真谛》一书评析《红
楼梦》的主导思想，是所谓讥清思明的民族思想。"迩来强寇侵
凌，祸迫亡国"，是处在三十年代帝国主义势力侵入中国这样的
历史环境下评论家的思想感情。景梅九的这种思想感情当然是进
步的，但他把这种主观思想硬贴到《红楼梦》这部小说上，于是
就出现了"荒唐"即是"亡国"的评论。这就像前期索隐派的蔡
元培为了宣传民族主义和排满思想，把《红楼梦》的"红"理解
为"朱"、即"朱明"王朝一样，都是不切《红楼梦》实际的。
景梅九的评论仍然是一种主观意念的产物，并且仍是借助于通过
测字猜谜寻求小说"本义"的老办法，这也正是《石头记真谛》
之所以仍然是索隐派著作的根本原因。

　　《石头记真谛纲要》撮述了《石头记真谛》全书的重要内容，
也表达了作者研究《红楼梦》的观点和方法。《纲要》开宗明义
第一条就告诉读者，这是一部索隐派的作品：

　　　　本书注意谶纬隐语、灯谜射覆等事，一言以蔽之
　　日，真事隐而已，则读者非下一番索隐工夫，断无由知

其真谛。王、蔡两《索隐》均有所发明，而遗漏粗疏之
处尚多，不佞特以本著补缀之。

景梅九在这里说明两点，一是他认为《红楼梦》这部作品非
通过"索隐"无法了解其"真谛"，二是他自认为他这部《石头
记真谛》是王梦阮《红楼梦索隐》、蔡元培《石头记索隐》的继
续和补充。应当指出的是，《石头记真谛》对于前期索隐派的继
承，这里虽然着重提了"王蔡两《索隐》"，但从该书下卷除专评
王梦阮《红楼梦索隐》外又专评邓狂言《红楼梦释真》的情况看
来，他对前期索隐派那三部名著是采取兼容并包的态度的。

《红楼梦索隐》《石头记索隐》和《红楼梦释真》三书评述
《红楼梦》的着重点是不同的。王梦阮《红楼梦索隐》重点在说
明《红楼梦》所写是清世祖和董鄂妃之间的故事，蔡元培《石头
记索隐》重点则在说明《红楼梦》有吊明伐清之意，而邓狂言
《红楼梦释真》则认为《红楼梦》所隐寓的是清代包括宫廷秘闻
在内的更为宽广的历史。景梅九则在《红楼梦》是写"历史"这
样大而无当的范围之内把上述三者都吸取进来，重点则在阐明
《红楼梦》的亡国哀思。其索隐的侧重点跟蔡著是更为接近的，
所以此书对蔡著的引述也特别多。

《红楼梦》中贾雨村这个人物的名字，引起过许多红学家的
"索隐"。具体说法各不相同，大多数人认为"贾雨村"就是
"假语存"的意思，说"贾雨村言"就是"假语村言"或"假语
存焉"的意思。景梅九与众不同，他提出一种新的解释，认为
"贾雨村"乃是"假予忖"，"贾雨村言"即是"假予忖焉"的意
思。他说：

> 甄士隐接以贾雨村，作者自谓假语村言，鄙人以评

者地位而拟以假予忖焉。诗云："他人有心，予忖度
之"，故一名《石头记忖真》。各家索隐最疏漏者为不明
木石姻缘及石头命名之真谛，以致埋没著者一片爱心，
故首详焉。（着重点引者所加）

景梅九不同意从"真事隐"和"假语存"相对待的角度来加
以理解，认为应当从小说作者（写"假语村言"）和评者（"忖"
"假语村言"）相对待的角度来加以理解。按，"甄士隐"和"贾
雨村"，从谐音来看，从"真事"与"假语"相对待看，应是
"真事隐"和"假语存"的理解比较近乎小说作者命名的设意，
至于"贾雨村"和"言"字连写，则作为"假语存焉"或"假
语村言"来理解为比较近乎作者的设意。景梅九这个新的理解，
强调的是作者和评者的对待关系，未必就比上述一般看法更为
高明。

我们认为，对《红楼梦》中"贾雨村"、"甄士隐"这些名
字，其实是无需太花气力，刻意求深去理解的。个人觉得，所谓
"甄士隐"、"贾雨村"这些名字，在一定程度上反映了曹雪芹对
小说创作过程及其规律的认识。它表明《红楼梦》里所叙写的东
西，是植根于或来源于实际生活，但又不是实际生活本身，而是
经过作家艺术创造过的。

景梅九在这里故作新解，无非是为了突出一个"忖"字，显
示他对于《红楼梦》的"真谛"能够比别人猜测得更好罢了。果
然他在上述这段新论之后，紧接着就批评"各家索隐"均不明白
小说中"木石姻缘"及"石头命名"的"真谛"，声称只有他才
能"忖"得。

在《纲要》中有一条对戚蓼生序的索隐和评论，颇能显示出
他"忖真"的所谓独到之处。他说：

　　戚序颇知微旨，就"如捉水月，只把清辉，如雨天
花，但闻香气"四语论，暗借水月、雨花以写满清两
字，水月加主是清，又明写清字；水雨花头为满，又暗
用香满一轮中句写满字，故接云，庶得此书弦外音乎？
弦外音即亡国隐痛，吾人欲读者领略弦外音而不辞一弹
再鼓耳。（着重点引者所加）

　　这段文字很可以看作是索隐派最具典型性的评论之一。应当
指出的是，景梅九在这里把索隐又发展了一步，他是在搞双重的
索隐，一方面是在索《红楼梦》之隐，另方面也是在索戚蓼生序
的隐。

　　戚蓼生那四句话究竟是什么意思呢？我们不妨把戚序中那段
文字引来看看：

　　吾闻绛树两歌，一声在喉，一声在鼻；黄华两牍，
左腕能楷，右腕能草。神乎技矣！吾未之见也。今则两
歌而不分喉鼻，两牍而无区乎左右。……盖声只一声，
手止一手，而淫佚贞静，悲戚欢愉，不啻双管之齐下
也。噫！异矣。其殆稗官野史中之盲左、腐迁乎？然吾
谓作者有两意，读者当具一心。譬之绘事，石有三面，
佳处不过一峰；路看两蹊，幽处不逾一树。必得是意，
以读是书，乃能得作者微旨。如捉水月，只把清辉；如
雨天花，但闻香气；庶得此书弦外音乎！

　　只要读过戚蓼生的序文，就会明白他这里是在赞叹《红楼
梦》艺术方面的"神乎技矣"！戚蓼生的意思（包括上述那四句

话），不过是说《红楼梦》作者的艺术技巧非常高明，作者非常善于"双管齐下"，"一声也而两歌，一手也而二牍"；说读者必须懂得《红楼梦》的这个特点，才能够领略《红楼梦》的好处，领略《红楼梦》的"微旨"。至于《红楼梦》的"微旨"究竟指的什么，戚序并未说明，也无暗示，何尝认为《红楼梦》隐寓明清兴废和所谓"亡国隐痛"？

景梅九对戚序中那四句话，进行一番拆拼之后，竟得出以上的结论，这不但是强加于《红楼梦》，而且也是强加于戚蓼生序的。什么"暗借'水月'、'雨花'以写满清两字"啦，什么"'水'、'月'加'主'是清，又明写'清'字"啦，其实压根儿就没有那么一回事，纯粹是景梅九从自己头脑里那种《红楼梦》隐叙明清兴废和所谓"亡国之痛"的主观意念生发出来的。

在前期索隐派的大量索隐著作中，那些索隐派评论家是以《红楼梦》作为索隐的对象的，现在景梅九竟把戚蓼生的序这种评论《红楼梦》的文字也作为索隐的对象，这说明《石头记真谛》索隐的范围和对象实在是越来越广，越来越庞杂了。

《石头记真谛》本论部分，包括《叙论》《先论命名》《次论薛林取姓》《次论汉满明清》《再专论宝玉》《论书中诗词》《论著者思想》。从这些安排来看，《石头记真谛》一书结构上是比较整齐有序的。在此书以前，一般索隐派著作，有的卷首附有"提要"之类，但大量文字是随《红楼梦》正文的次序进行索隐；景梅九此书则把自己对《红楼梦》的索隐归纳为几个论题，基本上是按题索隐，这样就使读者较易掌握他索隐的思想内容和眉目，这是此书的一个特点。

《叙论》第一条就提出："《石头记》确有所影射，大半写明清之间隐事"，强调"索隐"有"重要价值"。在《石头记真谛纲要》中，他表明了对待胡适和蔡元培那场新旧红学论争的态度，认为王梦阮《红楼梦索隐》、蔡元培《石头记索隐》在一定程度上"揭穿本书之秘奥"，而"胡适之为《红楼梦考证》则抱定作者曹雪芹，硬说是曹之自叙传，辛辛苦苦只考得南巡一事，于本书全体未能拍合，故不足服索隐者之心。今阅蔡氏于《石头记索隐第六版自序》中对于胡氏考证有所商榷，振振有辞，恐胡氏未易反唇也"。这说明，后期索隐派景梅九是继续维护前期索隐派对胡适新红学考证派的反批评的。

《叙论》中对于《红楼梦》的索隐，提出了"三义谛"的说法：

> 常谓批评本书有三义谛，第一义谛求之于明清间政治及宫闱事，第二义谛求之于明珠相国及其子性德事，第三义谛求之于著者及增删者本身及其家事。

景梅九这个"三义谛"，立即使人想起前期索隐派蔡元培的"三标准"或"三法"。蔡元培的"三标准"，在《石头记索隐》中并不是严格统一化并严格实行的，不过如果真能按照其实行的话，索隐的范围是可以稍为有所限制的。现在景梅九这个"三义谛"，则是把索隐的范围，空前地并且无限地放宽了。他这个说法，第一、二项已经把王梦阮、蔡元培等的索隐范围全包括进来，而所增加的第三项，索隐的对象并不是曹雪芹，而是寿鹏飞所述的马水臣的说法，即认为《红楼梦》原作者是"曹一士"，并且除原著者"曹一士"外又再加上了不止一个的增删者。请问这岂不是把"索隐"工作的对象和范围空前地扩大了吗？

景梅九论"石头"、"薛林"及作者思想

景梅九的《石头记真谛》一方面继续就前期索隐派索隐的范围进一步加以扩大，一方面又继承前期索隐派传统的牵强附会的索隐法，对《红楼梦》提出了一些新的附会。他对于别的索隐家皆不明白，唯有他才明白的所谓"本书命名之意"的索隐，就是典型的例子。

在《叙论》中，景梅九介绍了他的友人唐易庵关于《红楼梦》的"真谛"，即"《红楼梦》为思明而作"的论述，谓唐君之言虽寥寥数语，然决非《红楼梦索隐》和《石头记索隐》所能及。据景梅九所录，唐易庵的论述要点如下：

> 《红楼梦》为思明而作，红字影朱字，恐人不知，特于外国女子诗中标明"昨夜朱楼梦"一句以明之，悼红轩即悼朱轩，宝玉爱红爱胭脂皆爱朱之谓，言玉终恋朱明也。且宝玉以极文雅之人，而赌起咒发起誓来，都效《西游记》朱八戒声口，亦作者弄狡狯之处。
>
> 再说木石两字，则因坊间所传推背图，以树上挂曲尺影朱明，今于木字添石字首两笔，恰成朱字，惟恐人不察，故又名本书曰《石头记》，言取石字头以配木而成朱。

　　林黛玉代表明，薛宝钗代表满，两人姓氏由高青邱
《梅花》诗中"雪满山中高士卧，月明林下美人来"两
句取得。雪（薛）下着满字，林上着明字，昭然可观。
（着重点引者所加）

　　景梅九说："唐君之言，尚有脱佚之处。余只服其抉出石头
两字之隐微，及林薛取姓之巧合。谓非心细如发，何能至此！"
所谓"脱佚之处"，意谓唐易庵尚有未见之处，而景梅九"乃具
一副眼光，以读本书，果然发见无限妙文与暗藏之真谛。"景梅
九自诩索隐所得是"无限"的，我们无暇也无需对他的"无限"
发见逐一加以介绍，这里只就他对"唐君之言"中甚为佩服，而
又加以发挥的石头命名及林薛取姓之处，稍加引述。

　　在《先论命名》中，景梅九说：《红楼梦》第五回宝玉梦游
太虚境，"其写金陵十二钗正册云：'贮的是普天之下所有女子过
去未来簿册，尔凡眼尘躯，未便先知的'。意在'未来先知'四
字，所谓推背图，皆影照未来，非有道者未易先知"，再联系册
上所画的一些形象，可知这正是本于推背图，"作者意谓读者欲
明本书命名之意，非看推背图不可。"否则就不能明白《红楼梦》
曲中"俺只念木石前盟"，以及三十六回宝玉梦中喊骂"和尚道
士的话如何信的，什么是金玉姻缘，我偏说木石姻缘"这些话有
什么"寓意"。他教给读者一个法子：

　　若看推背图，一株树上挂曲尺，便可悟得木与石头
之相联，原来木石姻缘只是木字和石字头的姻缘而已，
所以特取《石头记》以定名也。……而作者犹惧人不识
木石之为明，乃于《红楼梦曲》中特道："都道是金玉
姻缘，俺只念木石前盟"。木石前盟，即木石前明，不

过添皿字以掩饰之。其显豁如画，索隐均未能道出，何
耶？（着重点引者所加）

小说中所谓"木石前盟"、"金玉姻缘"，其实并无深不可测
的奥义，联系小说本身对宝玉、黛玉的恋爱和宝玉、宝钗的结合
来理解，"木石前盟"当然是指宝玉和黛玉相爱的誓言，"金玉姻
缘"当然是指宝玉和宝钗的婚姻。但是景梅九却要强作新解，说
什么"木石前盟"即是"木石前明"，也即是怀念"前明"。而
"金玉姻缘"，即又别出心裁地解释说："金玉良缘乃因满清自谓
出于金（观努尔哈赤自称后金尤为明确）"，"清金一致无疑义
矣。"说什么清（金）人"一旦入主中国，得帝王之玉玺，如金
玉之结缘。指一般附和满清者言。故曰'都道'，其痛恨为何
如？"这都是违背《红楼梦》实际描写的猜谜式的评论。

至于薛宝钗、林黛玉的取姓，景梅九也发挥说：

唐君云薛林取姓于高青邱之诗句，亦有确据。观
《红楼梦曲》有云："空对着山中高士晶莹雪，终不忘世
外仙姝寂寞林。"于艳情曲中，忽着"山中高士"四字，
岂非不伦不类，乃作者明白表示取"雪满山中高士卧，
月明林下美人来"两句，以表薛林之来源，且故意藏却
"林下美人"，只言"世外仙姝"，因"姝"字恰以朱女
合成（蔡书谓黛玉是朱竹垞影子，其姓恰是朱字，是作
者双关写法），谓此寂寞林黛玉实为朱明之女，非满清
自长白山来而为冰天雪地中人即薛家金钗也。雪下着
"满"、林上着"明"尤为显著，奈何轻轻放过？"终不
忘"紧接"俺只念"，念兹在兹，终不忘朱明，纵然与
满雪结婚，以至于齐眉举案，到底意难平。谓作者无种

族之隐痛，其谁信之？

过去的索隐家在"朱"字上做文章。现在景梅九又在"姝"字上做文章，硬说这是小说作者以林黛玉为代表"朱明之女"。这种随意牵扯，纯由主观猜测，并无可靠依据之论，"其谁信之"？

在《次论薛林取姓》一节中，景梅九对林黛玉、薛宝钗这一对形象作了评析，认为林、薛两人恰好代表"明清"。他说：

> 黛玉代表亡明，故写得极瘦弱，风吹欲倒。宝钗代表满清，故写得极丰满，气吹欲化。黛玉婢用紫鹃，正是亡国帝王之魂。宝钗婢名莺儿，莺儿名黄鹂，三十五回标出黄金莺巧结梅花络，自是满婢（本书以明为主，清自是宾）。写林家贫，写薛家富。黛玉号潇湘妃子，写亡国哀痛，如亡君；宝钗号蘅芜君，指满人兴于荒芜水草地，而入主中国，皆兴亡对照法。

如果说上述论薛林取姓一段，因为附会上高青邱的诗句，所以有那些"雪满"、"月明"以及"姝"字可以帮助再作附会的话；那么这里以黛玉瘦弱、宝钗丰满，因而说黛玉"代表亡明"，宝钗"代表满清"，就完全是以自己的想头强加于《红楼梦》作者的艺术构思了。

从上述"索隐"中，我们可以知道，景梅九对于"明"、"清"二字是特别留意的，除了在《石头记》命名和薛宝钗、林黛玉二人取姓的问题上寻找"明"、"清"两字以外，《石头记真谛》还有专门一节文字，题为《次论汉满明清》，再次发挥这一基本思想和方法。

《红楼梦》真谛

据景梅九索隐，《红楼梦》开头即隐寓"宗明"之意：

> 开卷第一回（暗用《孝经》"开宗明义第一章"语，写出"宗明"两字最妙）。开首便云："作者自云曾历过一番梦幻之后，故将真事隐去（此隐字当有托始隐公之意，详附录），而借通灵说此《石头记》一书也，故曰'甄士隐'"。所谓一番幻梦，即明亡沧桑之变，如一场恶梦也。曰"对着晨风夕月，阶柳庭花"，晨风寓兴清之意，夕月寓亡明之意。

他又说，《红楼梦》里"空空道人"的言事也隐有"明清"之意，"谈情"即是"谈清"：

> （空空道人）只见上面大旨不过谈情，已悟其中寓意矣。因而又以空空道人"因空（伪）见色（真），由色生情（清），传情入色，自色悟空"注之，言其不过空情（伪清）声色史耳。其曰："无朝代年纪可考，……不过谈情"，换言之即"朝代不明，只是谈清"。还恐人误会非明清事，乃以风月宝鉴影射清风明月以关合之。又曰"石头记缘起说明"，即谓明虽亡而一部《石头记》乃缘起于明之既亡也。（着重点引者所加）

他还说，《红楼梦》二十三回林黛玉问贾宝玉看的什么书，贾宝玉回答说不过是《大学》《中庸》。据此，景梅九说："《中庸》《大学》正影明清两代"。这又是什么缘故？他说："《中庸》第一句乃'天命之谓性'，当然影射清初。至《大学》，首两句为'大学之道，在明明德'，显然影射大明。""宝玉说《西厢》是

《中庸》《大学》，正言明清兴亡之事，非闲笔也。"（《次论汉满明清》）

他甚至说，八十九回宝玉到潇湘馆看见一副小对"绿窗明月在，青史古人空"，又挂斗寒图是画"青女素娥俱耐冷，月中霜里斗婵娟"诗意，这里面也隐寓"明清"之意。前者是"明清对举"，"绿窗明月，昏暗不明矣。清史新编，更无故人在，正是亡国人感慨。"后者又作何解？他说："青女散霜，乃是满雪一流人物，素娥奔月，自是明女，乃满汉宫女之争也。"（《次论汉满明清》）如此等等。

我们在《红楼研究小史稿》第四章中，曾经说到那个"梦痴学人"，因为他满脑子是"道"字，所以在《红楼梦》里到处寻找"道"字，甚至把《红楼梦》里表示懂得的"知道"一词中的"道"字，也硬说成是所谓"先天大道"，用以证明《红楼梦》是"道书"。现在景梅九因为满脑子是"明清"二字，他也就在《红楼梦》里寻找一切"明""清"或可以附会为"明清"的字眼，用以证明《红楼梦》是所谓隐寓"明清兴亡之事"。这种索隐派死钻牛角尖的劲头，真可以说是后先辉映，相去伯仲的了。

此外，在《再专论宝玉》中，景梅九说小说第三回从黛玉眼中看贾宝玉原是一个"青年公子"，即是"清家公子"；"虽怒时而似笑，即嗔视尚有情"，这"有情"即是"有清"。认为小说中的贾宝玉，"所写象貌，极似清世祖，其状如美妇人，清秀绝伦，且极有情"。在《论书中诗词》中，又说《红楼梦》十二支曲"都只为风月情浓"，"自然是清风明月"；至于"奈何天伤怀日寂寞时试遣愚衷，因此上演出这悲金悼玉的《红楼梦》"，他解释说：

《红楼梦》真谛

　　作者自道作书缘起，书中屡用无可奈何天以及良辰
美景奈何天，皆寓国亡种灭，奈何不得，既悼玉玺又悲
金人者。因明已亡，而清亦不能久保。

　　从《石头记真谛》本论来看，其中前五节《先论命名》《次
论薛林取姓》《次论汉满明清》《再专论宝玉》《论书中诗词》所
论诸事，范围颇宽，但着重强调《红楼梦》是写明清之际的兴废
之感和发抒"亡国之隐痛"。

　　本论的最后一节《论著者思想》与上述五节不同，说的却是
《红楼梦》作者有"平民思想"。篇幅虽只占本论六节之一，在全
书二百余页中更只占六页，但因为它比较特殊，所以稍作介绍。
此节开头即说：

　　著者曹一士及重订者曹雪芹，生于清初乾隆之际，
目睹满人倾轧猜忌之情形，以及富贵功名之虚伪，且在
黄黎洲《明夷待访录》出世之后，痛知君祸之奇酷。颇
有去君思想，故于本书字里行间，时露平民色彩。若生
于近今，当成一锐进主义者。

　　关于《红楼梦》原著者是所谓曹一士，此说寿鹏飞《红楼梦
本事辨证》中已经提出，其实是不可靠的传闻；说《红楼梦》的
揭露似乎专指"满人"，是受其"宗明""思明"思想的指导，
也全是不切实际的浮言。但这里指出《红楼梦》作者目睹当时政
治之"倾轧猜忌"，"富贵功名"之"虚伪"，并能联系当时黄宗
羲等人先进思想的出现，以说明小说作者思想之有"平民色彩"，
这些认识比起上述数节的内容来，是较有意义的。

　　可惜的是，这些比较有意义的认识跟那些杂七杂八的索隐混

杂在一起，几乎淹没于大量无聊的文字猜测之中；同时，这些认识并不是通过对小说中人物和思想的分析得出来的，往往是生硬地附加上去的。请看，关于《红楼梦》的平民思想，他就曾这样举例论证：

　　如第七回宝玉初见秦钟，自思道："天下竟有这等的人物，如今看了我竟成了泥猪癞狗了（此句乃影朱元璋相貌如猪，有弦外音），可恨我为什么生在这侯门公府之家。若也生在寒儒薄宦之家，早得与他交接，也不枉生了一世。我虽比他尊贵，可知绫锦罗纱，也不过裹了我这枯株朽木（枯株乃古朱），美酒羊羔，也不过填了我这粪窟泥沟（乃有猪窟意），富贵两字不曾遭我荼毒了（这些话在如今很平常，但在君主时代，野心家正抱大富贵的希望，自觉富贵为荼毒的，除过几个高人隐士，真是少有）。"

又举例论析说：

　　又写秦钟见宝玉形容出众，举止不浮，更兼金冠绣服，艳婷娇童（帝王富贵），果然怨不得人溺爱他。可惜我偏生于清寒（满清起于寒苦之东方）之家，那能与他交接。可知贫富限人，亦世界上大不快事（末两语乃作者本心，一片不平之气，都注向富贫两字，不但要去贵，还要去富。世界到了无富无贵的境界，便近乎极乐园无政府地步了。甚么富贵贫贱，真使人大不快活，只好一笔抹杀，不许字典中再现此等字样，然后还我平等自由，岂独宝玉、秦钟之欣幸也哉，是全人类的福音也）。

《红楼梦》写贾宝玉这些奇特的言行，自然是体现了作者的进步思想的。贾宝玉生在侯门公府，却以此为"可恨"，因为生于侯门公府，便不得与自己所喜爱的人交接，可知贫富限人，亦世界上大不快事。"绫锦罗缎"，"美酒羊羔"，功名富贵，一般世俗之徒对此是何等艳羡，求之不得，但他却认为是一种"荼毒"。《红楼梦》主人公贾宝玉的这些思想言行，是作者进步思想、民主思想的一种表现。景梅九对这些思想言行采取肯定赞扬的态度，这当然是对的；但是他却发挥为近代"自由平等"思想，说作者"不但要去贵，还想去富"，又说这种"无富无贵的境界"，即是"极乐园无政府"的境界，这样来解释《红楼梦》，未免就扯远了。

上述这种解释，虽不甚切合实际，还可说是表现出对于"自由平等"思想的某种赞同和向往；可是在这些评析中，又夹进了什么"泥猪癞狗"是"影朱元璋相貌如猪"，出身于"清寒"之家，是暗喻"满清起于寒苦之东方"之类的东西，就实在是不伦不类得很。这种情况正足以说明，《石头记真谛》一书，虽然有些地方流露某些积极内容，但就其总体而论，本质上仍然是一部道道地地的索隐派著作。

因为景梅九头脑里认为贾宝玉影射"帝王"，《红楼梦》暗写清廷，于是便对《红楼梦》的某些叙写，进行穿凿附会的评论。如小说第十五回写宝玉往铁槛寺路经田家，不识庄稼用物，一见纺车越觉稀奇，景梅九就评论说："写出一个不辨菽麦天子来，乃寓重农意。"又如小说六十六回写柳湘莲对宝玉说"你们东府里除了那两个石头狮子干净罢了"，景梅九就认为这是写的"清廷淫乱"，"东府"专指"辽东"，等等。

《论著者思想》一节中，有些评论也是有一定道理的。如《红楼梦》十五回尤三姐嘲骂贾珍、贾琏兄弟，景梅九便说这是"骂尽买卖式婚姻，究其根源不过两个臭钱作怪"，"若贾氏没有几个臭钱，何能诓骗、欺负人家寡妇孤女，害了他们性命"。十九回宝玉骂那些讲究"仕途经济"的人为"禄蠹"，他就说："禄蠹两字直骂倒古今一切作官者。书中写贾雨村之贪婪，王熙凤之弄权，薛蟠之仗势，以及两府之淫乱，都是作者反对官吏的精神。"他又认为小说四十六回写鸳鸯反抗贾赦，连宝玉都菲薄起来，写迎春误嫁，尤三姐之自择无成，此皆是"反对旧式婚姻，乃前人所未有者，此著者思想高人一等处也"。还说四十一回写刘老老听了凤姐一茄之费摇头吐舌，认为这是写"富贵人家之造孽，所谓日食万金，决非诳语"。最后评及小说九十三回写差役"混打车夫"，又说："写当时衙役之欺侮平民，与今日军人拉车一般可恶"。这些评论自然不能说是很深刻的，同时还应当看到，就《石头记真谛》全书而言，这类评论并不占据重要地位，不是主要的贯串性的东西，而是附带的、枝节的，然而它毕竟在一定程度上指出了《红楼梦》具有民主的思想倾向，这还是应当肯定的。

景梅九对旧索隐的评述和补索

《石头记真谛》上卷固多牵强附会之言，但有些地方（如《论著者思想》一节）也还有些可取之处；比较地说，《石头记真谛》下卷就更加荒唐无稽了。

下卷由《评王梦阮＜红楼梦索隐＞》和《评邓氏＜红楼梦释真＞》两个部分构成。评王著的部分比评邓著的部分为多。下卷有两点是可以注意的，一是从写法上说，以评别人著作为线索，或赞成，或批评，或补充，在评述他人索隐的过程中进行自己的索隐；二是从内容上看，由于对诸种索隐，常作兼收并蓄的评论，又再加入自己新的索隐，故庞杂而又不得要领，其中许多地方牵强附会比上卷更为严重，个别地方还用索隐式的邪想写了一些庸俗低级的东西，实在可以跟阚铎的《红楼梦抉微》相比丑。

景梅九对《红楼梦索隐》的基本看法是，"其所发明者多与唐君相合，而尚未能穷源竟委，一抉作者之苦心也"。所言唐君，即是我们上面说及的那个唐易庵。据景梅九看法，《红楼梦索隐》"所详者惟陈圆圆、董小宛、刘三秀三人事"，于"明清代革之事，所知不多"。又说该书"有时敷陈多言，而未说出本意，尤使人不快。"如该书评"开卷第一回也"时，"已指出作者取'开宗明义第一章'之意，却未将'宗明'二字揭露，又不知其影射清后下嫁摄政王诏书中以孝治天下事"。又于《红楼梦曲》

中，"不知悲金之为悲满，视为宾辞，木石真谛，完全不解，所拟影射诸人，亦未尽合，此其蔽也。"但对该书有些地方的索隐却又评为"明快细微处"，如认为二十六回"从小红写出洪承畴降清时心事情形，玲珑剔透"。

景梅九对《红楼梦索隐》关于《红楼梦》是写清朝顺治皇帝和董鄂妃（董小宛）故事的说法是赞同的，有些地方并作了补充。如说：

> （六十六回）兴儿说宝玉，《索隐》谓指清世祖，甚是。所以尤三姐笑道："主子宽了你们又这样，严了又抱怨，可知你们难缠。"俗称皇帝为真主，亦曰主子。

这是对《索隐》"索"出的看法加以补充证明。也有的是认为《索隐》未得要领，是景梅九补充"索"出新的见解来的。如说：

> 第二回智通寺联："身后有余忘缩手，眼前无路想回头"。《索隐》谓为一般热中人说法，其实仍是讥讽满人。作者多以猢狲拟东胡，身后有余言有尾也，忘缩手言其伸手取中原也。（着重点引者所加）

经景梅九这一补索，"身后有余"，竟被"索"出一条猢狲尾巴来了，这位评论家的联想真可谓妙矣哉！

这种异想天开的索隐，只是证明了这位索隐家头脑里满塞着《红楼梦》是所谓讥刺满人这种主观意念而已。又如他批评王《索隐》二十一回对贾宝玉阅《南华经》一段索隐"过略"，依他看法此段"实则将满清盗国包藏于内"，理由是小说写贾宝玉阅《庄子》时"特取外篇《胠箧》"，盖"言外贼窃宝玉于箧中也"，等等。

景梅九为了阐述《红楼梦》第三十二回中含有"恋明"的隐义，在评王《索隐》第三十二回时，对贾宝玉、林黛玉互表爱情的心思和语言也进行索隐：

> 黛玉想道："我虽为你知己，但恐不能久待。你纵为我知己，奈我薄命何！"（言宝玉恋明而明已衰弱，至南朝仅余残喘，天命不与，徒唤奈何。历用"知己"字样，乃兼"知我者其惟春秋乎"语意在内。）
>
> 宝玉说："你放心。"（乃谓玉玺终是明物，你放心罢。乃作者希望恢复故国一片心也，故慎重言之。）

为了把"恋明"的"真谛"强加给《红楼梦》，硬对这段分明是写爱情心理的对话，也加上一些凭空的附会。这哪里是什么《红楼梦》的"真谛"，不明明是对《红楼梦》的歪曲吗？

景梅九为了阐述《红楼梦》有隐叙雍正篡位之寓义，在评王《索隐》第九十八回时，对林黛玉临死时的状况，又作了附会：

> 黛玉没时叫道："宝玉你好！"（又与《秘史》写康熙死时，见允禛，大怒，以念珠投之，连呼"你好你好"遂卒一语相应）。当时黛玉气绝，正是宝玉娶宝钗时辰（康熙死、允禛即位同时也）。宝钗将脸飞红（良心发现），"想到黛玉之死，不免落下泪来。"（康熙死，允禛假痛，正是免不得有此急泪也。）

在《石头记索隐》中，林黛玉不是被景梅九多次论定为代表"朱明"的汉女吗？可是到了这里，林黛玉却又变成了康熙皇帝！

而到了某些地方，林黛玉又会变成降清的洪承畴！真是忽女忽男，忽君忽臣，变来变去，全以索隐家的主观需要为准，与《红楼梦》实际是不相干的。

景梅九对邓狂言《红楼梦释真》的基本看法是，"邓氏作《释真》，颇知注重'真事隐'三字，而摘录清朝掌故，亦较他人为详悉。惟疑原书为梅村所著，又谓曹氏增删兼述及乾嘉轶事，则不甚切合。但对于木石、林薛真意仍未能道出，以及风月宝鉴《大学》《中庸》之关合明清，皆甚疏忽。"但他认为邓狂言的《释真》"较王、蔡《索隐》颇有长处"，"以刘老老拟钱牧斋，以平儿拟柳如是，以张春拟贾代儒，以张勇拟包勇，以朱舜水拟外国女子，以郑成功拟探春，以梅村拟宝钗，以香妃拟鸳鸯等，皆有独到之处。"其实，在旧红学索隐派中，邓狂言的《释真》包罗最为杂乱，所谓"摘录清朝掌故，亦较他人为详悉"，实际情况是他索隐的范围更广，牵强附会的路子更多一些罢了。

在评邓狂言《释真》时，景梅九常有"甚是"、"颇合鄙意"等语。如评《释真》十八回："拟元春归省为孝庄下嫁，甚合"。评其一百十回云："评贾母心实吃亏四字，以影孝庄失节下嫁，甘心自污，极是。"评其一百十三回云："评冤魂缠绕，为汉族无数生灵向豫王索命之辞，甚切。"但景梅九在评邓狂言《红楼梦释真》时，也常作一些补充。如评《释真》第一回：

> 又曰"昌明隆盛之邦，诗书簪缨之族，花柳繁华之地，温柔富贵之乡，对大荒山无稽崖青埂峰而言，一满一汉，夫复何疑。"甚是。但"昌明"二句指北方，"花柳"二句指南方，关合真假宝玉分居南北。

这是在邓狂言的附会之上，又增加了一层附会。又评《释真》第四十八回云：

> 评石呆子，以为与《聊斋·石清虚》一条有关，悟
> 得"清虚"二字为清室虚（即伪清，而书中借秦太虚亦
> 然）。……又谓二十把扇子为洪武至崇祯十六帝，益以
> 福王、唐王、桂王、鲁王共为二十（意指明史稿，不知
> 石呆子仍藏木与石头之为朱，朱八戒亦讳呆子，皆藏朱
> 字在内，不可不知）。

在我们看来，邓狂言把《红楼梦》里面石呆子的二十把扇子，附会为二十史，不过是一种笑谈罢了。但景梅九却认为此说在理而予以肯定，并且又再加上了一层附会，说什么《红楼梦》那段描写是"藏'朱'字在内"，以示他的研究比邓氏更深一层。这类补充附会，尚有不少，如说八十九回："评公子填词，将顺治对董妃，乾隆对富察后之追忆一并写出，固合。然其中尚有雍正篡位历史在"。又评《释真》第三回：

> 曰"写林黛玉之出身曰：'汝父年已半百，再无续
> 室之意'，言恢复之无望，冒辟疆伤心之辞也。"曰"上
> 无亲母教养，下无姊妹扶持"，此固小宛身世，然亦见
> 故国之无人也。外祖国之一外字最为著眼，谓彼族视我
> 为外人也。

景梅九全盘接受邓狂言以上的附会，称赞说："此鄙人所谓第一义谛也"。并补充说："但不止彼视吾为外人，吾亦视彼为外人"。

《石头记真谛》下卷评邓著篇幅约为评王著篇幅之一半，长

篇发挥亦较少。这是因为景梅九在上卷本论中、在下卷评王著的过程中论点已多次涉及的缘故，但在评邓著《释真》过程中所表现出来的那种刻意求深、节外生枝的索隐派作风，却是完全一致的。

　　总起来说，景梅九的《石头记真谛》表面上看来，对蔡元培的《石头记索隐》、王梦阮沈瓶庵的《红楼梦索隐》、邓狂言的《红楼梦释真》都有所商榷，而实际上前期索隐派这些著作的观点和内容，甚至后期索隐派如寿鹏飞《红楼梦本事辨证》中关于《红楼梦》原作者是所谓"曹一士"这类并无确据的传说，也都为景梅九所容纳。所以，《石头记真谛》这部洋洋十万言的索隐派著作，虽然在个别地方论及了《红楼梦》作者的"平民思想"之类，但就其基本思想、基本内容和评述方法来看，它道道地地是一部索隐派的著作。这部大杂烩式的索隐派著作，可以说是索隐派发展到二十世纪三十年代那种历史条件下的综合和总结。

　　我们知道，索隐派的思想和方法，在《红楼梦》研究史上统治了很长的一个历史时期。从清末民初那几部著名的大部头的索隐派著作产生之后，虽然它们遭到了新红学考证派的抨击，也曾受到鲁迅等人的批判，但是，作为一种思想方法论，它在《石头记真谛》中仍然表现是那样充分。这说明，"索隐"这种唯心主义的形而上学的东西，在《红楼梦》研究中是何等地顽固。所幸的是，在《石头记真谛》之后，似乎没有再出现像它这样的索隐"巨著"了。至于某些《红楼梦》研究著作中继续沿袭索隐派的一些思想和方法，那是应当从文学评论中唯心主义观念的延续性，以及研究者未能摆脱旧时研究习惯的影响等原因来加以解释的。